번개 소녀의 계산 실수

번개 소녀의 계산 실수

1판 1쇄 발행 2020년 6월 30일 **1판 3쇄 발행** 2021년 11월 5일

지은이 스테이시 매카널티 **옮긴이** 강나은

펴낸이 남영하 **편집** 김주연 이신아 **디자인** 박규리 **마케팅** 김영호

펴낸곳 ㈜씨드북 **주소** 03149 서울시 종로구 인사동7길 33 남도빌딩 3F **전화** 02) 739-1666 **팩스** 0303) 0947-4884

홈페이지 www.seedbook.co.kr **전자우편** seedbook009@naver.com **인스타그램** instagram.com/seedbook_publisher

ISBN 979-11-6051-331-8 (43840)

• 책값은 뒤표지에 있어요. • 잘못 만들어진 책은 구입하신 서점에서 바꾸어 드려요. • 씨드북은 독자들을 생각하며 책을 만들어요.

번개 소녀의 계산 실수

스테이시 매카널티 지음 강나은 옮김

Seedbook 씨드북

차례

1. 번개 맞은 소녀

4년 전 어느 순간 내 인생은 완전히 바뀌어 버렸는데, 그 순간이 나는 기억도 나지 않는다. 번개를 맞아 생긴 부작용이라 할 수 있다. 그때 번쩍 흐른 전기 때문에 내 뇌도 바뀌어, 나 루실 패니 캘러핸은 수학 천재가 되었다.

내가 번개 맞은 그 순간의 이야기를 마흔두 번이나 들었기 때문에 거의 내 기억 같다. 나는 당시 할머니와 같이 크리스털 크리크 아파트에 살았다. 내가 시실리아라는 아이와 밖에서 놀고 있는데, 천둥 번개가 치고 비가 오기 시작했다. 나는 시실리아와 창고 뒤에서 비를 보다가 어째서인지 철망으로 된 울타리를 기어 올라갔다. 아홉 살의 나는 아주 겁 없는 아이였던 것 같다. 열세 살, 지금의 나와는 아주 다르게 말이다.

그때 번개가 울타리에 내리꽂혔다. 그 번개의 전기가 철망을 그리고 내 몸을 타고 흘렀다. 전류의 일부가 나에게서 시실리아에게까지 튀었다. 나는 정신을 잃었다. 시실리아는 그냥 넘어지기만 했다. 시실리아가 달려가 도움을 청했다. 아파트 관리인인 조가 심장 제세동기로 내 심장에 자극을 주었다. 번개의 전기 때문에 멎었던 내 심장이 제세동기의 전기 덕분에 다시 뛰었다.

내가 병원에 있었던 것, 그리고 창백한 내 두 손에 까만 번개의 흔적이 있었던 것은 기억이 난다. 할머니가 내 침대 옆에서 기도할 때 내가 자는 척했던 것도 기억난다. 그때 내가 병원에 입원한 기간은 딱 하룻밤이었다. 모든 필요한 검사를 해 보더니 의사들은 내 심장이 2분에서 5분 정도 잠깐 잠이 들었던 것이라고 말해 주었다. 답답하게도 정확히 얼마 동안이었는지 아무도 모른다. 의사들은 내가 운이 좋았다고, 앞으로 괜찮을 것이라고 했다. 며칠 지나면 평소와 같아질 거라고 말이다. 하지만 의사 말도 틀릴 때가 있다.

그로부터 1주일 뒤, 할머니와 내가 텔레비전을 볼 때였다. 한 중고차 판매상의 광고가 나왔는데 그 사람이 고래고래 소리를 질러대, 그 광고를 안 보고 안 들을 수가 없었다.

"자, 그러니까 한 달에 359달러씩 48개월이란 말씀입니다. 그러니까 바로 저, 프랭크 폰타나보다 뛰어난 중고차 판매상은 없습니다. 없고말고요."

그때 내가 소리 질러 대답했다.

"17,232달러네!"

"뭐라고?"

할머니가 내게 물었다. 나는 대답했다.

"저 차 값이 그렇다고."

"화면에 차 값이 나왔어?"

"그냥 안 거야. 359 곱하기 48은 17,232야."

할머니가 인상을 쓰고는 계산기를 찾으러 갔다.

"몇 곱하기 몇이라고?"

내가 말해 주자 할머니는 계산기를 두들긴 후 물었다.

"답이 뭐라고?"

"17,232."

"맞아."

할머니는 놀란 목소리였다. 난 고작 초등학교 2학년이었고 산수 시간에 아직 더하기 빼기를 배우고 있었으니 말이다.

할머니가 이번엔 텔레비전을 끄고 물었다.

"99 곱하기 88은 뭐냐?"

"8,712. 우리 저녁으로 맥도날드 먹으면 안 돼?"

할머니는 이 말에는 대답하지 않고 자꾸 내게 수학 문제를 냈다. 점점 더 큰 수, 더 많은 자릿수의 숫자를 가지고 문제를 냈다. 그래도 나한테는 더 어렵지 않았다.

의사들은 내 상태를 후천적 서번트 증후군이라고 진단했다. '서번트'라는 건 내 수학 실력이 보통 사람들의 수준을 훨씬 뛰어넘는다는 뜻이고, '후천적'이라는 말은 이 별난 능력이 태어날 때부터 있지는 않았다는 뜻이다. 그때 곁에 있었던 시실리아에겐 특별한 능력이 생기지 않았다. 그때 이후 시실리아와 난 곧 멀어졌다. 달라진 나의 뇌를 이해하느라고 너무 바빴기도 했고, 가을에 할머니와 내가 이사를 했기 때문이기도 하다.

후천적 서번트 증후군은 뇌가 '손상'되는 바람에 생겨난다. 할머니 앞에서는 그 얘길 못 한다. 할머니는 나의 서번트 증후군이 기적이라고 생각하기 때문이다. 우리 삼촌 폴도 그걸 초능력이라도 되는 것처럼, 만화책이나 영화 같은 데 나오는 일처럼 생각하길 좋아한다. 하지만 실제로 나는 뇌에 손상을 입은 것이 맞다. 나의 왼쪽 뇌 일부가 작동을 멈췄고, 대신 오른쪽 뇌가 초과근무를 하게 되었다.

나처럼 서번트인 사람은 정말로 드물다. 나는 나 말고는 한 번도 만나본 적 없다. 여성 중에서는 더 드물고 아이들 중에서는 극히 드물다. 나를 담당하는 의사 중 한 명인 에밀리 바리 박사는 서번트 증후군 분야의 전문가다. 에밀리 바리 박사에게 온 서번트 환자 중에서 후천적으로 서번트가 된 사람은 나뿐이다.

내 슈퍼컴퓨터 같은 뇌는 더하고 빼고 곱하고 나누는 것 이상의 계산을 할 수 있다. (그쯤이야 3달러짜리 계산기도 할 수 있는 일이다.) 나는 날짜도 계산할 수 있다. 무슨 말이냐 하면, 나는 1901년 1월 14일이 무슨 요일이었는지 그냥 알 수 있다. 월요일이었다. 1975년 7월 2일은 수요일이었다. 2055년 9월 30일은 목요일일 것이다.

또 나한테는 수학이 '보인다'. 모든 숫자에 색과 모양이 있다. 숫자 5를 예로 들어 보자. 콩 모양 젤리처럼 생겼고 붉은 갈색이다. 마치 캐롤라이나 진흙 색처럼. 숫자 12는 크림색의 네모들이다. 숫자 47은 형광 오렌지색 타원형이다. 소수는 모서리가 둥글다. 소수가 아닌 수들은 모서리가 날카롭다.

이렇게 색과 모양이 있으니 수를 가지고 노는 일이 쉽고 재미있고, 내겐 주식부터 야구 경기, 시리얼 등등 모든 것에서 패턴이 보인다.

그리고 내겐 숫자를 기억하는 능력이 있다. 나는 듣거나 보는 모든 숫자를 기억한다. 자동차 번호판의 번호도, 전화번호도, 또는 원주율, 즉, 파이(π)의 숫자 하나하나도.

파이는 내가 가장 좋아하는 수학 상수다. 하지만 파이의 숫자는 소수점 이후로 영원히 이어지기 때문에 나는 딱 소수점 314번째 자리까지만 늘어놓는다.

π=3.14159265358979323846264338327950288419716939937510582097494459230781640628620899862803482534211706798214808651328230664709384460955058223172535940812848111745028410270193852110555964462294895493038196442881097566593344612847564823378678316527120190914564856692346034861045432664821339360726024914127372458700660631

이 숫자들이 내가 원하지 않을 때도 내 머릿속에서 돌고 돈다. 어떤 노래가 제멋대로 머릿속에서 계속 맴도는 것과도 비슷한데, 내 경우엔 늘 똑같은 노래인 셈이다. 너무 짜증나지만, 그래도 아름다운 노래이다.

서번트로 살아가는 데 단점들이 있다. 사람들은 내가 아인슈타인 같을 줄 안다. 수학 천재들을 좀 아는 사람들은 마리암 미르자카니 같을 거라 짐작할 수도 있다. 하지만 직접 보면 아주 괴상한 애란 걸 알게 된다. 난 자리에 앉을 때 꼭 세 번 반복해 앉아야 한다. 그래서 사람들이 빤히 본다. 또 나는 누군가의 취미 이야기를 하느니 차라리 그 사람이 태어난 지 얼마나 되었는지를 시간 단위까지 계산하고 싶다. 또 살균 물티슈와 손 소독제 없이는 집 밖으로 나가지 않는다.

하지만 나에게 잘된 일이 있다. (그리고 모두에게 잘된 일이기도 하다.) 바로 내가 사람들을 직접 만날 일이 거의 없다는 것. 나는 은둔하는 천재다.

2. 삶의 등식

나는 할머니와 함께 초인종이 울리길 기다리지 않는 척하며 소파에 앉아 있다. 폴 삼촌은 오후 4시 넘어서 오겠다고 말했고 지금은 4시에서 겨우 11분이 지났다. 그러니까 엄밀히 따지면 삼촌은 약속보다 늦은 것이 아니고, 설사 이대로 며칠 동안이나 오지 않는다고 해도 늦은 것이 아니다.

우리는 사람들이 식료품가게 주변을 뛰어다니는 게임 프로그램을 보고 있다. 나는 게임 프로그램을 좋아한다. 항상 점수나 값 등등 뭔가 계산할 숫자가 있다.

마침내 노크가 들려 내가 할머니보다 먼저 일어나 문을 여니 폴 삼촌이 군용 배낭을 메고 서 있다. 티셔츠에 청바지 운동화, 일반 복장이다. 해군 제복 차림이 아니라.

“내가 가장 좋아하는 천재이자 미래의 노벨상 수상자가 여기 있네.”

나는 삼촌의 품으로 뛰어올랐다.

“보고 싶었어, 삼촌.”

삼촌에게서 비누와 나무 냄새가 났다.

“그리고 수학은 노벨상 없어. 내가 탈 건 필즈상(수학계에서 가장 크다 할 수 있는 국제적인 상 – 옮긴이)이라니까.”

내가 물러난 삼촌 품에 이번엔 할머니가 안겼다. 희끗한 금발 머리카락에 덮인 할머니의 정수리는 삼촌의 어깨 높이도 되지 않는다.

“나 왔어요, 엄마.”

삼촌이 할머니를 꼭 끌어안으니 할머니의 두 발이 바닥에서 들린다.

삼촌이 현관에서 거실로 들어왔을 때, 나는 문 옆에 둔 손 소독제를 삼촌 손에 짜 주었다. 내 손에도 짰다.

“고맙다.”

삼촌은 집 안을 둘러본다. 할머니와 나는 지난 1월부터 여기 살았다. 193일 동안. 나는 소파를 두 사람에게 양보하고 의자를 택했다.

나는 의자에 앉았다.

그리고 일어섰다.

그리고 앉았다.

그리고 일어섰다.

그리고 마침내 마지막으로 앉았다.

“너 아직도 그 웃긴 춤 추는구나.”

삼촌이 말에 할머니가 삼촌의 팔을 꽉 쥐며 말했다.

“놀리지 마라.”

“놀리는 거 아니에요. 귀엽잖아요. 예전에 스파게티 말하던 것도 귀여웠는데. 그때 파스게티라고 했잖아.”

“이젠 스파게티라고 잘 말해.”

이젠 내 앞니가 다 나 있기 때문이다. 하지만 그냥 앉는 것, 또는 그냥 가만히 서 있는 것은 여전히 못한다.

"그런데 너……."

할머니가 조심스레 말을 꺼내자 삼촌이 말했다.

"제가 가는 도시, 트웬티나인(29) 팜스예요. 캘리포니아에 있는."

"아이고야, 잘됐다."

할머니는 손동작으로 십자를 그리고 두 손을 맞잡아 짧은 기도를 했다. 폴 삼촌이 중동으로 가지 않게 해 달라고 빌었을 때도 그랬듯이. 삼촌은 이미 아프가니스탄에 두 번 갔다 왔다.

"잘됐네. 삼촌 이름에 소수가 들어 있는 도시에서 살겠네."

나는 이름에 숫자가 들어가는 동네를 좋아한다. 노스캐롤라이나엔 파이브(5) 포인츠가 있다. 하지만 할머니는 이름이 내 마음에 든다는 이유로 여기서 두 시간 거리인 동네로 이사를 갈 순 없다고 했다.

"소수? 이건 무슨 계시 같은데. 안 그래요, 엄마?"

삼촌이 할머니에게 윙크했다. 할머니는 앞으로 좋은 일들이 생길 거라는 우주의 계시를 받을 때 정말 기뻐한다.

폴 삼촌이 새로 배치된 곳의 이야기와 워싱턴 D.C. 근처에 사는 자신의 여자친구 이야기를 해 주었다. 전화기 속에 있는 사진도 보여 주었다. (대부분이 여자친구 사진이었다.) 할머니 선물로 실크 스카프와 군대 매점에서 파는, 할머니가 좋아하는 독일산 리코리스(서양 감초 뿌리 추출물을 넣은, 널리 사랑받는 젤리 – 옮긴이) 한 봉지를 사 왔다. 내 건 번개 모양 펜던트가 달린 은목걸이다.

“번개야. 네 행운의 상징. 뭘 맞든 그것 때문에 죽지만 않으면 사람은 더 강해지는 거야, 안 그래?”

“번개 맞는 건 추천 안 하고 싶은데. 번개 맞아서 매년 미국에서 죽는 사람이 평균 47명이고 심각한 부상을 입는 사람은 수천 명이야.”

정부가 죽은 사람만 정확한 숫자로 기록하고 있는 점은 실망스럽다.

“좋은 정보네. 그 목걸이 갖기 싫어?”

“아니, 너무 좋아. 고마워.”

나는 펜던트를 손가락으로 문질렀다. 그리고 무례한 일일 수도 있지만, 살균 물티슈로도 닦아 버렸다.

“자, 여러분, 집안은 그동안 어땠습니까? 아, 잠깐. 그것보다 먼저 루시, 내가 지금까지 살아온 시간은?”

“11,881일.”

“그리고?”

나는 시계를 확인하고 답했다.

“19시간 7분.”

삼촌은 웃었다. 다른 사람이 웃었다면 나는 내 수학 능력을 무슨 파티용 속임수쯤으로 생각하는 줄 알고 기분이 나빴을 것이다.

“너 열라 대단해.”

“말 조심해서 써라.”

할머니가 경고했다.

“잘못했어요, 엄마. 자, 그럼 진짜 그동안 어떻게 지냈어요, 들?”

"나는 고등학교 졸업했어."

"뭐? 열 살짜리가 무슨 고등학교 졸업은."

"나 열세 살이거든."

"대단해, 대단해."

삼촌이 엄지를 내며 말했지만 할머니는 이렇게 말했다.

"대단히 과장됐지, 졸업했단 표현은. 고등학교 졸업을 하려면 먼저 다녀야 하는 거 아니냐?"

나는 또 시작이군, 하는 표정을 지었지만 할머니 말이 아주 틀린 건 아니다. 내가 고등학교의 모든 학년과 모든 수업을 마친 것은 아니다.

"나 홈스쿨링 필수 과목은 다 들었어. 고졸 학력 인증서도 받았고……."

그리고 할머니가 내가 하려던 말을 해 주었다.

"대학수능시험에서 만점 받았지."

"맞아! 뭐, 수학은 말이야."

"축하한다, 루시. 그럼 우리 어린 천재가 갈 다음 단계는 어디야? 하버드 대학?"

삼촌의 말에 할머니는 말했다.

"아이고, 묻지 마라."

"온라인으로 대학 수업 듣고 싶어. 뭐, 지금까지 두 학기째 이미 듣고 있긴 했지만. 그런데 그건 할머니 이름으로 들었거든. 그냥 재미로."

"우아, 잘됐네. 너 어쩌면 노스캐롤라이나 대학도 갈 수 있겠다. 내가 너처럼 똑똑했다면 거기 갔을 거야."

"루시는 아무 데도 안 가. 열세 살 애가 기숙사라니 말이 되냐?"

"인터넷으로 전부 다 할 수 있어. 할머니가 허락만 해 주면."

내가 말하자 할머니는 커다란 한숨을 내쉬고 답했다.

"만사를 다 인터넷으로 할 순 없어."

"아 됐어."

나는 똑같은 말다툼을 반복하고 싶지 않아 말했다. 삼촌이 나와 할머니를 번갈아 보더니 물었다.

"무슨 일이야?"

"할머니가 나더러 공립 학교 가래."

"에이, 공립 학교를 왜 가? 루시는 일반 학교 다니기에는 너무 똑똑해. 일반 학교는 내가 다녔지."

할머니가 또 고개를 절레절레 흔들고는 삼촌에게 말했다.

"얘한테 가장 최근에 이 집 밖으로 나간 게 언젠지 물어봐라."

그러자 삼촌은 할머니 목소리를 흉내 내며 물었다.

"루시, 가장 최근에 이 집 밖으로 나간 게 언제야?"

난 답을 모르는 척 어깨를 으쓱했다.

"루시?"

"약 4주 전이야."

그게 32일 전이라고 말하는 것보다 나을 것 같았다. 6월 25일에 병원에 가서 내 뇌 담당 선생님을 만나고 왔다. 할머니는 한숨을 쉬고 말했다.

"기봐라."

"내 계산이 틀렸을 수도 있어."

"네 계산이 퍽도 틀리겠다."

할머니의 말에 삼촌은 웃지 않고 말했다.

"이 아파트 안에 숨어 지내기만 해선 안 돼. 친구는? 신선한 공기도 쐬어야지. 얘 비타민D 결핍증 있겠는데."

"나 친구 있어. 그리고 비타민D 섭취해. 매일 아침 비타민 젤리 먹어."

"몇이나?"

할머니가 물었다.

"비타민 젤리?"

"친구 말이야. 몇인데?"

"음……."

사실상 답을 내기가 어려운 질문이다. 어떤 사람을 친구라고 하나? 관심사가 같은 사람? 친구라고 하려면 최소 이만큼은 시간을 같이 보내야 한다는 기준이 있나? 상대방도 나를 친구라고 불러야 나도 친구라고 부를 수 있나?

"이거야 말로 중요한……."

할머니 말을 끊고 나는 소리쳐 대답했다.

"넷! 친구 4명 있어."

"누구?"

"답답이314, 사변빗변, 수학냠냠, 그레그S77."

"뭐? 사람 맞아?"

할머니는 웃었지만 나는 농담한 게 아니다.

"맞아. 인터넷 친구들이야. 인터넷 수학 토론장이랑 인터넷 수학 교습 사이트에서 만나는 친구들."

"너 그 사람들에 관해서 아는 게 있어?"

이번엔 삼촌이 물었다. 가족이 단체로 나 하나에게 덤비고 있다.

"답답이314가 미분 방정식 고수라는 건 알아. 그 남자…… 인지 여자인지 모르는 사람은 모든 걸 아주 간단하게 설명하는 능력이 있어."

"그 사람이 남자인지 여자인지도 모른다고?"

"삼촌 성차별주의자야? 여자도 남자만큼 수학을 잘할 수 있어. 답답이314가 남자일 거라고 그냥 짐작해선 안 되는 거야."

이젠 내가 고개를 절레절레 흔들자 삼촌이 물었다.

"성별도 모르는데 어떻게 답답이314가 네 친구야?"

삼촌은 두 손으로 짧디 짧은 머리카락(한 0.3센티미터 정도)을 쓸었다.

"나더러 어쩌라고? 할머니가 인터넷에서는 사람 조심하라고 했어. 그래서 내가 일부러 개인적인 건 안 물어보려고 노력한단 말이야."

할머니는 말했다.

"루시, 너는 이 사람들 몰라. 한 번도 만난 적 없잖아. 네 친구 아니야."

"그럼 이 사람들 집에 초대할까?"

"아니! 살인자일지도 모르는 사람들을 초내는 무슨 초대야. 특히 그레그77. 무슨 닉네임을 그렇게 상상력이라곤 없이 짓냐?"

"그레그, S, 77이야. 그리고 끈 이론 전문가야."

"그게 뭔데? 됐다. 설명하지 마."

"엄마, 어쩌다 이렇게 된 거예요? 루시는 다른 애들하고 어울려서 지내야 해. 얠 이렇게 가둬 두면 안 된다고."

"아이고 그래, 다 내 잘못이다. 내가 탑에다가 가둬 두고 못 나가게 했다, 그래. 그래서 얘는 밖에 나가려면 머리 길러 가지고 늘어뜨려서 창문으로 탈출해야만 해. 뭐 이렇게 말할까, 이 녀석아?"

아마 지금은 내가 이런 말을 하기에 좋은 때일 것이다. '할머니 탓 하지 마. 물론 초등학교 2학년 때 날 학교에서 빼 낸 건 할머니였지. 그렇지만 나는 어차피 절대 학교에 돌아가고 싶지 않았어. 할머니도 노력했어. 작년에도 날 억지로 기독교 청년회에서 하는 홈스쿨링 체육 수업에 보냈어. 나는 그 수업 너무 싫었어. 다른 애들도 싫어하더라. 나는 농구공을 꼭 세 번만 튕기고 싶거든. 줄넘기를 할 때도 세 번만 줄을 넘고 싶고. 달리기를 할 때도 트랙을 세 번만 돌고 싶거든. 솔직히 달리는 건 몇 번을 하건 싫긴 해. 어쨌든 사람들은 날 이해 못 하고, 나는 그런 오락 활동 필요 없어.'

하지만 나는 이렇게 말했다.

"할머니는 어떻고. 병원에 건강 검진하러 안 간 지 2년 넘었어. 정확히는 741일 됐어."

"뭐?"

삼촌이 외쳤고 할머니가 반발했다.

"아, 그게 이거하고 무슨 상관이야?"

"엄마, 내가 몸 잘 돌보시라고 했잖아요."

할머니와 삼촌은 실랑이를 주거니 받거니 했다. 나는 조용히 그 자리를 빠져나와 삼촌의 가방을 가지고 내 방으로 갔다. 주말 동안 삼촌에게 내 방을 빌려줄 것이다. 나는 컴퓨터에 접속했다.

번개소녀: 안녕, 친구들. 나 왔어요.

답답이314: 잘 왔어요. 우리 프랙털 기하학 이야기 하고 있어요.

답답이314를 포함한 이 사람들은 나한테 어쩌면 소위 말하는 친구는 아닐지도 모른다. 하지만 우리는 수학을 사랑한다는 공통점이 있다.

삶은 등식과 같고, 나의 등식은 완벽한 균형을 이루고 있다.

할머니 + 삼촌 + 수학 = 행복

3. 중학교

삼촌은 우리와 사흘을 함께 지냈다. 지난 사흘 동안 매일 나를 억지로 밖으로 데리고 나가 고역이긴 했지만 이제 작별해야 해서 속상하다.

주차장에서 나는 삼촌을 안았다. 할머니와 나는 삼촌을 언제 다시 볼 수 있을지 모른다. 하지만 이제 내 방을, 내 침대를 되찾은 것만은 좋다. 할머니는 잘 때 발차기를 한다. 꼭 러닝머신을 달리는 사람 같다.

삼촌이 내 볼에 입을 맞추고 말했다.

"보고 싶을 거다, 우리 천재. 나이 드신 우리 엄마 말 잘 듣고."

"나이 들긴 누가 나이 들어?"

할머니는 삼촌을 포옹하고는 뽀뽀했고, 한 번 더 포옹하고 한 번 더 뽀뽀했다.

"알았어요, 알았어요, 점점 루시처럼 어려지시는 우리 엄마."

할머니와 나는 삼촌이 지프차를 몰고 멀어지는 모습을 지켜보았다. 열린 창문으로 삼촌이 팔을 내밀어 흔들었다.

집 안으로 들어가려는데 할머니가 내 팔꿈치를 잡았다.

"차에 타."

"응? 왜?"

이제 보니 할머니는 언제 핸드백도 챙겨 왔다.

“그냥 타.”

“나 살균 물티슈랑 손 소독제도 안 갖고 왔단 말이야.”

할머니가 자신의 가방을 톡톡 두드렸다.

“타라고.”

나는 조수석에 앉았다가 일어섰다가 앉았다가 일어섰다가 다시 앉았다. 거실보다 차 안에서 앉았다 일어서기가 더 힘이 든다. 내가 차 문을 닫자 할머니가 잠금 버튼을 눌렀다.

“어디 가는데?”

“가 보면 알아.”

라디오에서 컨트리 음악이 흘러나온다. 나는 창밖을 멍하니 보면서 전신주 수를 세었다.

내가 센 전신주가 117개, 신호등이 3개가 되었을 때, 할머니가 깜빡이를 켰고 표지판이 보였다.

이스트 햄린 중학교

“가자.”

할머니가 말했지만 나는 움직일 수가 없었다. 할머니는 내 차 문을 열고 내 앞으로 팔을 뻗어서 내 안전띠를 풀었다.

“내가 너 안고 들어간다.”

할머니의 아픈 허리, 그리고 벌써 할머니보다 커 버린 내 키 때문에 그게 불가능하단 걸 안다. 하지만 할머니가 원하는 대로 될 때까지는 우리가 여기서 꼼짝 못 한다는 것도 안다.

"우리가 왜 여기 왔는지 말해 줘."

나는 할머니를 보지 않고 말했다. 할머니는 한숨을 쉬고 대답했다.

"내 소중한 천재 손녀, 알면서 모른 척하지 마라."

"모른 척하는 거 아냐."

"너 중학교 보내려고 왔지."

"나는 이제 대학교에 가야 해."

"내 생각은 다르다. 네가 사람들 속에서도 잘 살아가는 법을 배우는 걸 봐야 널 메사추세츠 공과대학이든 어디든 보낼 수가 있겠어. 너는 네 또래들하고 어울려 지내 봐야 해. 자, 어서 나와."

할머니는 자신의 손바닥에 입을 맞추더니 그 손바닥을 내 이마에 갖다 댔다. 그리고는 2층짜리 그 건물을 향해서 걷기 시작했다. 나는 따라가는 수밖에 없다. 내가 차 안에 끝까지 앉아 있는다 해도 할머니는 나를 입학시키고 말 것이니까.

지금까지 할머니가 내린 가장 좋은 결정은 나를 공립 학교에서 빼낸 것이었다. 그런데 이제 와서 다시 나를 공립 학교로 보내려 하는 것이다. 이것은 분명 할머니의 판단력이 쇠퇴하고 있는 뜻이다.

나는 서번트라는 진단을 받고 나서 학교 다니기가 무척 힘들어졌다. 공부가 어려웠던 건 아니다. 초등학교 2학년이었던 그때의 나는 수학 문제를 더 내 달라고 하루 종일 선생님을 귀찮게 했다. 선생님은 나에게 낡은 고등학교 교과서를 주고는 교실 뒤편에 앉혀 두었다. 그 방법으로 나는 한동안은 문제없이 학교를 다녔다. 하지만 교실에서 선생님의 예순 번째 생일을 축하하던 날 문제가 생겼다.

"선생님은 지금까지 21,915일 사셨어요."

자신의 생일 컵케이크에 꽂힌 촛불을 불어 끈 선생님에게 나는 이렇게 외쳤다.

"우아, 내가 굉장히 많은 날들을 살았네."

선생님은 말했다. 선생님은 이미 불쑥 숫자를 말하고 모든 것을 계산하는 나에게 익숙해져 있었다. 더는 감탄하지 않았다.

"만약 선생님께서 여든 살이 되는 날 돌아가신다면 그때까지 7305일 남았어요. 그날은 일요일일 거예요."

"그 이야기는 그만하자."

선생님은 경고로 답하고는 카터 해리슨의 머리카락에 묻은 케이크 크림을 닦을 종이 타월을 가지러 교실 벽장으로 갔다.

"루시, 나는 죽을 때까지 며칠 남았어?"

레이철 맥케이가 내게 물었다. 교실 벽에 반 아이들 모두의 생일이 하나하나 케이크 조각 모양에 적혀 있었기 때문에 나는 그것을 확인하고 말했다.

"만일 여든 살 되는 날 죽는다면, 그때까지는 26,405일 남았어."

"나는?"

카터 해리슨이 물었다. 나는 빠르게 계산했다.

"너는 26,202일 후에 죽을 거야."

그리고 나는 모두에게 앞으로 살날이 얼마나 남았는지 말해 주어야 했다. 실은 그냥 여든 살이 되는 날까지 남은 날을 계산한 것이다. 그런데 레이철이 자기 단짝 친구 소피아 가르시아가 자기보다 172일 더 산다는 이야기를 듣고는 울기 시작했다.

"무슨 일이야?"

선생님이 물었다.

"루시가 우리 언제 죽는지 얘기해 주고 있어요."

레이철이 말했다. 레이철은 눈이 빨개지고 콧물이 흐르고 있었다.

"네가 물어봤잖아."

선생님은 나를 교장실로 보냈다. 내가 교장실에 간 건 그때가 처음이 아니었다. 그해가 끝나갈 무렵, 할머니는 더는 못 참겠다고 생각했다.

"아니, 애가 교실보다 교장실에서 시간을 더 많이 보내잖아요!"

할머니는 소리쳤다. 아마 할머니가 시간을 계산했더라면 그게 사실이 아니라는 것을 알았을 것이다. 하지만 어쨌든 할머니는 학교에 가서 나를 집에 데리고 와 버렸고, 그 후로 나는 학교에 안 가도 되었다. 하루 종일 집에 있으면서 할머니에게서, 그리고 대부분 내 컴퓨터를 통해서 배울 것을 배웠다. 내 방 컴퓨터로 공부한 날들은 1,508일이었다. 아무래도 그날들은 이제 끝난 것 같다.

이스트 햄린 중학교 교장실에 다다랐을 때 나는 할머니가 충분한 계획 없이 이 일을 실행해 버렸다는 것을 알 수 있었다. 면담 약속도 미리 하지 않았고, 내 학력 증명 자료도 하나도 가지고 오지 않았다. 그렇다고 할머니가 마음 먹은 일을 도중에 그만둘 사람은 아니지만 말이다.

교장 선생님을 기다리는 동안 비서가 우리에게 학교를 안내해 주었다. 나는 사물함과 계단, 문 등등 모든 것의 수를 세었다.

"음악실 구경 하실래요?"

비서가 이 순간이 지루한 듯한 목소리로 물었다.

"아뇨, 괜찮아요."

나는 이 모든 일이 어서 끝나기만을 바랄 뿐이었다.

학교 식당 문이 열려 있었고, 우리는 비서를 따라 들어갔다. 이렇게 넓은 실내를 본 건 처음이었다. 창문에서 햇빛이 쏟아져 들어오고, 떠다니는 먼지가 반짝였다. 에어컨이 먼지 입자들을 밀어 아름다운 차원분열도형 무늬가 생겨났다. 그 모습을 사진으로 찍고 싶었지만 그렇게 또렷하게 보이는 건 오직 내 뇌 속에서뿐이다.

"학교가 좋네."

할머니는 말했다.

"그러네."

나는 발끝으로 바닥을 세 번 두들겼다. 할머니와 나는 교장실로 돌아가 교장 선생님을 만났다. 지저분한 책상 위에 '우리 지역 올해의 교장'이라고 적힌 투명한 명판이 놓여 있었다. 교장 선생님은 할머니와 악수를 하고는 우리에게 앉으라고 말했다. 나는 나무 의자에 앉았다가 일어났다가 앉았다가 일어났다가 다시 앉았다.

교장 선생님은 나를 빤히 보긴 해도 아무 말 하지 않는다.

설명할 수 있었으면 좋겠다. 이럴 수밖에 없다는 걸. 내 뇌가 미친 듯 도돌이표를 돌지 않게 하려면, 파이 값 숫자들이 마치 전염병처럼 내 뇌에 피지지 않게 하려면, 그 숫자들 말고 다른 건 생각도 못 하는 상태가 되지 않게 하려면, 나는 이 행동을 반복해야만 한다는 걸.

할머니가 가방에서 오래된 영수증을 하나 꺼내고는 교장 선생님 책상에 있는 펜을 하나 집어 들었다. 그리고 물었다.

"개학이 며칠입니까?"

"8월 27일입니다."

"수업은 몇 시에 시작합니까?"

"아침 조회는 7시 30분에 시작합니다. 그런데 그 전에……."

"학교는 몇 시에 끝납니까?"

할머니는 교장 선생님이 말할 틈을 주지 않았다.

"2시 10분에 끝납니다."

"루시는 몇 학년으로 입학할 수 있습니까?"

교장 선생님은 두 손을 들어 올리고 말했다.

"자, 좀 천천히 할까요? 자, 캘러핸 부인, 제가 몇 가지 질문을 드려도 될까요?"

"하실 질문이 있으면 하십시오."

할머니의 대답에 교장 선생님은 활짝 미소를 짓고는 말했다.

"좋습니다. 루시는 얼마나 오래 홈스쿨링을 했습니까?"

1,508일 동안이요.

"초등학교 3학년부터 홈스쿨링으로 배웠습니다."

"그럼 루시의 주교육자십니까?"

"대체로 그렇지요. 컴퓨터 자료를 많이 활용합니다."

할머니가 내 머리를 쓰다듬었고 나는 할머니의 손을 밀어냈다.

"교육 기록을 갖고 계십니까? 우리 주의 법에 따르면 출석, 성적, 그리고 학년말……."

할머니가 또 교장 선생님 말을 끝까지 듣지 않고 답했다.

"성적은 전부 A입니다. 루시는 아주아주 똑똑합니다."

할머니는 천재나 서번트 같은 말을 쓰지 않았다. 번개 맞은 일도 언급하지 않았다.

"기록이 하나라도 있습니까?"

교장은 두 손을 포개어 책상에 얹었다. 마치 답을 이미 아는 것 같다.

"이메일로 보내 드리죠."

할머니는 답했다. 할머니는 기록을 전혀 해 두지 않았지만 내가 했다. 내가 받은 모든 성적이 컴퓨터 스프레드시트에 깔끔히 정리가 되어 있다.

"예방 접종 증명서도 필요합니다."

"또 있습니까?"

"작성해야 하는 서류를 조이스가 챙겨 드릴 겁니다. 그 안에 전부 다 있습니다."

"알았습니다."

교장 선생님이 다시 나를 쳐다보고 물었다.

"열세 살이라고?"

나는 고개를 끄덕였다.

"그래. 이스트 햄린 중학교 7학년으로 들어오는 것을 환영한다, 루시."

교장 선생님은 악수를 하자고 손을 내밀었지만 나는 잡지 않았다.

"루시는 악수를 안 합니다. 세균이 옮을까 봐 걱정해서요."

할머니 말이 맞다. 그걸 알면서도 할머니는 이 세균 우글거리는 공동체에 나를 밀어 넣으려는 것이다. 동갑끼리는 무조건 서로 잘 맞으리라는 믿음으로 나이별로 사람을 모아 놓는 곳. 나와 진짜 잘 맞는 사람들은 알고리즘을 만들고 난제를 해결한다. 하지만 그 사람들이 세상을 바꾸는 사이에 나는 교과서 내용이나 외우고 피구 공이나 피하면서 시간을 낭비할 처지가 되었다.

4. 윈디와 같은 편

할머니는 내 등교 첫날의 사진을 꼭 찍어야겠다고 했다.

"도대체 나한테 왜 이래?"

"사진 하나 찍는 것 가지고 되게 그러네."

할머니는 휴대폰을 들어 올렸다.

"내 말은 그 말이 아니야."

나는 할머니가 나를 중학교에 보내야겠다는 마음을 바꾸어 주길 바랐다. 나는 내 수업과 성적 기록을 할머니에게 주지 않겠다고 했지만 할머니가 비밀번호를 알아내서(lucy31415였다. 좀 더 어려운 비밀번호를 생각해 내야겠다) 다 인쇄해 버렸다. 초등학교 6학년 과정까지의 기록만을 뽑고, 그 다음 교육 과정의 기록은 뽑지 않았다.

"루시, 우리 이미 얘기 다 됐잖아. 1년만 다녀 보라니까. 열네 살에 대학교 가도 사람들 대부분보다 5년이나 빨리 가는 거야."

"이번 달에 어떤 열세 살짜리 남자애 코넬 대학 들어갔어!"

"그 애 할머니는 나보다 부든가 보지. 대학은 나중에도 갈 수 있어."

"1년 후라 이거지? 딱 1년이지? 그 약속 문서로 받아도 돼?"

할머니는 너무 쉽게 대답했다.

“약속한다니까. 1년만 잘 다녀 봐. 친구 1명 만들고. 이 집 밖에서 뭔가 1가지 하고. 그리고 경제학자나 수학자가 쓰지 않은 책 1권 읽고.”

“1년, 친구 1명, 활동 1가지, 책 1권. 올해의 협찬은 숫자 1 되시겠습니다.”

나는 세서미 스트리트에 나오는 카운트 백작처럼 말해 봤다.

“응, 이제 웃어 봐. 네가 웃을 때 얼마나 예쁜데.”

나는 어이없다는 표정을 짓고 혀를 내밀었다.

“기도할 때 너를 위한 기도를 좀 더 할 거야.”

“고마워. 나 기도가 필요한 처지거든.”

이스트 햄린 중학교에는 복장 규칙이 있다. 교복을 입어야 하는 건 아니지만 아주 엄격한 원칙에 맞추어 옷을 입어야 한다. 셔츠 색깔은 빨간색, 흰색, 파란색만 허용된다. 반바지나 바지는 카키색과 진한 파란색만 허용되고 청바지는 입을 수 없다.

“교장 선생님한테 내가 천재라는 얘기 왜 안 했어?”

나는 새 도시락 가방을 새 책가방에 넣으면서 물었다.

“너 아주 똑똑하다고는 말했잖냐. 그리고 곧 다들 알게 될 텐데 뭘. 네가 처음에는 다른 아이들하고 똑같이 대우 받는 게 좋을 것 같아서. 걱정 마라. 학교도 분명 뭔가 너한테 가르칠 게 있을 거다.”

우리 아파트 앞 버스 정류장에서 7명의 아이들이 기다리고 있다. 소수다. 좋은 신호다. 본 적 있는 아이들이기는 한데 모두가 휴대전화를 들여다보고 있거나 헤드폰을 쓰고는 멍하니 허공을 보고 있다.

나도 휴대전화가 있기는 하다. 내가 다시 학교 다닌다고 할머니가 기념 선물로 사 준 것인데, 문자와 전화만 된다.

버스가 끼익 하면서 멈추어 섰을 때 우리는 조용히 차례대로 버스 계단 3칸을 올랐다. 할머니 나이쯤 되어 보이는 운전사는 앞만 똑바로 쳐다보고 아무 말도 하지 않았다.

나는 가장 먼저 보인 빈자리를 골라 앉았다. 그리고 일어섰다. 그리고 앉았다. 그리고 일어섰다.

“앉아!”

버스 운전사가 소리쳤다.

나는 내가 다섯 번을 반복해야 하는 것이 아님을 다행스럽게 여기면서 앉았다. 그랬다면 방과 후 학교에 남거나 정학을 당하거나 뭐 그랬을까?

나는 엉덩이로 창문 가까이로 옮겨 갔다. 버스가 다음 정거장에 섰고 아이 4명이 더 탔다. 나는 그 아이들 하나하나가 지나가는 것을 보았다. 마지막 여자아이는 나와 눈을 마주치더니 사나운 표정을 지었다. 긴 금발머리를 하고 검정색 아이쉐도우를 바른 파란 눈을 지닌 예쁜 아이인데 사나운 표정을 지을 때는 꼭 광견병에 걸린 너구리같았다. 전에 우리 아파트 뒤에 1마리 있었다. 나는 시선을 깔기로 했다.

내일은 책이나 스도쿠 퍼즐을 가져오거나 해야겠다. 하지만 내가 그 퍼즐을 푸는 데 시간이 많이 걸리진 않는다. 펜이 움직일 수 있는 가장 빠른 속도로 답을 다 채워 넣을 수 있다. 한번은 핀란드의 수학자가 만든 스도쿠 퍼즐을 푼 적도 있다. 그 수학자는 그것이 여태 만들어진 스도쿠 퍼즐 중 가장 어렵다고 했지만 나는 5분도 안 되어서 다 풀었다.

그런데 네 번째 정거장에서 한 여자아이가 내 옆에 앉으면서 모든 게 변했다. 나에게 바싹 붙는 그 애를 나는 최대한 예의 바르게 밀어냈다. 그러자 그 애가 말했다.

"아, 미안."

"괜찮아."

그 아이는 안경을 고쳐 쓰고는 책가방을 벗어 무릎에 얹었다. 책가방은 카키색이고 '북극곰을 지키자', '동일 노동에는 동일 임금', '어머니 지구를 존경하자' 등등이 적힌 천 조각이 가득 붙어 있다.

"전엔 나 새 학기 첫날을 진짜 좋아했는데, 왜 그랬는지 모르겠어. 우리 언니 말이 옳았어. 우리 언니 말에 따르면 중학교는……."

그 애가 주위를 돌아보더니 내 귀에 대고 "xxxxx 곳이래."라고 속삭였다. 삼촌도 아프가니스탄의 고생스러운 밤을 묘사할 때 그 표현을 썼다.

중학교를 아직 다녀 보지도 않았는데 나는 벌써 그 애 언니 말에 공감하여 고개를 끄덕였다. 그 애가 물었다.

"너 6학년이야?"

"아니, 7학년."

"너 그럼 우리 학교에 전학 왔나 보다. 아니면 엄청 조용한 애거나. 작년에 학교에서 널 본 적이 없는 것 같거든."

"이번 여름방학에 입학했어. 원래 가려던 학교는 다른 학교였는데."

대학이었는데.

"무슨 학교? 존 글렌 중학교? 2년 전에 거기 어떤 애가 학교에 칼을 가지고 왔어. 그래서 우리 엄마는 거기를 깡패 학교라고 생각해."

"그 학교 아니야."

"나도 7학년이야. 그런데 사람들이 자주 나를 고등학생이라고 생각해. 여름에 갔던 수영장에선 안전요원이 내가 10학년인 줄 알더라니까."

나이보다 성숙해 보이기는 하지만 10학년은 지나치다. 치아에는 교정기를 꼈고 갈색 머리의 끝이 뾰족뾰족하게 뻗쳐 있다. 딸은 내 머리카락보다 멋진 건 확실하다. 화장으로 가린 하얀 이마에는 여드름이 옹기종기 나 있다. 바닐라 향수 냄새가 나고 입술에는 반짝이는 분홍색 립글로스를 발랐다. 그 애가 물었다.

"넌 이름이 뭐야?"

"넌 이름이 뭔데?"

내가 되물었다.

"그건 좀 이상한데."

그 아이가 과장되게 두 눈썹을 위로 올렸다.

"미안, 나는 루시야."

"나는 윈디야. 웬디가 아니고 윈디. 철자에 i가 들어가는."

'윈디'라는 말에 '바람 부는'이란 뜻이 있어서인지, 윈디는 내 얼굴에다 숨을 후 불었다. 나는 숨을 쉬지 않으려고 노력했다. 10초 참았다. 그러자 그 애가 물었다.

"너 어디 아파? 왜 그래?"

"그런 행동은 위생적이지 않아."

"뭘 그걸 가지고 그래? 내가 병 걸리기라도 했다고 생각해?"

일부러 못되게 굴려는 것인지 그냥 이상한 애인지 나는 모르겠다. 아까 그 여자애처럼 무서운 표정을 짓지는 않는다.

"아니. 그런데……."

"그런데 뭐?"

나를 쏘아보며 더 가까이 붙는 그 애에게 나는 말했다.

"우리한테는 항상 세균이랑 박테리아가 있어. 없는 데가 없어. 누구 주변에나 미생물이 잔뜩 헤엄친다고. 그걸……."

"미생물 군집! 나 과학 발표회 때 미생물 군집에 관해서 발표했어."

머리카락 끝이 뻗치고 사람 사이의 적당한 거리를 모른 채 딱 붙어 있는 이 아이가 미생물 군집을 알거라고는 예상하지 못했다. 평화를 제안하는 의미에서, 나는 손 소독제를 꺼내 윈디 손바닥에도 한 번 짜 주겠다는 의사를 표시했다.

윈디가 내민 손바닥에 손 소독제 한 덩이를 짰다. 내 손에도 좀 짰다.

"이러면 기분이 나아?"

윈디가 물었다. 나는 고개를 끄덕였다. 윈디는 또 눈썹을 올리며 말했다.

"너 말라리아 때문에 30초에 1명씩 어딘가의 아이가 죽는다는 거 알아? 우리가 두려워해야 할 건 말라리아야. 미생물 군집이 아니라."

그렇다면 1년에 1,051,200명의 아이가 말라리아로 죽는다는 것이다.

"작년에 나 가나에 있는 한 마을에 모기장을 120개 보내는 기금 모으는 일을 도왔어."

윈디는 자랑했다.

"우아."

나는 그건 말라리아로 희생될 가능성이 있는 사람의 고작 0.01퍼센트만을 도운 것이란 말은 안 했다. 때로 수학은 잔인할 수 있다.

"너희 담임 선생님 누구셔?"

윈디가 물었다.

"213호 교실이야. 스펜서 선생님이고."

나는 선생님 이름보다 교실 번호를 먼저 외웠다.

"나도야. 우리 같은 편이네. 멋지다."

윈디가 질문을 더 하기 전에 버스가 학교에 도착했다. 차 문이 열리자 윈디는 내리는 아이들 사이에 섞여 사라졌다. 나는 그대로 앉아 있었다. 아무와도 몸이 닿지 않고는 내릴 수 없어서 나는 맨 마지막으로 내렸다. 이미 윈디는 보이지 않았고 나는 수많은 낯선 아이들 속에서 혼자였다. 그때 누군가와 부딪혀 떠밀려 버린 나는 미생물 군집의 90퍼센트가 향수로 된 다른 아이와 부딪혔다.

"조심해."

그 남자애가 이렇게 말하며 팔꿈치로 나를 밀어냈다.

큰 숨으로 마음을 진정시키며, 나는 차라리 오늘 하루를 쓰레기통에 숨어 보내는 게 나았을지도 모른다는 생각이 들었다.

5. 첫날 첫 시간

213호 교실을 찾는 것은 쉬웠다. 그런데 들어가는 것은 불가능했다.

복도에서 발끝을 세 번 두드린 나는 아이 4명이 교실 문으로 가는 것을 지켜만 보았다. 선생님이 문 앞에 서 있고, 교실로 들어가는 아이들 한 명 한 명과 악수하곤 그 손을 3초 동안 잡고 이야기를 나누는 게 아닌가! 첫날의 의례라서 매일 아침 거쳐야 하는 관문은 아닐지도 모른다. 어쩌면 나는 내일 다시 오는 게 좋겠다.

"야! 아까 사라져 버려서 미안. 수업 시작하기 전에 화장실에 가야 해서. 아침을 커피 3잔으로 시작하면 그렇게 돼."

갑자기 펄쩍 뛰어 내 앞에 나타난 건 윈디다.

"너 커피 마셔?"

"엄마가 안 볼 때. 커피는 몸에 나쁘지 않아. 카페인이 성장을 방해한다는 말도 있는데 나는 괜찮아. 나는 지금 정도 내 몸 크기가 좋거든. 그리고 정신을 번쩍 들게 할 게 필요했어. 해밀턴 듣느라고 밤새웠거든."

"으응?"

대답으로 내뱉은 말이 꼭 질문처럼 나왔다.

"토니상 받은 뮤지컬. 너도 알지?"

"나는 음악 안 좋아해."

"들어 봐. 인생을 바꿀 음악이야!"

그때 어떤 벨 소리가 울렸다.

"가자."

윈디가 그 거대한 책가방을 멘 채 선생님 쪽으로 갔다. 윈디가 선생님과 악수하는 모습을 보니 아주 단순한 과정처럼 보이고 선생님은 깔끔한 사람 같다. 키가 크고 까만 머리카락을 바싹 짧게 깎았고, 가느다란 모양으로 콧수염이 나 있고 피부는 짙은 갈색이다. 새하얀 셔츠 차림에 초록색(숫자 38의 색이다) 좁다란 넥타이를 맸다. 남색(숫자 62의 색이다) 바지는 새것처럼 보인다. 규칙적으로 몸을 씻는 사람처럼 보인다. 하지만 이미 교실로 들어가는 모든 아이들의 손을 만졌다. 끔찍하게도 미생물이 기하급수적으로 늘었을 것이다. 나는 선생님 손에 박테리아가 대략 몇 마리쯤 옮겨 붙었을지 계산하지 않으려고 안간힘을 썼다. 어지럽다.

복도에 아무도 남지 않자 선생님이 나를 보았다.

"내가 뭐 도와줄 거라도 있니?"

친절한 가게 점원 같은 말투로 선생님이 물었다.

"아니요."

"너 우리 반 학생이니?"

"네, 선생님."

"너 루실 캘러핸이야?"

나는 고개를 끄덕였다. 우리는 지금 처음 만난다. 아마도 교장 선생님이 담임 선생님에게 나에 관한 경고를 했는지도 모른다.

"너희 할머니께서 나한테 메일을 보내셨어. 네가 전에 중학교를 다녀 본 적이 없다고 하시더라고. 그래도 걱정하지 마. 모두에게 새로운 학년이니까. 나만 빼고. 나는 7학년을 15년째 가르치고 있어."

선생님이 문을 향해 손짓하더니 두 손을 자기 옷의 호주머니에 넣었다.

할머니는 나에 관해 무엇을 더 이야기했을까?

나는 천천히 문으로 걸어갔다. 세균 범벅인 손을 주머니에서 꺼낼까 봐 선생님을 계속 보면서 말이다. 하지만 선생님은 마치 음악을 듣는 것처럼 몸을 앞뒤로 흔들흔들 움직일 뿐이었다.

"잘 왔다. 나는 네 담임이자 1교시 수학 담당 선생님인 스펜서 선생님이야. 제자리를 찾아서 앉으렴, 책상에 이름이 적혀 있으니. 그런데 궁금한 게 1가지 있어. 루실이랑 루시 중에서 어떻게 불리는 게 더 좋니?"

"루시요."

213호 교실로 들어선 순간 나는 사랑에 빠졌다. 선생님이 교실 사방의 벽에 천을 빙 둘러 꾸몄는데 거기에 파이의 값이 소수점 280번째 자리까지 적혀 있다. (파이의 280번째 자리는 2이다.) 그리고 방정식이 적혀 있는 포스터들을 붙여 두었는데 그중 하나에는 피보나치수열도 있다. 세상에서 내가 좋아하는 수열을 딱 하나만 꼽는다면 피보나치수열일 것이다.

0, 1, 1, 2, 3, 5, 8, 13, 21.

그리고 웃긴 포스터들도 있다. '4명 중 5명의 사람들은 분수를 이해 못한다고 하는군요'라고 적힌 것도 있고 '수학은 여정이니까 여러분의 풀이 과정을 보여 주세요' 라고 적힌 것도 있다.

"루시! 네 자리 저기야."

윈디가 앞에서 두 번째 줄, 내 이름이 적힌 종이가 있는 책상을 가리켰다. 나는 어색하지만 고맙다는 미소를 보였다. 그리고 내 머릿속 숫자들을 잠재우기 위해서, 그리고 교실 문 밖으로 뛰쳐나가지 않기 위해서 발끝으로 바닥을 세 번 두들겼다.

나는 자리로 가서 바닥에 책가방 먼저 내려놓았다. 그러자 선생님이 교실 앞에 서서 다시 한번 자신을 소개한다. 나는 지금 무엇을 먼저 해야 할지 모르겠다. 앉는 것, 그리고 책상을 닦는 것 중에서.

"경고 종이 7시 25분에 울릴 거예요. 두 번째 종은 7시 30분에."

선생님은 모두가 조용히 해야만 들을 수 있는 낮은 목소리로 말했다.

"7시 30분까지는 자리에 앉아서 하루를 시작할 준비를 해야 해요."

나는 스펜서 선생님이 특별히 날 지적하기 위해 그 말을 했다고 생각하지 않는다. 하지만 여태 자리에 앉지 않은 아이는 나뿐이다. 나는 큰 숨을 들이쉰 후 앉았다. 그리고 속으로 말했다. '가만히 있어, 루시.'

하지만 그럴 수가 없다. 숫자들이 내 머릿속으로 침범한다.

'3.14159…….'

'무시해!'

'26535897932384626…….'

나는 선생님이 무슨 말을 하는지 알아들을 수가 없다.

'433832795028841971693993751058209……'

숫자가 점점 더 요란해진다. 더 커진다. 더 선명해진다.

'7494459230781640628620899862803482534211170…….'

나는 벌떡 일어섰다, 완전히. 원래는 3센티미터 정도만 엉덩이를 떼려고 했는데, 내 몸이 제멋대로다. 내 옆에 앉은 아이가 휙 고개를 돌려 나를 보았다. (책상 위 종이를 보니 얘 이름은 '리바이' 다.) 겁을 먹은 것 같다.

나는 다시 앉았다.

다시 일어섰다.

다시 앉았다, 마침내 마지막으로.

내 얼굴은 햇빛에 심하게 익은 것처럼 달아올랐다. 아무도 뭐라고 말하지 않지만 첫째 줄에 앉은 아이들을 제외한 18명의 아이들 모두 나의 이상함을 목격했을 것이다. 윈디가 첫째 줄에 앉아 하나도 보지 못한 게 다행스럽다. 보았더라면 무슨 말을 하거나 "너 뭐 하는 거야?" 하고 물었을 것 같기 때문이다.

교실 스피커로 새 학년을 축하하는 교장 선생님 목소리가 나왔다. 교장 선생님이 영감을 주려고 어떤 인용구를 읽을 때 나는 1장씩 따로 포장한 살균 물티슈를 가방에서 꺼내 내 책상을 닦았다.

리바이가 입을 떡 벌리고 나를 본다. 리바이는 눈동자가 검고(그 눈동자로 나를 좀 그만 쳐다봤으면 좋겠고), 피부는 갈색, 머리카락은 곱슬머리다. 정수리 쪽은 머리카락을 풍성하게 내버려 두었고 머리 양옆 쪽은 거의 민머리에 가깝게 짧게 깎았다. 마치 책상 닦는 사람을 처음 보는 것 같다. 나는 책상 위를 다 닦고 나서 리바이에게 닦은 물티슈를 보여 주었다. 때가 묻어

까맣다.

리바이가 역겨운 표정으로 얼굴을 찌푸린다. 내가 역겹단 건지 그 때가 역겹단 건지 잘 모르겠다.

나는 더러운 물티슈를 나중에 버리려고 종이봉투에 넣어 두었다. 하루 동안 15개에서 20개가 거기 모일 것 같다.

조회 시간이 끝난 후, 선생님은 1교시 수업 50분 동안 규율과 교칙만 설명했고, 그래서 나는 실망했다. 수학 이야기도 듣고 싶었으니 말이다. 조금 덧붙이는 이야기 정도라도.

종이 울렸고 나는 천천히 일어섰다. 윈디가 물었다.

"다음 수업 뭐야, 넌?"

"304호 교실. 스페인어."

나는 이미 온라인으로 고등학교 스페인어 6학기를 마쳤다.

"나는 기술 수업이야. 그리고 3교시는 국어. 너도 그렇지? 핵심 수업은 우리 반 다 같이 듣게 되어 있어. 원래 그래. 그럼 50분 후에 보자."

그래, 내가 그때까지 버틴다면.

6. 점심시간

나도 텔레비전을 볼 만큼 봤기 때문에 학교와 감옥에선 식당이 괴롭힘과 굴욕의 공간이라는 것쯤 안다. 하지만 이스트 햄린 중학교는 내가 상상한 것과 달랐다. 과학 수업인 4교시가 끝나자 브라이슨 선생님이 우리를 조용히 한 줄로 세워 식당으로 데리고 갔다. 반 전체가 거대한 하나의 식탁에서 마치 행복한 대가족처럼 밥을 먹어야 한다.

“빈 의자에 알아서 앉으세요. 식사 시간은 25분입니다. 이상.”

의자가 식탁에 붙어 있다. 의자를 식탁 가까이로 더 당기거나 다른 아이들에게서 더 멀리 떨어뜨릴 수 없다.

“나 금방 올게. 자리 좀 맡아 줘.”

윈디가 내게 말했다. 나는 리바이에게서 한 자리 떨어진 자리에 앉았다. 그리고 일어섰다가 앉았다가 일어섰다가 앉았다. 리바이가 앓는 소리를 냈다.

“이 자리 주인 있어?”

내가 물었다. 부디 처음부터 다시 시작할 필요 없길 바라며.

“네가 벌써 세 번이나 찜한 것 같은데.”

식탁에서 청소 세제 냄새가 진동한다. 그래도 나는 안심할 수 없다. 나는 오늘의 다섯 번째 살균 물티슈를 꺼냈다.

“저, 거기 청소부 아줌마. 내 자리도 좀 닦아 줄 수 있어?”

내게서 좀 떨어진 곳에 앉은 한 여자아이가 말했다.

나는 낱개 포장된 살균 물티슈 하나를 더 꺼내 그 애에게 내밀었다.

“하여간 괴상한 애야.”

그 애는 어이없다는 듯이 말했지만 나는 그런 못된 소리보다 더러움과 세균이 더 신경 쓰였다.

“너 청소 진짜 잘하네. 화장실 청소도 하니?”

그 애가 물었다.

나는 긴급 상황을 제외하고는 공공 화장실을 되도록 쓰지 않는다. 하지만 써야 할 때는 변기 의자를 살균한다. 그리고는 휴지 한 겹을 보호용으로 그 위에 깐다. 그리고 수도꼭지 손잡이와 종이 타월 통도 닦는다. 나올 땐 수도꼭지에서 나오는 가장 뜨거운 물에 최소한 2분 동안 손을 씻는다. 내 기준에 그 물은 항상 충분히 뜨겁지 않다.

리바이가 다 쓴 살균 물티슈를 내 손에서 빼 갔다. 그리고는 그 여자애와 그 친구들 눈앞에 들어 보이며 말했다.

“이거 보니까 어떠냐, 매디?”

그 여자애, 매디는 코를 찡그리더니 이렇게 말했다.

“여기 정말 우웩이다. 딴 데 가자.”

“앉아요. 점심시간 안 끝났어요.”

브라이슨 선생님이 우리 옆에 있는 교사 식탁에서 큰 소리로 말했다.

“저희 옮겨야 해요.”

매디는 '저희'라고 말했지만 일어선 것은 매디 혼자뿐이었다.

"앉으라고 했죠!"

매디는 천천히 자리에 앉았다. 눈을 가느다랗게 뜨고는 나를 보았다. 그런데 갑자기, 매디가 무언가에 엉덩이를 꼬집히기라도 한 것처럼 다시 일어났다. 반 전체가 매디를 보았다. 처음으로 모두 조용해졌다. 매디가 천천히 다시 앉았다. 다음 행동이 무엇일지 나는 알 수 있었다.

'제발 하지 마…….'

매디는 다시 일어섰다, 앉았다, 그리고 일어섰다. 모두가 웃었다.

"그만해요!"

브라이슨 선생님이 외쳤다. 입에 샐러드가 가득 들어 있어 원하는 만큼의 큰 소리가 나오진 않은 것 같다.

"죄송해요. 다 했어요."

매디가 상냥한 말투로 말했다.

나는 손 소독제를 손에 바르고(권장량의 약 3배 정도) 나서 점심을 먹는 데 집중했다. 할머니가 싸 준 도시락은 흰 빵으로 만든 햄 샌드위치, 양념 없는 감자칩, 땅콩버터 곡물 바, 그리고 과일 주스 한 팩이다. 이 중에서 먹다가 목에 걸려 숨이 막히기 가장 쉬운 건 무엇일까?

식탁 맨 끝에 앉은 한 남자애가 애들 웃음소리 너머로 이렇게 말했다.

"진짜 잘 따라하네, 매디. 너희 심지어 닮았어."

"닮다니, 누가 누굴?"

매디가 날카로운 목소리로 물었다.

"너랑 청소부 아줌마랑 닮았다고."

"우욱! 말도 안 돼!"

매디는 마치 라마에 비교 당하기라도 한 것 같은 말투다. 나 역시도 매디와의 비교가 마음에 들지 않는다. 하지만 나는 토하는 소리를 내지 않는다. 우리 둘 다 긴 갈색 머리카락을 하나로 땋았다. 하지만 나의 땋은 머리는 초등학교 때 했던 스타일과 비슷하게 등 중간쯤까지 늘어뜨린 모양이다. 매디의 머리는 세련되게 오른쪽 어깨로 내려오도록 땋았다. 우리 둘 다 피부가 희고 눈이 갈색이다. 그리고 학교의 옷차림 규칙 덕분에 우리는 흰 폴로셔츠와 남색(숫자 7의 색이다) 반바지를 쌍둥이처럼 입고 있다.

할머니가 도시락 냅킨에다가 이런 메모를 넣어 놓았다. '미소 지어 나쁠 것 없다.' 아무래도 할머니는 중학교에 다녀 본 적이 없는 것 같다. 윈디가 내 옆에 앉으며 물었다.

"나 없는 사이에 무슨 일 있었어?"

"아니."

나는 윈디에게 이야기해 줄 기운이 없다. 윈디는 식판을 보며 말했다.

"배고파 죽겠는데 이 중엔 음식다운 음식이 없어."

윈디의 식판에 노란빛(숫자 102의 색이다)이 도는 닭고기 튀김과 사과 하나, 으깬 감자, 초콜릿 우유가 있다. 윈디가 닭고기 튀김을 한입 베어 물고 두 번 씹은 후 물었다.

"루시, 네 얘기 좀 해 줘."

"얘기할 거 없어. 나한테는 얘기할 만큼 재미있는 점이 없어."

"넌 여기 새로 왔잖아. 새로운 존재는 재미있기 마련이야."

"난 아니야."

"좋아, 알았어. 부끄러운 거구나. 그럼 내가 여기 있는 모든 애들의 이야기를 해 줄게. 그러면 네 기분이 좀 더 편해질 거야."

"안 해도 돼."

나는 시계를 보았다. 점심시간이라는 이 고문이 아직 17분 남았다.

"걱정하지 마. 좋은 얘기 먼저, 그다음에 그다지 좋지 않은 얘기를 해 줄게. 그렇게 해야 옳아."

"옳은 건 남 얘기를 아예 안 하는 거지."

이렇게 끼어든 건 자기 도시락의 당근을 빤히 보고 있는 리바이였다.

"쟤는 리바이 보이드야. 쟤한테는 엄마가 둘이고……."

"야!"

"그건 저 애 장점이야. 난 쟤 엄마 두 분을 만나 봤거든. 작년 추수감사절에 그분들이랑 수프 끓이는 자원봉사를 같이 했어. 멋진 분들이셔."

윈디는 말을 이었다.

"이제 쟤 단점 차례인데, 꼭 하나만 꼽아야 하나?"

"그만 떠들어라."

리바이가 이렇게 말하곤 이스트 햄린 중학교 티에 달린 모자를 썼다.

"리바이는 자기가 파파라치인 줄 알아. 항상 사진을 찍어. 폰으로 찍는 것도 아니고. 이상해."

윈디는 리바이가 화내며 반박하기를 기다리기라도 하는 것처럼 말을 멈추었다. 하지만 리바이는 윈디를 무시해 버렸다. 그리고 어차피 윈디와 나에게 관심을 기울이는 사람이 없어 보인다. 이제 윈디는 좀 더 작게 말했다.

"넘어가자. 저 애는 링컨 챈들러야. 축구를 아주 잘하고 심각한 브라질너트 알레르기가 있어. 네 도시락엔 브라질너트 없어? 브라질너트를 먹으면 잰 진짜 죽을 수도 있거든."

나는 고개를 젓고 곡물 바를 들어 보이며 말했다.

"이건 땅콩버터 들어간 거야."

윈디는 자신의 음식에 더는 손도 대지 않고 식탁에 앉은 모든 아이들에 관한 이야기를 차례대로 했다. 누구는 야구를 잘하고 누구는 스펠링을 잘 기억하고 누구는 뮤지컬에 능하고 누구는 만화를 잘 그리고. 누가 수학을 잘한다는 이야기는 나오지 않았다. 그리고 윈디는 아이들의 단점으로 알레르기나 이상한 취미 따위를 많이 꼽았다. 예를 들면 영화표를 모으기라거나. 자기가 보러 가지 않은 영화표까지도 말이다.

"이미 본 영화표가 있으면 재가 25센트에 살 거야."

"4학년 때 이후로는 안 그랬어."

리바이가 반발했다.

"뭐 어쨌거나. 나 어디까지 했지?"

윈디가 잠시 멈추었다. 지금까지 소개해 주지 않은 아이는 2명인데 바로 윈니 사신과 나를 청소부 아줌마라고 불렀던 아이, 메디디.

"그럼 나만 남았네."

그런데 리바이가 끼어들었다.

"그건 내가 할게. 윈디 시튼은 자선 활동을 좋아해. 죽고 못 살지."

리바이의 갈색 눈이 한순간 내 눈과 마주쳤고, 꼭 경고처럼 느껴졌다.

"맞아. 내가 이 세상에 변화를 일으키는 일에 관심이 많지."

"윈디 시튼은 뮤지컬을 좋아하는데 노래는 못해."

"그것도 맞아."

"대장처럼 굴기 좋아하고 남 일에 잘 끼어들고 세상 모든 일에 관심 있어."

리바이는 손가락을 꼽아 가며 말했고 윈디는 대답했다.

"첫 번째 것 맞고, 두 번째 것 맞고, 세 번째 것도 맞아. 나는 타고난 리더야. 말을 솔직하게 해. 그리고 내가 뭐 남의 일기장을 읽거나 남의 사물함을 여는 건 아니잖아. 관찰력이 좋을 뿐이야. 이제 네 얘기 할 차례야, 루시."

윈디가 으깬 감자 한 숟가락을 자신의 입에 떠 넣었다.

"쟤는?"

나는 매디 쪽으로 고갯짓을 했다. 사실 나는 매디에 관해 궁금하지 않다. 그냥 내 소개를 미루고 싶은 것이다.

"쟤는 매디 손튼이야. 체조와 무용을 해. 그리고 노래를 아주 잘해. 작년에 프로 야구 경기에서 애국가도 불렀어."

그때 리바이가 말했다.

"고작 마이너리그 경기였어. 그리고 가사도 틀렸어."

하지만 윈디는 마치 아무 말도 못 들은 것처럼 말을 이었다.

"매디랑 나는 5학년 때 단짝 친구였고, 우리 엄마들이 아주 오래전부터 아는 사이셔. 그리고 매디는 아주 똑똑해."

거기에 리바이가 중얼거리듯 덧붙였다.

"애가 아주 못됐지."

"그렇게 나쁜 애 아니야. 자, 이제 너를 알려 줄 차례야, 루시. 안 하면 내가 선생님들 이야기까지 한다. 플레밍 선생님은 지난여름에 아주 지독한 과정을 거쳐 이혼하셨지."

"알았어. 음……."

"우린 좋은 거 먼저 듣고 싶어."

윈디는 '우리'라고 했지만 다른 아이는 아무도 듣고 있지 않다. 어쩌면 리바이는 듣는지도.

"나는 수학을 잘해. 그리고 난…… 음……. 내가 늘 하는 행동 너도 알잖아."

"아, 앉을 때마다 하는 거?"

"응."

윈디는 수학 시간에는 앉았다 일어나길 반복하는 나를 보지 못했지만 국어 시간과 과학 시간에 두 번 보았다.

"어쩌면 너 진짜로 그다지 재미있지 않은 애인가 보다."

"내가 그랬잖아. 난 대체로 평범해."

평범하고 흔한 서번트 청소부 아줌마, 번개 소녀.

7. 인생의 비밀

버스에서 내리자 할머니가 다 큰 나를 마중 나와 있었다. 학교 첫날이 마침내 끝났다는 안도감에서 헤엄치느라 나는 민망해할 여력이 없었다.

나는 발끝으로 바닥을 세 번 두드렸고 할머니는 나를 안았다.

"어땠어?"

환한 미소를 띠며 묻는 걸 보니 할머니는 좋은 얘길 기대하는 것 같다.

"만약 학교가 고문 같았고, 모두가 나를 괴물이라고 생각하고, 어쩌다 버스 손잡이를 만져서 병이 옮은 것 같고, 선생님들은 감옥 간수처럼 행동하고, 그 400분의 시간이 통째로 너무 싫었다고 말해도 나 내일도 학교 보낼 거야?"

"응."

나는 어깨를 으쓱하고 말했다.

"그럼 괜찮았어."

나는 우리 아파트를 향해 걸었다. 할머니가 나를 뒤따라오며 말했다.

"선생님이 감옥 간수? 감옥 간수가 어떤지 네가 어떻게 아냐? 지나친 비교야."

"날 학교 보내는 것 자체가 지나친 일이야."

"세상에서 학교 가기 싫어한 애가 네가 처음인 줄 알아? 유난은."

나보다 앞서 도착한 할머니는 내가 문을 만지지 않아도 되도록 문을 열어 주었다.

딱 1년. 힘들더라도 중학교에서 1년 버틸 수 있다.

할머니가 텔레비전을 틀면서 말했다.

"삼촌이 전화 한 통 해 달리더라. 이 중요한 날이 어땠는지 다 듣고 싶다고. 싫었다는 얘긴 너무 많이 하지 마."

나는 내 새 휴대전화를 썼다. 저장된 전화번호는 할머니와 삼촌, 이웃 챕먼 부인의 것뿐이다. 어차피 내 머리가 기억해서 저장할 필요는 없었지만.

삼촌이 전화를 받았다.

"안녕, 우리 천재. 학교는 어땠……."

전화 연결이 끊겼다 돌아왔다 했지만 삼촌의 질문을 나는 이미 알았다.

"상상도 못할 만큼 끔찍했어."

나는 일부러 할머니에게 들릴 만한 큰 소리로 말했다. 할머니는 날 위해 기도해 줄 게 아니라 날 학교에서 탈출시켜 줘야 한다.

"중학교란 데가 원래 끔찍해. 성년으로 나아가기 위한 거대한 신고식 같은 거야. 누구나 거쳐야 해."

"아니거든."

"루시, 그러지 마. 넌 할 수 있어. 너는……."

또 연결이 끊겼다.

"난 거기 어울리지 않아."

나는 번개 목걸이를 꼬았다. 삼촌이 물었다.

"'연기하다 보면 진짜가 된다' 라는 말 들어 봤어?"

"뭐, 들어 본 것도 같고."

"어딘가에 어울리는 척하거나 뭔가를 할 수 있는 것처럼 행동하면 실제로 그렇게 된다는 얘기야."

"말이 안 되는 것 같은데."

삼촌은 한숨을 괜히 크게 내쉬었다.

"내일 학교 가서는 미소 활짝 띠고 거기 어울리는 사람인 것처럼 행동해. 연기를 하다 보면 결국엔 진심으로 그렇게 느끼게 될 거야. 다 자신감의 문제라고. 받아 적고 있어?"

"아니."

"이런 귀한 조언은 적어야 하는데 말이야. 이 삼촌이 인생의 비밀을 알려 준 거야, 녀석아. 공짜로."

"참 나. 고마워."

"이제 끊어야겠다. 삼촌 조언 더 필요하면 또 전화하고. 그리고 너 남자 애들에 관해서 나하고 언제 한번 얘기해야 해. 내가 그 주제에 관해선 할 말이 많아. 알았지? 사랑한다, 우리 천재."

"나도 사랑해."

나는 전화기를 치워 두고 수납장에서 오레오 쿠키 한 상자를 꺼냈다.

"삼촌이 뭐래?"

"나더러 연기를 하래."

나는 쿠키 하나를 입에 넣었다.

“무슨 말 같지도 않은 소리야, 그게? 너는 그냥 너다우면 된다, 루시.”

“딱 1년만이야. 약속한 대로.”

나는 쿠키 하나를 더 먹고 냉장고에서 우유를 꺼냈다. 오늘은 숙제가 없다. 서류 몇 가지에 할머니 서명 받아 가는 것이 전부다. 수학 숙제가 있기를 좀 바랐다. 재미있었을 텐데 말이다.

나는 내 방으로 가 컴퓨터를 켜고 가장 좋아하는 사이트, ‘수학마법사’에 접속했다. 토론 게시판에서 나한테 도움을 청하는 문제가 14개다.

- 번개소녀님, 도와줘요!
- 사랑해요, 번개소녀님.
- 만약 번소님이 이 어려운 문제를 푼다면 나는 번소님이랑 결혼해서 번개 애기들 낳고 살 거다.

윽, 마지막 건 상당히 징그럽다.

이스트 햄린 중학교에서는 매디가 대장일지도 모른다. 모두에 관한 모든 것을 아는 것은 윈디일지 모른다. 하지만 여기에서는 내가 여왕이다.

8. 평범하게 살아남기

아무에게도 말하지는 않을 거지만 나는 수학 수업을 기다리고 있다. 사실 스펜서 선생님이 앞으로 1년 내내 가르칠 내용은 내가 이미 아홉 살 때 숙달한 내용일 것이다. 하지만 그런 수업을 듣는 게 나한테는 좋아하는 밴드의 이미 아는 노래를 듣거나 드라마 <수퍼내추럴>의 좋아하는 에피소드를 또 보는 것과 비슷하다.

1교시에 사물함 배정을 받느라 수학 수업은 곧바로 시작되지 않았다. 스펜서 선생님은 사물함의 위치와 비밀번호가 적힌 종이를 학생들에게 1장씩 주었다. 내 비밀번호는 48-9-27이다. 모두 3으로 나눌 수 있다. 다 곱하면 11,664이고 그 수의 제곱근은 정수 108이다!

내 사물함 번호는 그리 대단하지 않은 250B다. B는 아래쪽에 있다는 것을 뜻하고 위치는 250A인 매디 사물함의 바로 밑이다. 아마 이 학교 사물함 중에서 가장 나쁜 위치일 것이다. 윈디의 사물함은 다른 구역, 그러니까 213호 교실 문을 기준으로 나와 반대편에 있다.

리바이는 252B번을 쓰니까 사물함 이웃이라고 볼 수 있다. 리바이는 말없이 그 안에다 책 몇 권을 넣고 문을 쾅 닫아 잠갔다. 매디는 꽤 오래 소지품도 넣고 거울도 건다. 나는 매디가 할 일을 다 하기를 기다렸다가 내 사물함을 살균했다.

빠르게 사물함을 닦고 싶었다. 교실로 돌아가 수학 수업을 받고 싶었다. 하지만 살균 물티슈를 몇 개째 뜯어도 모자랐다. 나는 사물함 옆면과 안쪽 면, 고리까지 닦았다. 사물함 바닥이 제일 문제였다. 티슈를 한 번 밀 때마다 더러움과 부스러기, 심지어 머리카락도 밀려나왔다.

“1분 남았다.”

스펜서 선생님이 경고했다.

나 말고 복도에 남은 아이는 2명의 여자아이뿐이다. 나는 또 1장의 살균 물티슈를 뜯었다. 나는 물티슈가 찢어질 때까지 문질렀지만 내 사물함은 여전히 깨끗하지 않았다.

목이 후끈거렸다. 피가 귀로 몰리는 소리가 들렸다. 파이의 값이 뇌 속을 똑딱거리며 흘러갔다. 3.141592653…….

나는 그 숫자들을 쫓아 버리기 위해 발끝으로 바닥을 세 번 쳤다. 학교 관리인에게 종이 타월과 스프레이를 좀 얻어 볼까 생각했을 때, 선생님이 말했다.

“이제 모두 자리에 앉으세요.”

남아 있던 두 여자아이가 자신들의 사물함 문을 닫았다. 나도 닫았다. 하지만 그 안에 내 물건을 하나도 넣지 않았다. 넣을 수가 없었다.

“저 화장실 좀 갔다 와도 될까요?”

“루시, 이제는…….”

선생님은 내 손에 든 더러워진 살균 물티슈와 그 포장지 뭉치를 보았다.

"그럼 빨리 갔다 와라."

여자 화장실에서 나는 쓰레기를 버리고 세면대 물비누를 세 번 짜서 빠르게 손을 씻었다. 교실로 돌아가면서는 내 손 소독제를 세 번 짜서 발랐다.

선생님은 아직 화이트보드를 지우고 있다. 그러니 나는 놓친 내용이 하나도 없다. 선생님은 나를 기다린 것일까?

나는 내 자리에 앉고 일어서고 앉고 일어서고 앉았다. 누군가가 헛기침을 했다. 또 다른 누군가는 한숨을 쉬었다.

나는 샤프를 꺼내 들었다. 스펜서 선생님이 마침내 수업을 시작하려고 돌아서자 과연 어떤 수업일지, 수많은 가능성이 내 머릿속으로 밀려 들어왔다. 아름답도록 단순한 것에 관한 수업일까? 원의 넓이 구하기(원의 넓이 = πr^2)도 흥미로울 텐데. 나는 파이가 들어가는 모든 공식을 사랑한다. 만약 언젠가 문신을 한다면 π로 할 것이다.

화이트보드 받침대에 놓인 화이트보드 펜을 집어들 줄 알았던 선생님은 그러지 않았다. 그렇다면 간단하고 또렷한 용어들을 써서 어떤 이론을 설명해 줄지도 모르겠다고 생각했다. 그런데 선생님은 자신의 책상으로 가더니 종이 한 뭉치를 집어 들었다.

"시험 아니에요. 이건 평가예요. 여러분 한 명 한 명이, 그리고 우리 반 전체가 어디쯤에 있는지를 알기 위해서 하는 평가. 이 결과를 보고 어디서 시작해야 할지를 결정할 거예요."

"성적에 반영돼요?"

내 뒤에 있는 한 아이가 묻자 선생님은 대답했다.

“아니. 그래도 최선을 다해 풀어야 해. 아마 이 중에는 6학년 때 배운 내용도 있을 것이고 아직 배우지 않은 내용도 있을 거야.”

나는 마치 내 팔을 벌집에 넣는 것처럼 조심스럽게 손을 들었다.

“그래, 루시.”

“저희 이거 빨리 마치면 남은 시간에 첫 수업도 들을 수 있어요?”

키득키득 웃는 소리가 났는데 매디인 걸 알 수 있었다.

“오늘은 이 평가에만 집중하자. 모두가 충분히 시간을 들여서 천천히 풀어 보길 바라. 만약 빨리 끝내면 다시 한번 확인해 보고.”

그 ‘시험지 아닌 것’이 내 책상에 놓여 있다. 앞장에 문제 10개가 있다. 나는 그 모든 문제의 답을 머릿속으로 냈다.

41

15

2

$x = y^2$

1, −1

13

6

맞다

맞나

틀리다

나는 다음 쪽 문제들도 보았다. 색색의 숫자 모양 정답들이 휘돌면서 내 머릿속으로 쑤욱 날아 들어왔다. 나는 다 풀었다. 아직 아무것도 적진 않았다. 나는 교실을 둘러보았다. 고개들이 숙여져 있다. 연필들이 움직이고 있다. 리바이의 책상이 내게서 가장 가깝다. 리바이는 아직 이름만 썼고 1번 문제 밑에다 풀이 과정을 적었다. 답이 틀렸다.

갑자기 리바이가 고개를 돌려 나를 보았다. 나는 마치 리바이가 옷 갈아입는 것을 보다가 걸리기라도 한 것처럼 빠르게 고개를 숙였다.

스펜서 선생님이 작은 스피커를 켰다. 보석상 광고가 생각나는 클래식 음악이 교실을 채웠다.

"모두 긴장 푸세요, 여러분. 그냥 자기가 할 수 있는 최선을 다하면 됩니다."

내가 할 수 있는 최선을 다하면 반에서 가장 높은 점수를 받을 것이다. 어쩌면 나는 스펜서 선생님보다 수학을 잘할 수도 있다. 그건 선생님 잘못이 아니다.

나는 리바이가 문제 푸는 것을 다시 슬쩍 보았다. 1번 문제의 답을 7이라고 쓴다. 계산의 순서가 잘못되었다. 제곱을 먼저 해야 하는데 리바이는 더하기를 먼저 한 거다.

정답은 41이다. 나는 7이라고 적었다.

나는 세 번씩 앉아야만 하는 것이나 발끝으로 바닥을 두드려야 하는 것은 남들에게 감출 수 없다. 모든 것을 살균하지 않고는 못 참는 것도 감출 수 없다. 하지만 내 엄청난 능력은 감출 수 있다.

나는 천천히 나머지 답들도 적어 넣었다. 틀린 답을 3개 더 썼다. 이게 성적에 들어가는 거였다면 82점이나 B가 나올 것이다. 이번 학기 수학에서 A를 받을 계획이다. 내년에 대학 들어가는 데 문제가 생기면 안 되니까 말이다.

할머니는 내게 1년 학교 다니기, 친구 1명 사귀기, 책 1권 읽기, 활동 1가지 하기를 원한다. 괴상한 천재가 아닐 때 더 쉽게 해낼 수 있다는 계산이 나온다. 나는 '보통으로' 똑똑한 애가 될 수 있다. 여긴 중학교일 뿐이다. 살아남는 것만 생각하자.

9. 충격적인 시험 결과

저녁을 먹은 후 식탁과 부엌을 치우고 있었던 6시 42분, 할머니의 휴대전화가 울렸다. 할머니의 얼굴을 보니 모르는 번호가 뜬 모양이다.

"여보세요? 네, 접니다."

한쪽 눈썹을 올리며 할머니가 나를 보았다.

"그럼 다시 볼 수 있나요?"

내게는 들리지 않는 대답을 할머니는 기다렸다.

"그렇군요."

또 잠시 멈춤.

"물론 그렇죠."

또 조용하다.

"전화 감사합니다. 네, 그럼 이만."

"잘못 걸린 전화야?"

"네 수학 선생님이시다. 오늘 시험에서 너 0점 받았다고."

"뭐?"

선생님이 분명 시험이 아니라고 했다. 평가라고 했다.

"루시, 어떻게 된 거야?"

얼굴이 뜨거웠다.

"0점 안 받았어."

"선생님이 그랬다니까. 너 지금 도와 달라는 신호를 보내는 거냐, 루시? 나한테 뭔가를 보여 주려고 일부러 이런 거야? 나는 이해가 안 되거든. 그러니까 어떻게 된 건지 말해."

"0점 안 받았어! 82점 받았다고!"

나는 외쳤다.

"목소리 낮춰라. 옆집에서 잽먼 부인이 다 들어."

할머니가 나를 잡으려고 손을 내밀었지만 내가 한 발 물러섰다.

"어떻게 된 건지 말해 봐."

나는 내 방으로 가고 싶지만 할머니는 분명 따라올 것이고 내 방 문의 잠금 장치는 고장이 났다.

"일부러 틀린 답을 몇 개 썼어. 튀고 싶지 않아서."

이미 엄청나게 튀고 있으니까.

"그런데 0점은 절대 아니야. 선생님이 잘못 안 거야."

"수학 성적을 낮췄다고? 너답지 않잖아."

"82점은 그렇게 낮은 점수도 아니야. 그리고 도와 달란 신호도 아니야. 나는 그 학교 안 다니고 싶지만 다닐 수밖에 없다면 '서번트 그 애', '천재 그 애'가 되고 싶진 않단 말이야."

청소부 아줌마가 되고 싶지도 않다.

"마음대로 해라. 적어도 연기력은 키우겠네. 인생을 전부 수학에 바치진 않기로 할 경우에 대비한 직업 훈련이 되겠네."

할머니는 날 보며 눈썹을 실룩거렸다.

"할머니도 코미디언 해야 해."

나도 할머니를 보며 눈썹을 실룩거렸다.

"할지도 모르지. 선생님이 내일 너 오후에 학교에 남으란다."

"알았어."

내 방으로 온 나는 수학마법사에 접속했다. 내 삶은 여전히 숙제의 즐거움이 없는 삶이다. 나는 미적분학 토론실에서 30분 동안 사람들을 돕고 삼각법 페이지를 확인했다.

답답이314: 심심하시면…….

답답이314: 내일분 '오늘의 문제'를 출제하시면 어때요?

번개소녀: 알았어요.

답답이314: 그래도 이번엔 너무 어려운 거 내지 마세요.

답답이314: 저번에 내신 건 아무도 못 맞혔어요.

번개소녀: 답답이314님이 맞히셨잖아요.

답답이314: 수준을 조금만 낮춰 주세요.

번개소녀: 당분간 그게 제 목표예요.

10. 이상한 리바이

시험의 수수께끼는 풀렸다. 내가 모든 문제를 '틀린' 이유는 풀이 과정을 적지 않았기 때문이다. 나와 리바이가 방과 후에 남았다.

스펜서 선생님은 우리 둘에게 첫 번째 줄에 앉으라고 했다. 나는 윈디의 책상에 앉았다가 일어섰다가 앉았다가 일어섰다가 앉았다. 책상을 닦지는 않았지만 만지지도 않았다. 선생님이 말했다.

"수학은 정답을 맞추는 것만 중요한 게 아니야. 정답으로 가는 여정 자체가 중요한 거야. 그 여정이 답을 아는 것만큼이나 중요해."

내 의견은 완전히 반대지만 나는 가만히 있었다. 수학에서 가장 중요한 건 정답을 내고, 그 정답을 증명하는 것이다.

"문제를 한 단계 한 단계 풀면 그 답을 유기적으로 알 수 있어. 그 과정이 네 머릿속에서 뿌리를 내릴 거야. 그게 바로 진정한 배움이야."

"이제부터는 풀이 과정을 쓸게요."

곁눈으로 흘깃 보니 리바이도 내 말에 고개를 끄덕인다.

"좋다. 그런데 이번에 있었던 문제는 그것만이 아니야. 너희 둘이 답지가 비슷하다. 사실 너희 둘의 답지 중에서 서로 다른 답은 2개뿐이야. 게다가 틀린 답이야. 둘이 똑같은 틀린 답을 썼다는 건데, 내가 너흴 왜 불렀는지 알겠지?"

선생님은 우리의 시험지를 들어 보였다. 이럴수가? 열 문제 중 여덟 문제의 답이 똑같다. 1번 문제의 답이 똑같은 건 물론 내가 리바이의 틀린 답을 베꼈기 때문이다. 이제 보니 그건 커다란 계산 착오였다.

스펜서 선생님이 아주 차분해서 나는 긴장되기도 하고 슬퍼지기도 한다. 스펜서 선생님은 내가 가장 좋아하는 선생님이다. 선생님은 오늘 수업 때 거듭제곱을 더하고 빼고, 곱하고 나누는 법을 좋은 설명으로 되짚어 주었다. 무척 열정적으로 설명했고 우리에게 초콜릿도 주었다.

"누가 누구 걸 베낀 거야? 그리고 왜 그랬어? 이건 시험도 아니라고 했잖아. 왜 새 학년의 두 번째 날에 남의 답을 베꼈는지 이유를 나는 잘 모르겠다. 이건 심각한 일이야."

나는 '리바이가 베꼈어요! 재가 제 걸 훔쳐봤다고요!' 라고 소리치고 싶었다. 그게 거의 진실에 가까우니까. 거의 대부분의 답을 리바이가 베낀 거니까. 하지만 나는 리바이를 쳐다보기만 했다. 리바이가 솔직히 자백해서 우리 둘 다 집에 갈 수 있길 바라며. 하지만 리바이는 가슴 앞에 팔짱을 낀 채로 고개를 숙이고만 있다. 꼭 자는 것처럼 보인다.

"중학교는 만만치 않고 너희는 여러모로 압박을 느끼겠지. 이번엔 큰 처벌은 피할 수 있을 거라고 생각한다. 하지만 선생님은 부정행위를 용납하지 않아. 이런 일이 한 번 더 일어나면 내가 줄 수 있는 가장 높은 단계의 벌을 줄 거다."

가장 높은 단계의 벌이 무엇인지 나는 모른다.

"자, 자백하고 싶은 사람 있니?"

나는 시계를 지켜보았고 15초가 흘러갔다. 리바이가 용기를 내고 책임을 지기에 충분한 시간이다. 하지만 리바이는 그러지 않았다.

"저는 안 그랬어요."

내가 속삭였다. 그때 리바이가 고개를 들고는 나보다 더 크게 말했다.

"저도 안 그랬어요."

"뭐? 네가 그랬잖아."

난 이제 속삭이지 않았다. 선생님이 깊은 한숨을 쉬고 말했다.

"나는 복도로 나가 있을 테니까 잠깐 너희들끼리 이야기해라."

선생님이 나가고 문이 닫히자마자 나는 따졌다.

"너 왜 이래?"

리바이는 어깨만 으쓱하고 말이 없다.

"네가 내 거 베꼈잖아."

"맞아."

"그럼 선생님께 말씀드려. 말해도 벌 안 받는다고 하셨잖아."

"넌 그 말을 믿어? 덫이야. 털어놓게 만들려고 지어낸 소리라고."

"덫 아니야."

나는 맞섰다. 교사의 덫이라는 것이 어떤 것인지 모르기는 하지만. 그러자 리바이가 말했다.

"둘 다 입 다물고 있자. 그럼 선생님이 뭘 어쩌겠어?"

어쩌면 나는 중학교에 들어온 지 일주일 만에 쫓겨날지도 모른다.

어쩌면 그것은 나쁜 일이 아닐 것도 같다.

"네가 답을 안 가렸잖아. 다 풀고 나서 시험지를 뒤집어 놓지도 않고. 나는 네가 보여 준다고 생각했어."

"뭐? 내가 왜 답을 보여 줘?"

"그리고 난 네가 수학 '잘하는' 줄 알았어."

"왜 그렇게 생각했는데?"

나는 사람들과 닿는 것을 좋아하지 않아 악수조차 하지 않는다. 하지만 지금 나는 리바이를 후려치고 싶다. 내가 이렇게 폭력적인 생각을 한다는 게 믿기지 않는다. 중학교가 나를 괴물로 만들고 있다.

"첫째 날 네가 점심 먹을 때 말했잖아."

"그건…… 아 됐어. 제발 선생님한테 자백 좀 해."

나에게 수학 시간은 학교에서의 하루 중 끔찍하지 않은 유일한 시간이다. 그 시간마저 망칠 순 없다. 리바이가 자기 책가방에서 무언가를 꺼냈다. 카메라다. 리바이가 나를 보면서 사진을 1장 찍었다. 두 손으로 얼굴을 가렸지만 늦었다.

"뭐 해? 내 사진 찍지 마."

"화난 얼굴 모음집에 넣을 거야."

"하지 마."

리바이는 입을 떡 벌린 내 사진을 1장 더 찍고서야 카메라를 넣었다. 리바이가 내 목걸이를 가리키며 말했다.

"그 번개 모양은 뭐야? 뭐 해리 포터 관련된 거야?"

스펜서 선생님이 크게 노크를 하고는 문을 열었다. 나는 속삭였다.

"네가 했다고 말해."

"싫어."

"왜?"

리바이가 답할 틈 없이 우리 앞에 도착한 선생님이 허리에 두 손을 짚고 시시 한 발을 까딱거렸다. 그리고 이렇게 간단히 물었다.

"결론이 뭐냐?"

"전 안 그랬어요."

"저도 안 그랬어요."

저 '도' 라고 말한 내 자신이 싫었다.

이어지는 15분 동안 선생님은 정직한 것, 열심히 하는 것, 그리고 원칙을 품는 것의 중요성을 이야기했다.

마침내 선생님이 보내 주었을 때 나는 리바이와 함께 걸어 나갔다. 너무나 화가 났다. 평생 해 본 적 없는 '복수' 라는 것이 하고 싶어졌다.

11. 내 친구 윈디

지난 45시간 동안 내 복수 방법은 리바이와 말을 하지 않는 것이었다. 하지만 리바이가 눈치챘는지 알 수 없어 적어도 일주일은 지속할 예정이다. 점심시간, 내 왼편에 앉은 리바이는 먹고 있는 치즈 샌드위치 외에는 무엇에도 관심이 없는 듯하다. 어쩌면 '말 안 하기'는 리바이를 향한 복수로 적절한 방법이 아닌지도 모르겠다.

나는 몸을 틀어 리바이를 등지고 윈디를 마주했다. 이 무례함을 리바이가 눈치챘는지 모르겠다. 나는 윈디 덕분에 뮤지컬 <레 미제라블>과 <해밀턴> 사이의 비슷한 점들에 관해 알아 가고 있다.

숟가락 가득 뜬 요거트를 입에 넣고는 윈디가 말했다.

"인터넷으로도 들을 수 있어. 너도 분명 좋아할 텐데. 들어 볼래?"

"그래."

"좋아. 그럼 나랑 같이 듣자. 그럼 오늘 너희 집 가도 돼? 이따 우리 엄마한테 그래도 되나 물어볼게. 보나마나 허락해 줄 거야."

나는 눈을 감고 우리 집과 내 방을 떠올렸다. 윈디가 보면 내 비밀을 알게 될지도 모르는 물건이 있진 않나? 내 방은 자연 속에 있는 피보나치수열의 모습들로 꾸며 두었다. 꽃잎, 솔방울, 앵무조개, 머나먼 은하계들. 하지만 윈디가 본다면 아마 내가 수를 좋아해서가 아니라 자연을 좋아해서 그렇게 꾸몄다고 생각할 것이다. 내 책상의 책장 맨 위에는 수학과 공학 기술에 관한 교과서가 모여 있다. 할머니가 어느 집 마당 중고품 장터에서 사 온 것이다. 아마 내 방에 왜 있는지 설명하기 더 어려운 것은 그 책들일 것이다.

"응, 그런데 나 임대 공동 주택에 살아."

마음 한편으로 나는 그 점이 문제가 되어서 윈디가 올 수 없길 바랐다.

"좋아."

윈디가 마치 나를 안거나 같이 손바닥 치기라도 할 것처럼 한 팔을 내밀었고 나는 놀라 뒤로 물러났다. 내 팔꿈치가 무언가에 부딪혔다. 돌아보니 리바이의 초콜릿 우유가 식탁에 엎어져 웅덩이가 되고 있다. 리바이가 끙 소리를 냈다.

"미안해."

나는 작게 말했다. 리바이의 샌드위치와 감자칩이 이미 다 젖어 버렸다. 나는 살균 물티슈 4개를 뜯어 식탁 위에 놓았고 5개째의 포장이 잘 뜯어지지 않아 애를 먹었다. 내가 쓸 것이 그만큼 줄어들었지만 오늘 학교 마칠 때까지 쓸 만큼은 되었다.

리바이가 먹을 수 없게 된 점심을 쓰레기통으로 가지고 갔다. 다른 아이들은 자기 식판을 우유 웅덩이에서 먼 쪽으로 옮겼다. 리바이가 종이 타월 한 뭉치를 가지고 와서 식탁을 닦았다. 내가 서질러 놓은 것을.

'내 거 베끼더니 고소하다.' 속으로만 이렇게 말했는데 기분이 후련해지지 않았다.

"미안."

나는 작은 목소리로 다시 말했다. 그러자 리바이가 대답했다.

"모르고 그런 거잖아."

리바이가 가져온 갈색 종이 타월은 그다지 액체를 잘 흡수하지 않았다. 쏟은 우유를 흡수시키느라 종이 타월 한 롤의 절반쯤은 썼다.

마침내 식탁이 깨끗해졌을 때 리바이는 자리에 앉았다. 그러더니 보이지 않는 투명 샌드위치를 한입 베어 무는 척했다. 리바이 맞은 편 아이들이 웃었다. 그리고 리바이가 이번에는 투명 바나나를 하나 까서 먹는 척했다. 더 많은 아이들이 웃었다.

"마임 그만 해."

매디는 이렇게 말했지만 못된 말투가 아니었다. 웃고 있었다. 그러다 1달러 지폐를 리바이에게 내밀었다.

"자! 가서 과자나 아이스크림 사 먹어."

"아냐, 괜찮아."

"내가 받을게."

다른 아이가 말했다.

"안 돼."

매디는 잘라 말하고는 돈을 리바이의 손 안에 구겨 넣었다.

"그냥 받아."

매디는 이제 옆에 앉은 재스민에게로 고개를 돌려 버렸다.

리바이는 잠깐 그 돈을 빤히 보다가 어깨를 으쓱하고는 급식 줄로 갔고 잠시 후 나초 칩과 새 초코 우유를 사서 돌아왔다. 매디 옆을 지나면서 리바이는 작게 고맙다고 말했다. 내 쪽은 쳐다보지도 않았다.

버스에서 내린 윈디가 나를 따라 우리 집까지 왔다. 윈디의 예상대로 윈디 엄마는 우리 집에 오는 것을 허락한 것이다. 집 안에 들어와 나는 윈디에게 손 소독제를 한 번 짜 주었다. 할머니는 집에 없다. 레스토랑에서 일을 하고 있다.

"먹을 거 줄까?"

나는 식탁을 살균 물티슈로 닦으면서 말했다.

"응, 제발 과일이나 무지방 요구르트 말고 다른 거 있다고 말해 줘."

"트위즐러(가늘고 길다란 꽈배기 모양 젤리 – 옮긴이) 있어."

"아자!"

윈디에게 열린 봉지를 내밀자 트위즐러 3개를 집어 갔다. 나도 트위즐러의 한쪽 끝을 베어 물고는 식탁에 앉았다가 일어섰다가 앉았다가 일어섰다가 앉았다. 내 방에 가지 않는 편이 비밀을 지키기 더 쉽다.

"그거 왜 하는지 이해가 안 돼."

윈디는 트위즐러가 입안에 가득한 채로 말했다.

"나도 몰라."

"그럼 그냥 하지 마."

"그게 안 돼."

"그거 강박 장애라는 거 맞지?"

"응, 그럴 거야."

할머니를 따라 3년 전에 정신건강 병원에 갔다. 나를 진찰한 월시 선생님은 치료 계획을 세웠고, 순한 약물과 '서서히 자극에 노출시키는' 방법을 통해서 나의 강박 장애를 관리할 수 있다고 했다. 그런데 강박 장애를 관리하면 내 머릿속에서 떠오르는 파이 값 숫자들이 사라지냐고 묻자 선생님은 "응, 좀 노력하면" 이라고 대답했다. 그때부터 나는 다시는 병원에 가지 않았다.

"우리 이모도 너처럼 강박 장애가 있어. 문을 열었을 때 문틀 양쪽을 한 열 번쯤 만지지 않으면 문으로 들어가질 못해. 그렇게 안 하면 뭔가 끔찍한 일이 자기 아이들한테 일어날 것 같대."

윈디는 마치 보드게임 하는 방법을 알려 주듯 이모 이야기를 했다.

"나는 그렇진 않아."

나는 또 하나의 트위즐러를 베어 물었다.

"그럼 어떤데, 너는?"

"내가 그 행동들을 하지 않으면, 그러니까 앉았다 일어나기를 세 번씩 하지 않거나, 걷다 섰을 때 발끝을 땅에 세 번 두드리지 않으면 머릿속에 뭐가 나타나서 좀 이상해져."

"뭐가 나타나는데? 악마?"

"아니. 그냥 숫자들."

나는 트위즐러 봉투를 윈디에게로 내밀었고 윈디는 트위즐러 3개를 가져갔다. 아까부터 일부러 한 번에 3개를 가져가는 건지 궁금해졌다.

"고마워."

"내가 그 행동들을 하지 않으면 숫자가 끝도 없이 떠올라서 머릿속에 가득해져 버려. 꼭 머릿속에 외계인들이 침공하는 것 같아. 숫자들이 정말 요란하고 선명해서 난 다른 걸 아무것도 못 해. 그 숫자들이 방해하니까 다른 생각은 하나도 못 해."

나는 그 숫자들이 파이의 값이라는 말은 하지 않았다.

"희한하다. 그래도 너는 그걸 멈추는 방법은 알잖아. 아무도 모르는 해독제, 외계인들을 멈추는 무기를 가진 셈이야. 세 번 앉거나 발을 세 번 구르시오. 그러면 당신은 무사할 것이오."

"응. 마법의 해법인데 남들 눈에 엄청 이상하게 보이지."

"그래도 숫자의 침공을 못 멈춘다고 생각해 봐. 그게 훨씬 나쁘지."

"응, 그런 것 같아."

우리는 500그램짜리 트위즐러 한 봉지를 다 먹었다. 나는 스프라이트 두 개를 챙기고 쿠키 몇 봉지를 팔에 안고 윈디와 텔레비전을 보러 거실로 갔다. 윈디는 나한테 브로드웨이 뮤지컬 음악을 들려주고 싶어서 왔다는 것을 잊어버린 것 같고, 나는 그걸 일러 줄 생각이 없다.

"너희 집엔 설탕 들어간 간식이 끝도 없이 쟁여져 있네. 나 어쩌면 영영 우리 집에 안 갈지도 몰라."

윈디는 말했다. 나는 리모컨을 윈디에게 맡겼다. 윈디는 몇 가지 채널을 돌려 보다가 어떤 광고에서 멈추었다.

"이야, 이야."

"무슨 일이야?"

윈디가 텔레비전을 가리켰다. '로키 마운틴 산장 물놀이 공원' 광고다. 전에 본 적 있는, 그다지 특별할 것 없는 광고다. 한 가족이 놀이 기구를 타고 식사를 하고 너구리 마스코트와 포옹을 하고, 다음으론 아이들이 부모님과 함께 아주 행복하게 잠자리에 든다.

"우리 엄마가 저기서 내 생일파티 열어 준댔어."

"잘됐네."

"저기 가 본 적 있어?"

"아니."

"아주 멋질 거야."

윈디는 마치 '멋짐'이 너비로 측정될 수 있을 것처럼 두 팔을 펼쳤다.

"거기 숙소에서 하룻밤 자고 거기 있는 놀이 기구를 하나하나 다 타는 거야. 내가 학기초 성적에서 전과목 A만 받으면 돼. 그런데 그건 문제없을 거야."

"생일이 언제야?"

"11월 10일."

"그럼 71일이나 남았네."

그때 윈디가 마치 만화 속 인물처럼 극적으로 입을 벌리고는 물었다.

"뭐라고?"

"71일 남은 것 같다고."

나는 웃어 버리고는 내 두 손바닥을 내 카키색 반바지에 문질렀다. 윈디는 휴대전화를 꺼냈다. 몇 번 뭔가 누르더니 어깨를 으쓱했다.

“네 말이 맞네.”

“내가 날짜 계산을 잘해. 우리 할머니랑 늘 하는 놀이거든. 카운트다운 놀이라고 하지. 그렇게 어렵지 않아. 각 달이 며칠로 이루어져 있는지 다 아는데 어려울 게 뭐 있어?”

우리는 텔레비전을 보며 과자를 다 먹었다. 나는 윈디와 우리 집에서 시간을 보내 보니 사실 꽤 좋았지만, 한편으로는 수학마법사에서 내가 낸 대단한 문제를 푼 사람이 있는지도 너무나 궁금했다. 아주 간단한 문제인 것처럼 냈지만 그 안에 살짝 꼬아 둔 부분이 있다.

“나 금방 올게.”

나는 컴퓨터를 켜고 수학마법사에 접속했다. 41명의 사람들이 문제 풀기를 시도했다. 나는 답을 죽 훑어 내려갔다. 틀렸음. 틀렸음. 틀렸음.

하지만 그때 보였다. 정답. 닉네임 ‘수학초고수’가 올린 답이다.

나는 댓글로 이렇게 썼다. ‘멋진데요. 정답이에요.’ 고작 네 사람 만에 정답이 나와서 실망스러운 마음은 표현하지 않았다.

“루시! 우리 언니가 데리러 왔어.”

거실에서 윈디가 나를 불렀다. 나는 내 인터넷 친구들에게 작별 인사를 하고는 컴퓨터를 끄고 거실에 있는 진짜 사람에게로 돌아갔다.

“니 기야 헤.”

윈디는 내게 다가와서 한 팔로 내 어깨를 감싸 안았다. 나는 움직이지 않았다. 숨 쉬지 않았다. 호응하지 않았다.

"다음엔 네가 우리 집 와도 돼. 대신 너희 집에 있는 맛난 간식을 좀 숨겨 오는 게 좋을 거야."

할머니는 친구를 1명만 만들라고 했다. 아마도 만든 것 같다. 어쩌면 이 아인 과자를 먹으려고 날 이용하는 건지도 모르지만, 뭐 그래도 괜찮다.

12. 내가 세상을 바꾼다고?

화요일에 7학년 전체 조례가 있어서 1교시 일부를 놓치게 되었다. 1교시는 수학, 하루 중 내가 유일하게 좋아하는 시간인데 말이다.

스펜서 선생님은 우리가 제출한 숙제를 돌려주고는(나는 92점을 받았다, 내 의도대로) 모두에게 이렇게 말했다.

"갑시다, 여러분. 교장 선생님은 기다리는 걸 좋아하지 않아요."

리바이와 나는 동시에 자리에서 일어섰다. 나는 '요즘도 남의 답 베끼니?' 하고 한마디 하려다 리바이의 숙제가 45점을 받은 것을 보았다. 나는 그냥 말 안 하기 복수를 계속하기로 했다.

우리 반은 강당에서 네 번째 줄과 다섯 번째 줄에 앉았다. 팔걸이에 팔이 닿지 않고 세 번 반복해 앉기를 할 수 있어서 살균 티슈는 꺼낼 필요 없었다. 윈디는 내 왼쪽 옆자리다. 그런데 내 오른쪽 옆자리에 앉아야 하는 매디가 1칸을 비워 두고 그 다음 의자에 앉았다. 이것을 본 스펜서 선생님은 화가 났다.

"빈자리 남기지 말고 당겨 앉아라, 매디."

선생님은 나와 매디 사이의 빈자리를 가리키며 말했다. 매디는 선생님의 말을 따랐다. 그래서 매디 오른쪽에 앉은 11명의 아이들도 모두 1칸씩 당겨 앉아야 했다.

스펜서 선생님은 마치 날 도와준 것처럼 날 보며 미소를 지었다. 하지만 이건 도와준 게 아니다.

"나 쳐다보지 마. 내 쪽으로 숨 쉬지 마."

매디가 속삭였다. 우리 둘 다 서로 반대편으로 몸을 기울였다. 7학년 모든 반이 도착하고 나서 교장 선생님이 연단에 올라갔다.

"누구에게 들어 봐도 우리는 이미 멋진 한 해를 시작한 것 같네요. 선생님들께서는 이미 많은 숙제를 내고 계신다고 하고, 학교 식당에서는 채식 슬로피조(간 고기와 토마토소스를 섞어 만드는 요리, '슬로피조'에서 고기를 빼고 식물성 재료들로만 만든 것 – 옮긴이)를 제공한다고 하네요. 교장으로서 자랑스럽습니다."

교장 선생님은 우리가 웃기를 기대한 것인지 잠시 말을 멈추었다.

"이제 진지한 이야기를 해 볼까요? 이제는 여러분의 교육과 미래를 위한 단단한 기반을 다질 때입니다. 저는 여러분이 교실 안에서만이 아니라 우리 지역 사회에서도 활발히 활동하기를 기대합니다. 올해도 우리 학교 7학년 학생들은 자원봉사 프로젝트를 해내야 합니다. 3명이나 4명으로 이루어진 조를 꾸려서 여러분이 살고 있는 지역 사회에 필요한 것이 무엇인지를 살펴보고 해결책을 찾으세요. 여러분 손으로 세상에 변화를 일으킬 수 있는 기회예요."

교장 선생님은 이야기할 때 손을 많이 쓴다. 손가락을 하나하나 꼽아 뭘 세는 것 같기도 한데, 과연 뭘 세는지는 모르겠다.

"이제 총책임자이신 젠슨 선생님께서 더 많은 정보를 줄 거예요."

교장 선생님에게서 박수를 받으며 나온 젠슨 선생님은 말했다.

"여러분이 무슨 생각하는지 알아요."

나는 이 말이 항상 이상하다고 생각했다. 남이 하는 생각을 나는 절대로 알아맞힐 수 없으니까.

"내가 어떻게 지역 사회를 더 좋은 곳으로 만들지? 나는 고작 열세 살, 열네 살인데. 나는 운전도 못하는데. 돈도 없는데. 숙제를 해야 하고 축구를 하고 무용을 해야 하는데. 내가 어떻게 지역 사회에 도움이 될 수 있지? 이런 생각 하고 있죠?"

아닌데. 나는 7학년이 끝날 때까지 학교에서 보내야 하는 남은 시간을 계산했다. 1,160시간 남았다.

"여러분과 똑같은 7학년 학생들이 지난 몇 년간 했던 봉사 활동 몇 가지를 보여 드릴게요."

영상에 첫 번째로 나온 건 똑같은 맞춤 셔츠를 입은 3명의 여자아이들이 지역 어린이 병원에 레고를 갖다 주는 모습이다. 그 다음으로는 4명의 남자아이들이 쓰던 운동 기구를 모아서 케냐에 보내는 영상이 나왔다. 나는 케냐가 우리 지역 사회에 포함될 거라고 생각하지 못했는데 그 영상 속 남자아이 1명이 기술의 발전 덕분에 전 세계를 우리 사회로 생각해야 한다고 말했다. 마지막 주인공은 2명의 여자아이와 1명의 남자아이로, 누구나 '자유의 공원' 청소를 도울 수 있는 날을 만들었다. 3가지 프로젝트 중에서 가장 할 일이 많았던 것 같다.

"이건 지난 몇 해 동안 우리의 학생들이 성취한 대단한 일들 중에서 고작 몇 가지일 뿐이에요. 이젠 여러분 차례입니다. 일정을 따라서 참여해 주어야 하는데요, 첫 번째로 다음 주 금요일까지는 3명이나 4명으로 조를 이루고 도와 주실 멘토 선생님을 정해야 해요. 그리고 이번 달 마지막 날까지는 어디서 봉사를 할 건지 결정해야 해요."

선생님은 몇 가지 규칙을 더 일러 주었다. 정치적이어서는 안 된다. 그러니까 대통령 선거 후보자들을 위한 홍보물을 돌리거나 해서는 안 된다. 또한 기금을 모아서도 안 된다. 물품을 모으는 것은 되지만 돈은 안 된다는 것이다. 그리고 종교에 관한 규칙들도 있는데 더욱 모호했다.

젠슨 선생님이 설명을 마쳤을 때 윈디가 내 한쪽 팔을 잡고 말했다.

"우리 같은 조 할 거지?"

"응. 그런데 1명 더 필요해."

"내가 찾아볼게. 문제없어. 그러면 우린 세상을 바꿀 수 있어."

윈디는 정말 그렇게 믿는 것처럼 말했다.

나도 윈디처럼 신났으면 좋겠다. 하지만 우리와 같은 조를 하고 싶어 하는 아이가, 정확히 말하면 '나'와 팀을 하겠다는 아이가 있을 것 같지 않다. 그리고 세상을 바꾼다는 건 그저 하루하루를 무사히 버티는 데 집중하고 있는 나에겐 너무 과한 목표이다.

13. 내겐 너무 어려운 국어

국어 시간에는 내가 천재인 것을 숨기려고 노력할 필요가 없다. 나는 국어 천재가 아니기 때문이다. 읽기를 잘하는 편이고 쓰기도 그럭저럭 괜찮은 편이지만 선생님에게 글을 받으면 그 속의 단어 수를 세고 난 다음에야 읽을 수가 있다. 나는 수 세는 것을 좋아하고 빨리 세지만 초자연적인 능력을 지닌 것은 아니다. 어떤 옛날 영화를 보니까, 식당 종업원이 이쑤시개 통을 떨어뜨렸을 때 서번트인 남자가 쓱 한 번 보더니 바닥에 쏟아진 이쑤시개가 몇 개인지를 말했다. 나는 그렇게는 할 수 없다. 같이 국어 수업을 듣는 아이들 중에서 가장 빠르긴 하겠지만, 수를 세는 능력은 국어 수업에 필요하지 않고, 점수에 들어가지도 않는다.

그래서 플레밍 선생님이 단편 소설을 모두에게 나누어 주었을 때 나는 그 속의 단어들을 최대한 빠르게 세었다. 하지만 운 없게도 선생님은 그 소설을 소리 내어 읽을 첫 번째 아이로 나를 골랐다.

"루시, 읽어다오."

"저는 그냥 넘길게요."

"뭐라고? 뭘 넘긴다는 거야?"

선생님이 물었고 교실의 아이들이 모두 웃었다.

"다른 애가 읽으면 안 돼요?"

나는 고작 첫 번째 단락의 단어 수밖에 세지 못했다. 총 192단어다.

"다른 아이도 읽을 수 있지. 그런데 선생님은 너한테 읽으라고 했어."

선생님은 안경을 벗었다. 이유는 모르겠다. 매서운 눈빛을 좀 더 확실하게 보여 주려는 걸 수도 있다.

나는 소설을 내려다보고 두 번째 단락의 단어 수도 세었다. 27단어뿐이다. 다 합하면 219단어다.

"이제 읽지 그러니, 루시."

세 번째 단락의 단어를 세고 있는 내게 선생님은 말했다. 많은 아이들이 웃었고 나는 눈에 물기가 많아지는 것을 막으려고 눈을 많이 깜박거렸다.

나는 첫 단락을 천천히 읽었다. 한 문장을 다 읽었을 때마다 멈추어 단어를 더 세려고 해 보았다. 하지만 되지 않았다. 나는 두 번째 단락 끝에서 멈추었다.

"아주 잘했다, 루시. 계속 읽으렴."

다음 단락은 길다. 나는 읽을 수 있게 단어를 모두 세려고 안간힘을 썼다. 주변에서 뭐라고 수군거리는 소리가 났다. 선생님이 무거운 한숨을 쉬었다. 나는 머리가 어지럽고 뺨이 뜨거웠다. 단어들이 뒤죽박죽으로 보여 수를 놓쳤다. 처음부터 다시 세야 했다.

"놓쳤어요."

단어의 위치가 아니라 수가 몇이었는지를 말이다. 내겐 그 수가 필요하다. 재빠르게 맨 앞줄로 눈을 옮겨 다시 셌다.

첫째 줄 17단어. 둘째 줄 22단어. 셋째 줄도 22단어. 넷째…….

"제가 읽을게요."

누군가가 외쳤다.

"좋아. 여기서부턴 네가 읽어라, 윈디. 그리고 루시, 수업 끝나고 선생님하고 이야기 좀 하자."

나는 안도의 숨을 내쉬며 몸을 늘어뜨렸다. 수업 끝나고 선생님에게 어떤 핑계를 대야 하나 걱정 하지 않았다. 그냥 단어를 세었다.

소설 함께 읽기는 끝났다. 그러고는 여러 조로 나뉘어 소설 주제를 이야기했다. 나는 전에 만나 본 적 없는 3명의 여자아이들과 한 조가 되었다. 그 아이들이 나에게 비서를 맡겼는데, 다시 말하면 그 아이들이 어떤 남자애들 이야기를 하는 사이에 내가 모든 답을 적었다. 나는 최선을 다해서 필요한 답을 적었다.

수업이 끝난 후, 나는 선생님이 시킨 대로 교실에 남았다. 선생님은 잊고 있다가 내가 문으로 걸어가려던 순간에 기억한 것 같았다.

"루시, 오늘 수업 때 그렇게 참여하기를 꺼렸던 이유를 이야기해 볼래? 넌 아주 똑똑한 아이잖아."

나는 어깨를 으쓱했다.

"그게 무슨 뜻이에요?"

아차. 내답을 해서는 안 됐나. 조용히 고개만 끄덕일걸. 플레밍 선생님의 두 눈썹이 휙 올라갔다.

"똑똑한 아이처럼 보인다는 거지."

다행스럽게도 선생님은 나에 관해 모르는 것 같다. 기대가 없을 때 삶은 더 쉬워지는 법이다.

"넌 국어 공부를 충분히 잘할 수 있어. 그런데 잘하려면 참여하고 규칙을 따르고 주어진 과제를 해야 해."

오늘 토론 시간에 우리 조에서 주어진 과제를 한 것은 나뿐이었다. 선생님은 그것을 모르거나 관심이 없는 것 같다.

"이 수업에서 무엇을 해야 하는지 알겠니?"

"저는 그냥…… 소리 내어 읽는 게 싫어요. 제 머릿속이나 입속에서 그 단어들이 뒤죽박죽이 되는 것 같아요."

나는 나의 '실제' 문제를 설명하지 않고도 내 문제를 설명하려 해 보았다. 어쩌면 선생님이 이해하고 안타깝게 여겨 주기를 바라면서.

"그건 우리가 같이 노력하면 해결할 수 있어. 그걸 목표로 삼자."

선생님은 파란색 서류철을 열었다. 나는 이미 과학 수업에 늦었다. 이제 가면 내가 자리에 앉았다 일어나는 것을 모두가 볼 것이다.

선생님은 내게 스테이플러로 묶여 있는 4장의 종이를 내밀었다.

"자, 우리가 다음 주에 읽을 거야. 미리 연습해 보면 좀 나을 거야."

"감사합니다."

단어의 수도 미리 셀 수 있다. 아주 잠깐, 나는 모든 진실을 선생님에게 털어놓아 버릴까 생각했다. 그러나 그러지 않기로 결정했다.

"그리고 우리의 첫 학급 소설은 『야성의 부름』이야. 그것도 원한다면 미리 읽어 봐."

선생님은 교실 뒤쪽 책장에 쌓인 책들을 가리켰다.

"감사합니다."

"루시, 이렇게 계속 노력하다 보면 아마 이번 학년이 끝날 때쯤 소리 내어 읽기가 편해질 수 있을 거야."

선생님의 말을 믿을 수 있으면 좋겠지만, 이 학교에서 편해질 일이란 결코 없을 것이다.

14. 윈디네 집에 가다

나는 중학교에서의 첫 2주를 버텨 냈다. 여름 방학까지 171일만 더 학교에 가면 된다.

윈디와 나는 집으로 가는 버스에서 땅콩 초콜릿 한 봉지를 나누어 먹었다. 윈디는 내가 제안할 때마다 제 손에 손 소독제를 바르기 때문에 윈디와 과자를 나누어 먹는 것이 나는 아무렇지 않다.

"우리 엄마가 너 내일 밤에 우리 집에 와서 자도 된대. 올 수 있어?"

뭐라고 해야 할지 모르겠다. 다른 사람 집에서 자 본 적이 없다.

"걱정 마. 엄마한테 너 오면 청소 진짜 제대로 해야 하고 살균 물티슈도 사다 놔야 한다고 말했어. 아주 많이."

"그런 말 왜 했어? 날 버릇없는 애라고 생각하시겠다."

윈디는 내가 이상한 아이라는 걸 엄마에게 알리고 싶은 것 같다.

"아니야, 우리 엄마 안 그래. 그래서, 올 수 있어?"

"할머니한테 물어봐야 해."

내 배 속에서 느껴지는 기분이 설렘인지 알 수가 없다. 누가 나를 집에 초대했다. 이 기분은 두려움일까? 아니면 내가 학교 책상을 충분히 닦지 않아 마침내 무슨 병이라도 걸렸기 때문일까? 정말 토할 것 같다.

"왜 내가 너희 집에서 잤으면 좋겠어?"

"재미있을 거니까."

윈디가 먼저 버스에서 내렸다. 1시간 후 전화를 할 테니 같이 계획을 짜자고 했다. 12세 이상 관람가 영화를 봐도 되는지 아니면 전체 관람가 영화만 볼 수 있는지, 우리 집 과자를 좀 숨겨 올 수 있는지를 알려 달란다.

이 소식을 전하자 할머니는 엄청나게 신났다. 펄쩍펄쩍 뛰며 돌아다니는 그 모습만으로 판단하면 내가 백악관에라도 초대 받은 것 같았다. 다음 날, 우리는 그때까지 한 번도 다투어 본 적 없는 문제를 가지고 다투었다. 바로 옷. 할머니는 이해가 안 된다는 표정으로 말했다.

"그 잠옷은 안 돼. 다 낡아 빠졌어. 올빼미 있는 보라색 잠옷 가져 가."

"그건 안 편해."

"그게 귀엽잖아."

결국 귀여운 게 이겼다. 하지만 순전히 어서 다툼을 끝내고 싶은 내 마음 때문이다. 할머니는 말했다.

"5분 후에 출발이다."

5분이면 수학 마법사에 들어가 내가 내일까지 접속하지 못한다는 것을 모두에게 알려 주기에 충분한 시간이다. 토요일 밤마다 이루어지는 수학 채팅에 내가 빠지는 건 눈 폭풍으로 106시간 동안 전기가 들어오지 않았던 지난 2월 이후 처음이다.

번개소녀: 이런 소식 전하게 돼서 안타깝지만

번개소녀: 토요일 밤 수학 채팅에 저 참석 못 해요.

번개소녀: 18시간 후에 다시 접속할 때 채팅 때

번개소녀:논의된 내용에 관해서 의견 달게요.

좀 진지하고 똑 부러지는 말투를 쓰려 한 건데 반응을 보니 정도가 지나쳤나 보다.

답답이314: 번소님, 무슨 문제 있는 거 아니에요?

수학냥냥: 심각한 것 같은뎅.

사변빗변: 번소님을 위해 기도할게요.

번개소녀: 저 괜찮아요.

번개소녀: 그럼 나중에, 아님 내일 올게요.

윈디가 사는 동네는 모든 집 앞마당에 어떤 보안 시스템을 쓰는지 보여주는 광고판이 있다. 윈디네 집은 3층짜리고 현관에 진짜 기둥이 있다.

"멋지네."

장미 덤불 옆을 지나 현관으로 가며 할머니가 말했다. 내가 팔꿈치로 벨을 누르려는데 윈디가 그 전에 문을 열었다. 윈디가 나를 당겼다.

"하루 종일 기다렸어."

그리고 윈디는 할머니에게 말했다.

"들어오세요."

"안녕?"

나는 이렇게 인사하고 발끝으로 바닥을 세 번 두드렸다.

"봐, 손 소독제! 문 바로 옆에 뒀어. 꼭 너희 집처럼."

윈디네 집에서 꼭 우리 집 같은 것은 딱 그것뿐이다.

"고마워."

윈디가 종이 1장을 집어 내 얼굴 앞에 들이밀었다.

"우리가 할 것 여기 다 쓰여 있어."

윈디가 그 종이를 너무 내 얼굴 가까이 들어 읽을 수가 없다. 모든 활동에 숫자를 매겨 놓았는데, 총 31가지 활동이다. 나는 대답했다.

"알았어."

"할머니, 루시 머리카락 염색해도 돼요?"

윈디가 물었다.

"음…… 부모님 집에 계시니?"

"엄마 계세요. 엄마! 루시네 할머니께서 엄마랑 얘기하고 싶으시대!"

윈디가 돌아서서 조용한 집을 향해 소리쳤다.

"아빠는 이제 여기 안 사세요. 엄마가 작년에 내쫓아 버렸거든요. 저는 원래 그 이유를 알면 안 되는데 알아요. 알려 드릴까요?"

"아니다."

윈디가 가족의 비밀을 폭로하기 전에 윈디의 엄마가 현관으로 다가왔다.

신고 있는 신발이 나무로 된 바닥에 닿아 또각또각 소리가 났다. 하나 둘, 셋 넷, 다섯 여섯, 일곱 여덟. 윈디 엄마는 키가 크고 날씬하고 화장과 보석, 하이힐 등등으로 단정히 차려입었다. 까만 치마와 분홍색(숫자 11의 색이다) 셔츠를 입은 모습을 보니 아주 중요한 일을 위해 그렇게 입었거나, 이 사람 자체가 아주 중요한 것 같다.

윈디 엄마가 할머니에게 손을 내밀었다.

"안녕하세요? 저는 아델 시튼입니다."

"바브 캘러핸입니다."

"루시를 이렇게 저희 집에 오게 해 주셔서 정말 감사합니다. 루시 이야기를 정말 많이 들었어요."

그 말에 배 속이 아팠다. 나에 관해 무엇을 알고 있을까? 윈디가 무슨 말을 했을까? 구글로 나를 검색해 봤을까?

"루시가 아주 신났어요."

"잘됐네요. 윈디가 친구 사귀기를 좀 힘들어 하거든요."

윈디 엄마는 두 손으로 윈디의 귀를 잠시 막고 말했지만 윈디는 투덜거렸다.

"다 들리거든, 엄마."

어른들끼리 전화번호를 교환했고 윈디 엄마는 내게 알레르기 있는 음식이 있냐고 물었다. 내겐 그런 음식이 없다.

"재미있게 놀아라. 필요한 거 있으면 전화하고."

할머니가 이렇게 말하고 내 볼에 뽀뽀했다. 갑자기 나는 울 것 같은 기분이 들었다. 고작 18시간 동안 집을 떠나 있으면서 운다면 한심한 일인데 말이다. 나는 시계를 보았다. 17시간 41분이 남았다. 나는 눈을 감고 머릿속으로 파이를 떠올렸다. 3.141592653589793…….

"너 괜찮아?"

윈디가 내 한쪽 어깨를 잡으며 물었다.

"응."

나는 그 숫자들을 멈추기 위해 발끝으로 바닥을 세 번 쳤다.

"가자. 저긴 식당, 저긴 거실, 저긴 텔레비전 없는 좋은 거실, 저긴 우리 엄마 방, 저긴 부엌."

윈디는 집 안을 간단히 구경시켜 주었고 설명은 그다지 해 주지 않았다.

모든 공간이 아주 거대하다.

나는 계단을 오르며 계단의 수를 세었다. 18칸이다. 그리고 난간은 건드리지 않았다. 윈디에겐 '체리시'라는 이름의 언니가 있는데 지금은 집에 없다. 2층은 윈디와 체리시의 공간이다. 각자의 방이 하나씩 있다. 그리고 책상 2개가 있는 서재는 벽이 책장으로 가득하다.

"그럼 제일 먼저 뭘 할까?"

윈디가 물었다. 윈디가 내 가방을 받아서 구석에 놓았다. 윈디 방 서랍장 위에 살균 물티슈 통이 보인다. '루시 것'이라고 적혀 있다.

"할 일 목록이 있었잖아."

나는 말했다. 그리고 발끝으로 바닥을 세 번 두드렸다.

"응, 있지. 그냥 예의상 물어본 거야."

"뭐든 너 하고 싶은 거 하자."

윈디네 방 보랏빛 벽이 사랑스러운 '동물들의 생명을 지켜요.' 캠페인 사진들과 브로드웨이 뮤지컬 포스터들로 가득히 꾸며져 있다. 그리고 침대 위 벽에는 이미 쓴 티켓과 사진들을 붙여 놓은 판이 있다.

"저거 매디야?"

나는 바닷가에서 찍은 사진 1장을 가리켰다. 나는 답을 이미 안다. 매디가 분명하니까. 매디가 나오는 사진이 총 6장이다. 캠핑장 사진, 생일파티 사진, 롤러스케이트 타는 사진, 걸스카우트 활동 사진, 축구팀 사진, 무용 수업 사진. 윈디가 가까이 다가와 눈을 가늘게 뜨고 봤다.

"아, 맞아. 매디 엄마랑 우리 엄마가 되게 친하거든. 그래서 가끔 같이 놀아."

"진짜?"

"뭐, 전엔 그랬어."

"이젠 왜 안 그러는데?"

윈디는 어깨를 으쓱하고 말했다.

"아직도 매디랑 친구이긴 해. 그런데 지금은 매디가 엄청나게 인기가 많지."

나는 화제를 바꾸려고 물었다.

"그럼 우리 뭐 해?"

"손가락 발가락에 매니큐어 바르자."

윈디가 매니큐어 두 병을 들어 보였다.

"제일 좋은 브랜드 거야. 동물 실험을 안 하는 브랜드."

"그래. 그런데 우리 손 먼저 씻으면 안 돼?"

"되지."

몇 분 후 우리는 뮤지컬 〈뉴스보이〉의 사운드트랙을 들으며 서로의 손톱에 매니큐어를 발라 주었다. 우리 둘 다 손톱이 짧고 부러져 있었다. 윈디가 내 손톱에 라임 빛 연두색(숫자 41의 색이다)을 칠했고, 나는 윈디의 손톱에 선명한 분홍색(숫자 21의 색보다 한 단계 더 연한 색이다)을 발랐다. 윈디가 웃으며 말했다.

"너 매니큐어 못 바른다. 자꾸 내 손가락 마디에 매니큐어를 묻혀."

"미안. 한 번도 누구 매니큐어 발라 준 적 없어."

"정말? 나는 날 때부터 계속 훈련을 한 것 같아. 우리 엄마가 스파 2개를 운영하거든. 그래서 외모와 기분 가꾸는 걸 늘 중요하게 생각해. 나이가 40대인데도 바닷가에 가면 비키니를 입어."

"너희 엄마 굉장히 예쁘셔."

"알아. 그리고 난 엄마 안 닮았어. 그래도 엄마는 다행히 자식이 하나 더 있어. 우리 언니의 긴 속눈썹이랑 조그만 엉덩이를 보면 딱 엄마 유전자가 느껴져."

"네 속눈썹도 예뻐."

나는 윈디의 기분이 나아지길 바라며 이렇게 말했다.

"뭐 어쨌건 그래. 아마 난 태어났을 때 다른 아기랑 바뀌었을 거야. 적어도 내 바람은 그래. 언젠가 내 진짜 엄마를 만날 날을 기대하고 있어. 보자마자 알아볼 거야. 그 엄마는 한 손에는 땅콩버터 초콜릿을 다른 한 손에는 환경보호 단체 그린피스 구호를 들고 있을 거야."

"나는 너희 엄마 좋으신 분 같던데."

"아, 몰라. 너희 부모님은? 어디 계셔? 돌아가시거나 그런 거야?"

"응."

"앗, 미안. 그런 의도가 아니었……."

나는 한손을 들어 윈디의 사과를 멈추며 말했다.

"괜찮아. 우리 엄마는 내가 애기 때 난소암으로 돌아가셨어. 나는 엄마 기억 안 나. 그리고 아빠는 못 만나 봤어. 아빤 진작에 떠났어."

폴 삼촌이 얘기해 주었다. 우리 엄마가 날 임신했다는 테스트 결과가 나오자마자 아빠는 엄마와 헤어졌다고, 그건 우리 모두에게 잘된 일이라고, 특히 나에게.

"루시, 어떡해. 그러니까 넌 고아 같은 거네."

나는 웃었다.

"그만해. 나 고아 아니야."

나는 내 자신을 천재로, 서번트로, 이상한 애로 생각해 본 적은 있지만 고아로 여겨 본 적은 없다. 할머니가 언제나 곁에 있었고, 삼촌도 곁에 있다.

"난 괜찮아. 날 위해서 음식 통조림을 모아 준다거나 겨울에 코트 기부해 주지 않아도 돼. 난 가족 있어. 나를 7학년 봉사 과제의 대상으로 삼진 마."

윈디가 매니큐어 1병을 더 열었다. (숫자 2의 색과 같은) 노란색이다.

"그럼 형편이 더 어려운 고아들을 우리가 도와주면 좋을 것 같아. 우리 봉사 과제로 할 만한 다른 거 네가 생각해 둔 거 아니면."

"난 생각해 둔 거 없어. 그런데 어쨌든 우리 조에 1명 더 들어와야 해."

"찾아보고 있어. 완벽한 후보자를 찾기가 어려워."

윈디가 매니큐어를 다 발라 주고 난 내 손은 정말 멋지다. 연두색으로 칠한 손톱 위에 노란색으로 번개 무늬까지 그려 주었다.

"네 목걸이 보고 그린 거야. 너는 항상 그 목걸이 하고 다니잖아."

"나 번개 소녀 맞아."

내 뇌가 알아채기도 전에 내 입에서 번개 소녀란 말이 나와 버렸다.

"무슨 뜻이야?"

"우리 삼촌이 나한테 지어 준 별명이야."

나는 거짓말했다. 삼촌이 날 부르는 별명은 '천재'다.

"왜?"

"내가 꼬마일 때 많이 뛰어다녔거든. 굉장히 빨랐어, 번개처럼."

거짓말이 계속 나왔다. 윈디는 어깨를 으쓱하고는 자기 손톱의 매니큐어를 확인했다. 내가 발라 줘서 꼭 매니큐어 솔 대신 낡은 칫솔로 바른 것만 같다. 그런데 윈디는 불평하지 않는다.

"이제 다음 할 일이 있어."

윈디는 자기 책상 서랍에서 책을 1권 꺼냈다. 『단짝 친구에 관해 네가 몰랐던 101가지』라는 책이다. 책 표지만 보고 속에 담긴 내용을 판단해선 안 되는 것을 알지만 나는 당장에 그 책에 엄지 2개를 척 내밀거나 별 5개를 주고 싶다. 제목에 소수가 있고, '단짝 친구'라는 단어가 들어가 있다. 여태 그 누구도 나를 단짝 친구라고 해 준 적 없다. 윈디는 내게 보라색(숫자 3의 색이다) 펜을 내밀었고 나는 그것을 살균 물티슈로 닦았으며, 윈디는 아쿠

아색(숫자 75의 색과 비슷하다) 펜을 집어 들었다. 그리고 우리는 책에 답을 써넣기 시작했다.

나는 윈디가 환경 변호사가 되고 싶어 한다는 것을 알게 됐고, 열기구를 무서워한다는 것, 그리고 가장 좋아하는 인용구는 뮤지컬에서 나온 말이 아니라 영화에서 나온 말이라는 것을 알게 됐다. 〈해리 포터와 비밀의 방〉에 나오는 덤블도어의 말이다. "우리가 진정 누구인지를 보여 주는 것은 우리의 능력이 아니라 우리의 선택이다." 나는 윈디가 내 '능력'과 내 비밀을 알게 될까 봐 두려운데, 가장 좋아하는 말이 아인슈타인의 말이라고 하면 들킬 것 같았다. 그래서 〈니모를 찾아서〉에서 도리가 한 "그냥 계속 헤엄쳐"라는 말을 가장 좋아한다고 거짓말했다. 윈디는 완전히 말이 된다고 생각하는 것처럼 고개를 끄덕였다.

우리는 그 책을 끝까지 보았다. 그리고 글루텐이 들어가지 않고 가짜 치즈가 들어간 피자를 먹었다. 그리고 공포영화 한 편을 포함해서 영화 세 편을 보면서 버터를 바르지 않은 팝콘과 내가 집에서 가져온 곰 모양 젤리를 먹었다. 우린 불을 켜 두고 잤다. 다음 주말에도 이렇게 놀기로 계획했다.

그 모든 걸 하는 18시간 동안 나는 내가 놓친 수학 채팅을 세 번 생각했다. 평소의 내가 생각했을 법한 횟수보다 80퍼센트 정도는 적은 횟수다.

15. 리바이와 한 조가 되다

목요일까지 윈디는 총 7명의 아이들에게 우리 조에 들어오겠느냐고 물었다. 모두가 거절했다. 대부분은 이미 다른 조라고 했고 1명은 이 활동에 참여하지 않는다고 했다. 의사인 아버지가 사유서를 써 주었다는데 너무 대규모의 활동이라서 불안 증세가 생긴다는 내용이란다. 버스를 타고 가면서 윈디가 물었다.

"우리 봉사 활동 뭐 하면 좋을지 떠오른 거 있어?"

어젯밤 윈디는 내게 우리가 도울 만한 일을 20가지 생각해 오라고 했다.

"좋은 건 없어."

겨우 3가지가 생각났고, 어떤 것도 윈디 마음에 안 들 것이 분명했다.

깨끗하지 않은 식당의 식탁들

깨끗하지 않은 책상들

깨끗하지 않은 문손잡이들

윈디는 자기 목록을 읽어 주었다. 하나같이 몇백만 달러의 비용에 전문가 집단이 필요할 것 같은 거대한 일들이다. 다운타운 볼티모어에 도서관을 짓거나 인도에 여성 병원을 열거나 해일로 인한 실종자를 수색하는 구조대를 운영하고 싶어 한다. 다 읽어 준 윈디가 물었다.

"어떻게 생각해?"

"좀 더 우리한테서 가까운 일을 찾아야 할 것 같아. 우리 할머니는 아마 내가 외국으로 떠나는 거 허락 안 할 거야. 알루미늄 캔을 주워서 재활용하는 건 어떨까?"

윈디가 토하는 시늉을 하고 말했다.

"쓰레기 줍기? 진짜? 그건 너무 뻔하잖아."

"쓰레기 줍자는 말 아니었어."

"그것보다 더 뻔한 일은 강아지 입양 돕기뿐일 거야."

윈디는 의자에 푹 앉아서는 펜을 꺼내 들었다. 나는 말했다.

"그것도 내가 하고 싶은 일은 아니야. 난 강아지 안 좋아해. 달력에 있는 거랑 머그잔에 있는 거 빼고."

동물은 예측할 수가 없고, 살균 물티슈로 닦을 수도 없다.

"걱정하지 마. 내가 완벽한 아이디어를 생각해 낼 테니까."

"그리고 현실적인 아이디어. 알았지?"

윈디는 크게 생각하기를 좋아하고, 붕 떠 있는 윈디를 땅에 발 디디도록 끌어당겨 줄 누군가가 필요하다. 내가 바로 윈디의 중력이다.

수학 시간에 스펜서 선생님은 평소처럼 숙제 풀이부터 하는 것이 아니라 실제 세계 속의 수학에 관한 이야기로 수업을 시작했다. 정말 좋았다.

선생님이 그 이야기를 할 때 나는 선생님에게 나의 세상을 보여 주는 상상을 했다. 내게 보이는 것처럼 수학과 수가 보인다면 선생님도 정말 좋아할 텐데. 나는 별에서부터 건물의 건축, 호수의 물결까지 모든 곳에서 수학과 수가 보인다. 싱크대 배수구를 빠져나가는 물에서도 보인다. 원과 이등분되는 삼각형들이 머릿속에서 등식을 이룬다. 이 모든 것을 볼 수 있는 쉬운 방법이 있다면 정말 좋았을 것이다. 번개를 맞는 방법은 너무 아프고, 결과가 보장되지도 않는다.

"기술, 과학, 경제, 컴퓨터 개발, 교육, 빵 만들기, 이런 모든 일들에 수학이 필요해."

선생님은 의자에 앉은 몸을 앞으로 좀 더 내밀며 말을 이었다.

"수학이 필요한 곳은 그뿐이 아니지. 정부에도, 예술에도, 글쓰기에도, 사랑에도."

"사랑에도요?"

매디가 물었다.

"그렇지. 해나 프라이라는 수학자가 있어. '영혼의 단짝' 을 찾는 등식을 만들어 냈지. 최적 정지 이론을 이용해서."

나도 최적 정지 이론을 안다. 어떤 행동을 하기에 가장 적절한 시간을 계산하고, 가장 좋은 가능성을 파악하는 방법이다. 주로 재정이나 가격 책정에 사용된다, 사랑이 아니라.

"평균적으로 1명의 성인이 20명의 사람들과 데이트를 한다고 가정해 보자. 그 20명 중 1명이 배우자로서 가장 잘 맞는 사람이라고 말이야. 그럼 한 사람을 만날 때마다 이 남자, 또는 여자와 결혼을 할지 아니면 헤어질지 결정해야 해. 다음에 만날 사람이 더 나을 수도 있고 그렇지 않을 수도 있어. 최적 정지 이론이 이 문제에 답을 제시해."

선생님은 간단한 선으로 남자와 여자를 그려 설명했다.

"별로예요."

매디가 말했다. 어쩌면 매디는 이 내용을 이해하는지도 모른다. 사악하긴 하지만 사실 꽤 똑똑한 아이이다.

"저라면 이런 수학 이론에 맡기느니 데이트 사이트에 접속할 거예요."

"이 이론으로 정답이 보장되지는 않지. 그렇지만 성공 확률을 가장 높이는 방법이야. 최적 정지 이론을 이용하면 지원자 20명 중에서 아무나 뽑는 것보다 소울메이트를 고를 수 있는 확률이 3배나 높아."

"아주 로맨틱하네요."

제니퍼가 말했다.

"우리나라 이혼율은 50퍼센트가 넘지. 이 이론이 어쩌면 도움이 될 수도."

그리고 선생님은 삶의 기본으로서의 수학에 관한 이야기를 이어 갔다. 세포에서 음악까지. 수와 패턴이 우리의 세상을 지배하고, 발전시킬 수 있다.

"수학은 법정에서도 사용되지. 비슷한 판례에 관한 데이터를 충분히 모으면 판결이 정확해질 수 있어. 아마 나중엔 변호사가 없어질지도 몰라."

이때 매디가 말했다.

"저희 엄마가 변호사예요. 엄마랑 있을 땐 그런 말 안 해야겠네요."

선생님은 매디의 말을 무시하고 설명을 계속했다.

"자, 이런 개념들은 커다랗고 복잡하지. 하지만 7학년 봉사 활동을 할 때 이 수학의 힘을 기억해 보았으면 좋겠다. 숫자를 두려워하지 마. 해결책을 내는 데 사용해 봐. 세상의 진실들을 찾아봐."

선생님은 수업 시간의 마지막 10분을 주고 7학년 봉사 활동 준비를 하라고 했다. 내 옆에 와서 앉는 윈디에게 나는 말했다.

"수학을 이용해야 해."

"강아지를 구할 때 수학을 이용하자고?"

"나 강아지 얘기는 안 했는데. 그런데 수학은 꼭 이용해야 해. 그리고 스펜서 선생님을 우리 멘토 교사로 삼아야 해."

"나 너한테 낼 수학 문제 하나가 있어. 바로 우리가 아직 2명이라는 문제야. 딴 애들은 전부 자기 조를 찾은 것 같아."

나는 교실을 둘러보았다. 모두 이미 조가 있는지를 확인하긴 어렵다.

"페이튼, 마저리, 케이틀린, 세라, 매디한테 다 물어봤어."

작지 않은 윈디 목소리에, 책상 밑에 숨긴 휴대폰을 보던 매디가 휙 눈을 들었다. 자기 이름을 언급했다는 이유만으로 우리를 쏘아보았다.

"매디한테도 물어봤다고? 매디가 진짜 우리 조가 되고 싶어 할 거라고 생각했어?"

매디는 나와 함께 하느니 차라리 민달팽이를 먹는 것이 낫다고 생각할 것이다. 그리고 피차 마찬가지다.

"이미 대니엘라, 재스민이랑 한 조가 아니었다면 우리 조에 왔을 수도 있어. 걔네는 이미 본격적으로 시작했대."

나는 윈디가 농담을 하는지 알고 싶어 얼굴을 빤히 보았다. 농담을 한 것 같지 않았다. 나는 고개를 저었다.

"사실 나 모든 애들한테 물어봤어."

사회 시간에 이집트 연구 과제 때는 선생님이 조를 지정해 주었는데, 차라리 그쪽이 더 쉬웠을 것 같다.

윈디가 웨이터를 부르듯 스펜서 선생님에게 손을 흔들었다.

"왜, 얘들아?"

선생님이 다가오자, 나보다 먼저 윈디가 말했다.

"저희 멘토 해 주실 수 있어요?"

선생님은 미소를 지었다.

"안 물었으면 섭섭할 뻔했어. 너희는 어떤 활동을……."

"선생님, 저희 나머지 조원을 구할 수가 없어요. 제가 말 그대로 7학년 애들 전부한테 물어봤거든요. 그래서 아무래도 루시랑 저랑 2명이 한 조를 하는 게 공평할 것 같아요. 그래도 될까요?"

"정말로 모두한테 물어봤어?"

"네."

선생님이 목을 가다듬고는 교실을 전체를 향해 말했다.

"자, 여러분, 혹시 봉사 활동을 같이 할 조를 못 찾은 사람 있나요?"

"이것 보세요, 전부 다……."

"저 조 없어요."

공책에 무언가를 끄적거리다가 고개를 들고 말하는 리바이였다.

"잘됐네. 루시하고 윈디 조에 합류하면 돼."

그리고 선생님은 봉사 활동 계획서를 톡톡 두드리며 내게 말했다.

"리바이 이름을 써넣어."

나는 주저했다. 리바이가 내 답을 베낀 것에 나는 아직 복수하지 못했다. 15일 동안 말을 섞지 않은 것 말고는. 나는 할 수 없이 연필로 리바이의 이름을 써넣었다. 연필로 쓴 건 언제든 지울 수 있다.

“잘해 보렴.”

선생님은 이렇게 말하고 멀어졌다.

“우리 조가 되고 싶으면 농땡이 칠 생각 하지 마.”

윈디가 명령하듯 말하자 리바이는 어깨만 으쓱하고 아무 대답도 하지 않았다. 윈디는 리바이에게 물었다.

“무슨 아이디어 있어?”

“없어.”

리바이는 공책을 향해 숙인 고개를 들지도 않았다. 내 생각엔 상관없다. 수업은 2분밖에 남지 않았고 어차피 윈디가 모든 결정을 내릴 테니까.

16. 조별 활동은 괴로워

원디가 월요일 점심시간에 우리 조 모임을 열겠다고 통보했다. 그래서 나와 원디는 과학 수업을 마치고 곧장 시청각실로 가도 좋다는 허락을 받았다. 리바이는 자기도 곧 뒤따라오겠다고 했다. 나는 시청각실의 책상 위 일부분을 소독 티슈로 닦았다가 그 티슈를 쳐다보고 말았다. 학교 식탁 내 자리보다 더 더러웠다. 나는 손 소독제를 추가로 바르고 원디에게도 바르게 했다. 거기는 음식을 먹으면 안 되는 곳이지만 우린 내 샌드위치와 쿠키와 감자칩을 나누어 먹었다. 쌓아 올린 책 뒤에다 보이지 않게 숨긴 채로 말이다.

“너, 내가 늘 과자랑 쿠키를 가지고 오지 않았어도 내 친구 했을까?”

“당연하지. 그런데 아마 단짝 친구는 아니었겠지.”

난 이 말이 농담인 걸 안다. 이건 우리가 진짜 친구라는 신호일까? 뒤에 “농담이야”란 말이 덧붙을 걸 뻔히 안다면 진짜 친구라는 뜻일까?

설탕이 많이 들어간 음식이 다 떨어지자 원디가 불안해하기 시작했다. 이럴 때 원디를 진정시킬 수 있도록 앞으로 졸리 랜처(새콤달콤한 맛 사탕 – 옮긴이)를 챙겨 오기로 다짐했다.

“리바이 안 오잖아. 이럴 줄 알았어. 선생님께 말해서 내가 우리 조에서 쫓아낼 거야. 우리만 노력하는 거 불공평한 일이야."

"점심시간 아직 남았잖아. 올 수도 있어."

고작 8분밖에 남아 있지 않아서 나 역시 의심이 들기 시작했지만.

"걔를 우리 조에 받아 주는 게 아니었어."

"다른 방법이 없었잖아. 나도 그 애 원하지 않았어. 못 믿을 애야."

"너 그렇게 말하니까 꼭 바람 피운 남자친구 이야기 하는 것 같아."

"징그러운 소리 하지 마."

윈디가 등받이에 기대어 앉았다.

"매디네 조는 멋진 걸 해. 우리도 멋진 걸 해야 해."

"걔네는 뭐 하는데?"

나는 물었지만 사실은 알고 싶지 않았다.

"난민 가족들을 위해서 배낭에 학용품을 채워서 보낼 거래. 유치원 아이들부터 고등학생까지, 총 200개의 배낭을 보내는 게 목표래. 그리고 공책이랑 연필 같은 것만 넣을 것도 아니래. 아이들이 새 신발로 교환할 수 있는 상품권도 넣을 거래."

"멋지네."

나는 윈디가 매디네 조가 되고 싶어한다는 느낌이 든다. 어쩌면 그렇게 하라고 내가 먼저 제안하는 것이 좋을지도 모른다. 매디네 조에 있는 다른 아이들이 재스민과 대니엘라뿐이라면 1명 더 들어갈 자리가 있다.

"윈디, 만약 너……."

"드디어 납셨네."

윈디가 허리를 펴고 문 쪽을 가리켰다.

리바이가 책 2권을 반납함에 넣었다. 그리고 잠시 사서 선생님과 이야기하고는 우리에게 다가와 내 옆자리에 털썩 앉아 물었다.

"우리 뭐 할 건데?"

"여태 어디 있었어?"

윈디가 따졌다.

"성장하는 아이는 잘 먹어야 하지."

리바이가 자기 배를 두들겼다. 윈디는 리바이를 노려보며 입을 열었다.

"아니 어떻게 너는……."

"우리 봉사 활동에 관해서 의논하자, 알았지?"

내가 끼어들어 말했다. 그러자 윈디는 공책을 펼치며 말했다.

"알았어. 내 아이디어 들어 봐."

아이디어를 2장 가득히 적어 온 윈디는 그 터무니없는 제안들을 읽어 주었다. 리바이는 앓는 소리를 내고는 말했다.

"좀 실현 가능한 건 없냐?"

"노력하면 다 실현 가능해."

그러자 리바이가 목록을 죽 훑어보며 말했다.

"바다사자를 모터보트로부터 보호하기? 이게 어떻게 실현 가능해?"

"그렇게 하자고 적은 판을 설치하고 보트 주인들한테 보트 때문에 바다사자가 죽는다고 경고하면 돼."

"여기서 바다까지 3시간이 걸려. 나는 바다사자를 평생 본 적도 없다고."

윈디는 공책을 세게 닫아 탁자 위에다 탕 놓고 말했다.

"동물을 구하고 싶어 하는 건 루시야."

"뭐? 아니야. 나는 동물 관련된 건 안 했으면 좋겠어."

나는 마치 다가오는 자동차를 멈춰 세우는 것처럼 두 손을 흔들고는 덧붙였다.

"내가 제안한 건 길가에서 빈 깡통 줍기야."

"동물 구하기 괜찮은데. 그건 가능해. 캠페인 스티커 감이지."

리바이의 말에 나는 다시 반발했다.

"나는 동물 구하기는 하고 싶지 않아."

하지만 윈디도 리바이도 내 말을 듣지 않았다. 윈디가 물었다.

"좋아. 그럼 이건 어때? 동물들한테 영원히 사랑하고 보살펴 줄 가족을 찾아 주는 거. 이것도 캠페인 스티커 감이야?"

"응, 굉장히 시시한."

윈디는 어이없다는 표정을 지었다. 이번엔 내가 말했다.

"좀 더 구체적인 계획을 세워야 해. 넌 어떤 동물을 구하고 싶은데?"

"개랑 고양이."

윈디는 이렇게 대답했지만 사실은 검은 코뿔소와 일각돌고래를 구하고 싶을 게 분명했다. 리바이가 물었다.

"너 뱀이랑 거북이 차별하는 거야? 걔네들은 영원히 사랑받을 수 있는 집이 필요 없어?"

윈디가 리바이에게 손가락 하나를 내밀어 보이며 말했다.

"제일 큰 문제는 네가 내 말을 전부 장난거리로 삼는다는 거야."

"쉿! 시청각실은 조용히 해야 하는 곳이야."

사서 선생님이 말했다.

"죄송해요."

윈디가 사과했다. 리바이는 가짜 미소를 지으며 윈디에게 말했다.

"그냥 네 맘대로 다 쓰렴. 이거 중요하지도 않아. 별 볼 일 없는 걸 해도 7학년 마치는 데는 지장 없어."

"너 벌써 포기하는 거야?"

"포기하는 게 아니라 그냥 될 대로 되라는 거야. 차이가 있어."

아무래도 조별 과제란 학생들이 서로 싫어하게 되는지 보려고 교사들이 만든 사회 실험인 것 같다.

리바이는 가방을 열어서 카메라를 꺼냈다. 버튼을 몇 개 만지작거리더니 윈디를 향해 카메라를 들었다. 윈디의 매서운 표정이 즉각 달콤한 미소로 바뀌는 것을 보니, 리바이가 윈디를 길들이는 방법을 찾은 것 같다. 리바이가 내 쪽으로 카메라를 들었을 때 나는 과학 교과서 뒤에 숨었다.

"이거 네 사이트에 올리려고?"

윈디가 기대하며 물었다. 리바이는 윈디의 사진을 확인하고는 말했다.

"아닐걸."

그러고는 빨간색 '삭제' 버튼을 눌렀다. 둘이 뭘 이야기하는지 나는 전혀 모르겠지만, 윈디는 다시 리바이의 목이라도 조를 것 같은 표정이 되어 날카롭게 말했다.

"학교에서 사진 찍는 거 금지야. 내가 너 신고할 수도 있어."

"하든지 말든지. 이건 미술 시간 과제야. 그리고 여기서 뭐 먹으면 안 되는 것도 마찬가지거든."

리바이는 빈 감자칩 봉지를 들어 보였다. 내가 끼어들어 말했다.

"의논 계속하자. 우리가 할 활동을 '문제'와 '풀이' 형식으로 정리해야 해. 숫자를 넣어서 수학 공식처럼."

"수학 싫어."

리바이의 중얼거림에 나는 머리를 맞기라도 한 것처럼 말했다.

"네가 한 말 중에 제일 멍청한 소리야."

리바이가 의아한 눈으로 나를 보며 물었다.

"뭐라고?"

"수학 덕분에 우린 이해를 할 수 있는 거야. 숫자를 이용해서 우리의 문제와 해결책을 표현할 수 있는 거야."

"어떻게?"

"예를 들면, 우리 카운티에서 매달 1,000마리의 동물이 안락사 돼."

나는 1,000이란 숫자를 지어냈고, 이건 내가 평소에 하지 않는 일이다.

"세상에! 정말?"

윈디가 너무 놀라 휙 몸을 일으켰다.

"나도 몰라. 그냥 예시로 말한 거야. 아마 실제는 그것보다 훨씬, 훨씬 적을 거야."

집에 가서 실제 수를 찾아보아야겠다. 나는 '많다', '적다', '거의 없다'

같은 애매모호한 묘사를 정말 싫어한다.

리바이는 말했다.

"이거 굉장히 소름 끼치는 활동이 되어 가는데. 죽은 동물 수 세기?"

"들어 봐. 우리 지역 보호소에서 매달 오직 x마리의 동물이 입양이 돼."

그러자 리바이가 말했다.

"그거 문제야? 문제보다는 그냥 설명 같은데."

"200마리가 입양을 기다리고 있다면 문제가 되지."

이번에도 나는 전혀 모르는 수치를 만들어 냈다. 속임수 같다.

윈디가 펜을 들고 말했다.

"알겠어. 그러니까 평균적으로 햄린 카운티의 동물 관리국에서는 1,000마리의 개와 고양이가 입양을 기다리는데 그 시설에는 500마리밖에 수용이 안 되는 거야."

이제는 윈디가 수를 지어내고 있다. 나에게서 시작된 '부정확성'이라는 병이 퍼지고 있다.

"그래, 그런 식이야. 내가 오늘 밤에 실제 수를 확인해 볼게. 좋은 활동이 될 수 있을 거야."

"리바이 네 생각은?"

윈디가 묻자 리바이는 대답했다.

"뭐, 알아서 해."

리바이 언어로 이 정도면 좋다는 뜻이다.

"문제를 푸는 법은 쉬워. 동물이 입양되도록 우리가 돕는 거야."

윈디가 환한 얼굴로 말했다. 우리는 아프리카에 가지 않아도 된다.

"아니면 우리 카운티에 더 큰 동물 감옥을 짓도록 도울 수도 있고."

리바이가 이렇게 말하자 윈디가 노려보며 쏘아붙였다.

"조용히 해. 우리는 수많은 동물들을 구할 거야. 네가 좋든 싫든. 그렇지, 루시?"

"아마도."

방금 무슨 일이 일어났는지 모르겠다. 나는 애초에 동물이 포함되는 활동을 하고 싶지 않았다. 그냥 리바이와 윈디가 서로를 죽이지 않기를 바랐을 뿐인데. 아마 내가 문제를 1개 푼 모양이다.

17. 모두가 다른 곳을 보기에

우리 지역 동물 관리국 웹사이트에 들어가 보니 건강한 개의 95퍼센트가 입양이 되고 건강한 고양이의 78퍼센트가 입양이 된다고 적혀 있다. 나머지 5퍼센트의 개와 22퍼센트의 고양이가 어떻게 되는지는 나와 있지 않다. 그리고 '건강한' 개와 고양이의 기준이 나와 있지 않아 나는 그쪽으로 전화를 했다.

"햄린 카운티 동물 관리국입니다. 무엇을 도와 드릴까요?"

"안녕하세요? 루시 캘러핸이라고 하는데 학교 봉사 활동 때문에 질문이 있어서요."

"어떤 질문?"

"거기 보호소에 개가 몇 마리가 수용되나요? 그리고 매달 몇 마리 입양되나요? 고양이는 몇 마리 수용되나요? 매달 몇 마리 고양이가……."

"그런 정보는 모두 웹사이트에 나와 있어."

"안 나와 있어요. 제가 웹사이트 보면서 전화하고 있어요."

"그러면 그건 공개된 정보가 아닌 거야. 미안하다."

미안한 것처럼 들리지 않는다.

"거기 지금 개가 몇 마리 있는지도 모르신다고요? 그냥 세어 보시면 되잖아요."

"그건 내 일이 아니야. 직접 와서 세어 보고 싶으면 그렇게 해."

이 사람이 전화를 끊으려 한다.

"잠깐만요. 웹사이트에 나와 있는 '건강한'은 무슨 뜻이에요?"

"뭐라고?"

"웹사이트에 보면 건강한 개의 95퍼센트가 입양이 된다고 적혀 있어요. 그게 무슨 뜻이에요?"

"그건…… 우리가 건강하게 회복시키거나 건강한 상태로 넘겨받은 동물 중에서 95퍼센트를 입양시킨다는 뜻이야."

"그러면 아픈 동물들은 어떻게 되는데요? 뇌에 이상이 있다든지 하는 동물이요."

수화기 너머가 조용하다. 나는 치료를 해 줄 수 있는 특별한 집으로 보내진다는 대답을 기다렸다.

"그건 내가 답해 줄 수 없는 부분이야. 내가 아는 건 이곳의 입양 가능 시간이 화요일에서 토요일까지는 오전 10시부터 오후 7시, 일요일은 정오에서부터 오후 5시까지라는 거야."

"저는 그냥 돕고 싶어서요."

요란한 한숨이 전화기 너머로 들린다.

"자원 봉사 활동 안내는 웹사이트에 있어. 그런데 자원 봉사 하려면 적어도 만 16세 이상이거나 부모가 같이 와야 해. 너 만 16세 넘니?"

"아니요."

"전화 고맙다. 반려동물을 키운다면 꼭 중성화 수술 시켜 주길 바라."

전화가 끊겼다. 4분간의 시간 낭비였다.

짜증이 난 나는 윈디에게 전화를 해 동물을 구할 수 없다고 했다. 우리의 나이가 충분하지 않아서라고. 한편으로 마음이 놓였다.

"내가 해결할게."

완전히 자신감 있는 목소리로 윈디가 말했다.

"어떻게?"

"기다려 봐. 우릴 환영할 다른 동물 보호소가 분명 있을 거야."

"알았어."

나는 윈디가 틀렸기를 바랐다.

"루시, 너 최근에 리바이 페이지 확인해 봤어?"

"그게 뭔데?"

"아트붐에 있는 거. 아트붐은 그림이나 사진을 올리는 웹사이트야. 일종의 인터넷 사진첩 같은 거지. 나는 좀 한심하다고 생각해."

"한 번도 들어 본 적 없어."

"리바이 사진첩에 한번 들어가 봐. 너도 많아."

"진짜?"

"걔 닉네임은 리바이123이야."

나는 윈디와 작별 인사를 하고 아트붐을 검색해 리바이의 사진첩에 들어가 보았다. 윈디가 과장을 했다. 45장 중에 내 사진은 3장뿐이다(6.667퍼센트다). 어쩌면 윈디 사진은 1장뿐이어서(2.222퍼센트다) 그에 비해 내 사진이 많다고 판단했는지도 모른다.

리바이의 사진첩은 다섯 폴더로 나뉘어져 있다. 지루함, 호기심, 화남, 상처받음, 평화로움. 그리고 각각의 폴더에 여러 장의 흑백 사진들이 들어 있다. 내 사진은 호기심에 2장, 화남에 1장. 화난 사진은 스펜서 선생님이 우리에게 서로의 답을 베낀 것을 털어놓으라고 했던 날 수학 교실에서 찍힌 사진이다. 윈디의 사진은 지루함 폴더에 있다. 윈디가 한 손에 턱을 괴고 자기 앞에 있는 책 대신에 창문 밖을 보고 있다.

리바이 사진첩의 구석을 보니 금색 별이 하나 있다. 아트붐 사용자들이 보고 '이달의 사진' 으로 뽑아 준 사진들이다.

나는 그 사진들을 하나하나 화면에 가득 차는 크기로 확대해서 보았다. 폴더 이름이 보이지 않아도 나는 모든 사진의 감정을 맞출 수 있다. 리바이는 일상 속에서 내가 놓치는 것들을 사진을 찍는 그 짧은 순간에 본다.

나는 상처받음 폴더에 있는 사진 하나를 확대해서 보았다. 매디의 사진이어서 놀랐다. 거의 알아보지 못할 뻔했다. 짙은 갈색 머리카락이 얼굴의 반을 가렸고 두 팔은 마치 추운 것처럼 자신의 몸을 감싸고 있다. 배경에 있는 사람들은 초점이 맞지 않아 흐릿하지만 우리 학교 식당이라는 것을 알 수 있다. 이날 무슨 일이 일어났지? 눈물은 보이지 않지만…… 보이기 직전이다. 매디의 눈에 눈물이 차기 직전의 그 찰나를 리바이가 포착했다. 나는 바로 다음 순간 혼자 있고 싶어서 화장실로 달려갔을 매디가 상상된다.

리바이와 나는 같은 세상에 살지만, 아주 다른 것들을 본다. 우리 모두가 다 같은 것들을 보았다면 아마 아주 지루했을 것이다.

그날 밤 늦게 할머니와 함께 텔레비전을 보고 있을 때 내 휴대전화가 진동했다. 윈디를 의심하지 말았어야 했다. 윈디가 우리의 프로젝트를 진행시키고 있다.

윈디: 펫헛 동물 보호소 간다.

윈디: 내일 방과 후

윈디: 우리 언니가 데려다줄 거야.

리바이: 뭐 그러든가.

18. 즐거운 계산

윈디의 언니 체리시가 방과 후 약속대로 우리를 차로 데려다주러 왔다. 윈디는 조수석에 앉았다. 리바이와 나는 뒤에 앉았다. 체리시는 내가 앉았다 일어섰다 앉았다 일어섰다 앉는 것을 백미러로 지켜보았다.

"1시간 줄게."

체리시가 학교 주차장에서 차를 몰고 나가면서 윈디에게 말했다.

"2시간."

"안 돼, 1시간. 엄마가 1시간 후에 데리고 오라고 했단 말이야."

"우리 할 일 다 끝나면 전화할게. 그때 데리러 와."

윈디가 말했다. 윈디는 나를 제외한 모든 사람들과 언쟁하는 것 같다.

'펫헛 동물 보호소'까지는 차로 11분밖에 걸리지 않았다. 4개의 신호등과 147개의 전신주(오른쪽 창문으로 보이는 것만), 그리고 17개의 소화전을 지나쳐 왔다. 체리시는 차에서 내린 우리에게 소리쳤다.

"1시간이야!"

우리는 텅 빈 주차장에 서서 단층짜리 빨간 건물을 쳐다만 보았다.

"여기 원래 피자헛이었는데. 우웩."

리바이가 가방에서 카메라를 꺼내며 말했다.

"피자헛일 땐 동물 보호소가 아니었는데, 뭐. 가자."

윈디가 이렇게 말하며 앞장섰고, 날 위해 문을 잡아 주었다. 내 계획은 여기서 아무것도 만지지 않는 것이다.

나는 발끝을 세 번 땅에 쳤다. 젖은 신문 냄새가 나는 곳이다. 입구는 개 사료와 고양이 사료, 개어서 쌓아 둔 낡은 담요와 서로 다른 크기의 동물 이동장으로 비좁다. 벽 너머로 작게 개 짖는 소리가 들린다.

"무슨 일로 오셨나요?"

카운터의 남자가 물었다. 그 남자의 머리 위에는 아직도 음료수와 피자 그림이 있는 메뉴판이 있지만 이제 메뉴 대신 입양 비용이 적혀 있다. (단어 11개, 숫자 10개, 그리고 달러 기호 3개)

입양 비용: 강아지 200달러 / 성견 175달러 / 고양이 90달러

신청서 작성 필요. 만 18세 이상이어야 함.

"여기서 일하세요?"

마치 그 사람을 시험하는 것처럼 윈디는 물었다.

"자원봉사자로 일해."

짙은 갈색의 긴 머리카락이 엉켜 보이고, 귓바퀴에는 커다란 구멍이 뚫려 있다. 우리보다 나이가 많아 보여서 고등학생 이상은 될 게 분명하다.

"클레어 배링턴 씨 여기 있어요?"

윈디가 물었다.

"응, 잠깐만."

의자에서 일어선 그 남자는 카운터 한쪽 끝의 벽에 있는 무거운 금속 문

을 열었다. 짖는 소리가 커졌다. 나는 물러섰다. 나는 한 번도 개나 동물들 근처에 있어 본 적이 없다. 개들은 깨끗하지 않고 적절한 거리를 둘 줄 모르고 다가온다. 텔레비전에서 본 바로는 그렇다. 나는 갑자기 토할 것 같다.

"클레어, 누가 찾아 왔는데요."

그 남자가 개 짖는 소리가 들려오는 쪽으로 외쳤다.

"들여보내."

"전 여기서 기다릴게요."

내가 말했다. 그러자 리바이가 내 팔꿈치를 잡으며 말했다.

"아냐, 너도 같이 가. 너 빠지면 나랑 윈디랑 둘뿐이라고."

우리는 윈디를 따라 그 문으로 들어갔다. 그 공간의 안쪽에서 한 여자가 우리에게 손짓을 했다. 그 사람이 몸을 기울이고 있는 거품 가득한 세면대에 거대한 들쥐처럼 보이는 것이 있다. 그 사람은 마치 간호사처럼 수술복 같은 걸 입고 있다. 예쁜 하늘색(숫자 4와 비슷한 색이다) 바지에 고양이 그림이 있는 보라색(숫자 3의 색이다) 상의를 입고 있다. 붉은 갈색 머리는 느슨하게 하나로 올려 묶었다.

그 여자에게로 다가가는 우리의 오른편에 커다란 개 우리 8개가 있다. 각각의 우리 안에 거칠어 보이는 개가 1마리씩 들어 있다. 큰 우리들이 아래층에 있고 그 위에는 더 작은 개들이 1마리씩 들어가 있는 10개의 작은 우리가 있다. 크기에 상관없이 모든 개들이 노방져 나가려고 애쓰는 것처럼 보인다. 튀어나와 내 목을 물어뜯고 싶은 것처럼. 나는 내 번개 목걸이를 만지작거리면서 애써 앞만 보았다.

"안녕, 얘들아! 내가 클레어야, 이 '펫헛' 주인, 운영자, 대표, 그리고 수석 목욕 기술자. 무슨 일로 왔니?"

나는 발끝으로 바닥을 세 번 두들기고 숨을 참았다. 젖은 개(또는 들쥐)의 냄새는 세상에서 가장 고약한 것 같다.

"학교 과제로 봉사 활동을 하거든요."

윈디가 여기까지만 말했을 때 클레어는 말했다.

"아, 알겠다. 이스트 햄린 중학교."

"어떻게 아셨어요?"

"이번 주에 벌써 그 학교 애들 몇 명이 같이 왔었거든."

"그럼 우리 활동은 따분할 뿐 아니라 다른 조랑 똑같기까지 한 거네."

리바이가 말했다. 나는 어이없단 표정이 나왔다. 언제부터 남의 것 베끼는 것을 마다했다고.

"우리야 도움을 많이 받을수록 좋으니까 상관없어. 너희 이름이랑 계획을 말해 보는 게 어때?"

클레어는 물을 틀고는 세면대 속 작은 개의 몸을 헹구기 시작했다. 내 팔에 작은 물방울들이 튀었다. 그러자 내 뇌가 내게 보여 주는 것은 그 완벽한 동그라미들 속에 파이에 맞는 삼각형들이 가득 차 있는 모습이다. 내 뇌는 어디에서나 나를 둘러싼 아름다운 수학을 보여 준다. 그래도 나는 집으로 가면 샤워를 할 것이다. 이 동그라미들 안에 어떤 균이 숨어 있을지 누가 알겠는가?

윈디가 소개를 맡았다.

"얘는 리바이예요. 좋아하는 게 없어요. 이쪽은 루시, 조용하고 생각이 깊어요. 저는 윈디예요. 우리 중 리더. 뭐 정식으로 뽑거나 한 건 아닌데 비공식적으론 그래요."

"리더로 널 뽑느니 저 개를 뽑는 데 한 표."

리바이가 고개로 가리킨 개는 문 한 짝이 열려 있도록 잡아 주고 있는 도자기 비글 인형이다.

"이것 보세요. 긍정적인 얘기를 하는 법이 없다고요."

클레어는 어색한 웃음을 한 번 내뱉고는 말했다.

"내 사무실로 같이 가서 필요한 질문 할래? 아니면 내가 구경시켜 주면서 여기 필요한 게 뭔지 말해 줄 수도 있고."

"질문할게요."

내가 말했다. 한곳에 가만히 있어야 아무것도 만지지 않기도 쉬워진다. 그러나 리바이는 말했다.

"저는 구경 먼저 하고 싶어요."

그리고 하필이면 지금, 백만 년 만에, 윈디가 리바이의 말에 동의했다.

"질문할 거 있으면 구경하면서 해도 돼."

클레어가 말했다. 클레어가 개의 물기를 닦는 동안 윈디가 물었다.

"무슨 종이에요?"

"잡종이야. 그런데 우리 수의사는 치와와 피가 섞였다고 생각해."

"시추 혈통도 있는 것 같은데요."

리바이의 말에 클레어가 고개를 끄덕이며 답했다.

"나도 그렇게 생각하고 있었어."

리바이는 더 말했다.

"얼굴도 그렇고 털 긴 것도 그렇고 딱 시추예요. 아마 수의사는 다리랑 꼬리 가느다란 것을 보고 치와와 혈통도 있다고 판단한 것 같은데요."

나는 리바이를 빤히 보았다. 눈치챈 리바이는 말했다.

"뭐? 나 개 좋아해."

"너 개 키우니?"

클레어가 리바이에게 물었다.

"2마리요. 저희 엄마들께서 구조해 오신 코커스패니얼 2마리예요. 체이스, 버튼스."

"착하게 있어, 렉스."

클레어가 렉스를 빈 우리 안에 들여보내기 전에 젖은 코에 입을 맞췄다. 나는 속이 울렁거렸다.

클레어는 두 팔을 앞으로 펼치며 말했다.

"보다시피 여기가 개들 방이야. 몸이 큰 녀석들은 고급 아파트를 차지하고 몸이 작은 녀석들은 그 위 펜트하우스에 들어가지."

"여긴 동시에 몇 마리나 수용할 수 있어요?"

내가 물었다.

"그때그때 달라. 한 우리에 1마리씩 넣으면 총 18마리. 그런데 가끔은 우리를 같이 쓰게도 하거든. 그리고 강아지 전용 방도 있어. 강아지들은 여기 오래 머무르지 않아. 꽤 빠르게 입양이 되거든, 보통."

"얼마나 빠르게요?"

"우리 자원봉사자들이 서류 검토를 마치자마자."

클레어는 미소를 지었다. 윈디가 말했다.

"저흰 그냥 자원봉사만 하고 싶지 않아요. 이 보호소를 발전시키고 싶어요."

"아, 그래?"

클레어가 손가락 하나를 아랫입술에 대며 되물었다. 리바이는 윈디에게 핀잔을 주었다.

"너 지금 하는 말마다 엄청나게 무례한 거 알아?"

"아닌데."

"맞는데. 너 그쪽으로 진짜 재능 있다."

클레어가 제안했다.

"자, 다들 구경을 계속해 보자. 이번엔 고양이 방을 보여 줄게."

고양이 방은 개 방보다 더 작지만 더 꽉 차 있고 냄새도 더 나쁘다. 아까 그 젖은 치와와 시추 개의 냄새보다도. 세어 보니 22마리, 새끼 고양이는 없다. 클레어가 내 마음을 읽은 것처럼 말했다.

"우린 보통 새끼 고양이는 안 받아. 위스커스라고 다른 보호소가 있거든. 거기가 새끼 고양이 돌보기에 좀 더 좋은 시설을 갖추고 있어."

"매주 몇 마리나 입양이 돼요?"

내가 물었다.

"그것도 늘 달라. 1마리일 때도, 20마리일 때도 있지.

"평균적으로는요?"

내가 다시 묻자 클레어는 어깨를 으쓱했다.

"잘 모르겠는데. 평균 3마리나 4마리?"

"평균값, 중앙값, 최빈값 중에 어떤 거 말씀이세요?"

"그냥 대충 말한 거야. 우리 기록을 보여 줄게. 그럼 네가 평균값이든 중간값이든 최고값이든 다 내 봐."

"평균값, 중앙값, 최빈값이에요."

그때 리바이가 팔꿈치로 날 쿡 찌르고는 속삭였다.

"농담하신 거야."

"아아."

"저는 기록 안 보고 싶어요."

윈디가 말했다. 그러자 클레어가 제안했다.

"그럼 너는 나랑 개들 돌보자. 아직 5번부터 8번 우리까지 남았거든."

클레어는 귀 뚫은 그 남자, 노아를 불러 내게 사무실을 보여 주라고 말했다. 가 보니 아주 작아서 사무실이라기보다는 벽장 안에 3개의 캐비닛과 책상 하나, 그리고 아주 오래된 컴퓨터 하나가 들어 있는 것 같다. 나는 노아에게 물었다.

"입양 정보가 다 컴퓨터 안에 있어요?"

"거의 그렇지. 사람들이 와서 동물을 입양해 갈 때 신청 서류를 쓰거든. 내가 시간이 있으면 그 종이 서류를 컴퓨터에 입력하지. 종이 서류는 여기에 날짜별로 정리되어 있어."

노아가 캐비닛 서랍 하나를 열었다. 맨 앞에 보이는 서류철이 4개월 전 것이다.

“전부 다 정리된 거예요?”

내 물음에 노아는 책상 위에 있는 서류 한 더미를 가리키며 말했다.

“저건 정리 아직 안 했어.”

모든 자료가 여기에 있다. 우리 계획의 문제와 해결책이 이 종이 서류들 속에 묻혀 있다. 하지만 아직 활용할 수 있는 건 없다.

펫헛 입구에서 호출용 종 소리가 났다.

“그럼 즐거운 시간 보내.”

노아는 계산할 것들로 가득한 그곳에 나를 남겨 두고 나갔다. 그러니 난 정말 즐거운 시간을 보낼 것이다.

19. 번개를 품은 개

“루시!”

“왜?”

고개를 들어 보니 목에 카메라를 건 리바이가 사무실 입구에 서 있다.

“너 내 사진 찍었어?”

리바이가 안으로 들어오며 대답했다.

“아마도. 곧 체리시가 올 거야. 가자.”

“너 물어보지도 않고 남의 사진 찍지 마.”

리바이는 어깨를 으쓱했다.

“그리고 남의 답 베끼지도 말고!”

“야, 너 학기 첫날 내가 네 답 베낀 것 때문에 아직 화났어?”

“둘째 날이었고, 그래, 아직 화났어. 선생님은 내가 안 그랬다는 걸 전혀 모르실 거야. 아직도 내가 베꼈을지도 모른다고 생각하실 거라고.”

“아니야. 내가 그랬다고 자백했어.”

리바이가 시선을 떨어뜨렸다. 나는 의자에서 몸을 홱 젖혔다.

“언제?”

“몰라. 그 주 어떤 날에.”

"왜? 우리 처벌 안 받았잖아."

말이 안 된다. 리바이는 선생님에게 털어놓을 필요가 없었는데. 리바이가 또 어깨를 으쓱하고 말했다.

"뭐 어차피 선생님은 알게 됐을 거야. 너는 수학 점수 계속 좋잖아. 나는 낙제할 지경이고."

"낙제?"

나는 놀란 척하려고 애썼다. 실은 지금까지 리바이가 받은 일곱 번의 점수를 나는 다 보았다. 그에 따르면 리바이의 평균 성적은 69점이다. 낙제할 성적은 아니다, 아직까지는.

"아냐. 너 뭐 하는데?"

리바이가 가까이 다가오며 물었다. 나는 숫자들을 휘갈겨 적고 있던 종이를 홱 뒤집었다.

"숙제 하고 있어?"

"그렇다고 볼 수 있지."

나는 그 종이를 내 주머니에 넣고 손에 소독제를 발랐다. 아직 57번째 입양 서류까지밖에 보지 못했지만 이미 패턴은 확실히 보인다.

우리는 사무실에서 나와 개 우리 앞을 지났다.

리바이가 문을 열어서 내가 지나가도록 잡아 주었다.

"내가 신사라서가 아니라 네 세균 강박증 때문이야."

"알아. 그래도 고마워."

로비로 가 보니 더러운 청바지와 빛바랜 것 같은 초록색(숫자 14의 색이다)

티셔츠를 입은 한 여자가 카운터에서 노아에게 목소리를 높이고 있다. 한 손으로는 전자 담배를, 다른 한 손으로는 개 줄을 잡았다. 그 개 줄에 묶여 있는 개는 덜덜 떨면서 여자의 다리 사이에 숨으려고 애쓴다.

"아, 받아 달래도!"

여자는 소리쳤다. 나는 주차장 바닥에다 내 발끝을 세 번 쳤다.

"이것 보세요. 그렇게 되는 게 아니라니까요."

노아가 그 여자를 노려보며 말했다.

"보호소가 그렇게 말하면 안 되지."

"제가 보호소예요? 사람이지. 저는 여기 자원봉사자고 의예과 학생이라고요, 젠장. 신청서를 쓰셔야 대기 명단에 올려 드려요."

"그럴 시간이 없다니까."

"무슨 일이야?"

클레어가 윈디를 데리고 로비로 들어오며 물었다.

"이 여자분이 자꾸 확인 안 된 개를 그냥 맡아 달래요. 아무런 절차 없이 그냥 동물을 놓고 가면 되는 줄 알아요."

클레어가 미소를 지으며 설명했다.

"죄송합니다. 저희는 개를 그냥 맡지 않아요. 여기는 지방 정부가 운영하는 동물 관리국이 아닙니다. 사설 비영리 보호소예요."

"그럼 여기 있는 개들은 어디서 온 개들인데요?"

그 여자의 물음에 노아가 고개를 절레절레 흔들고는 대답했다.

"이건 제가 이미 설명했어요. 저 잠깐 쉬고 올게요."

노아는 카운터를 뛰어 넘어서는 정문으로 나갔다. 클레어가 말했다.

"개를 넘겨주겠다는 서류를 먼저 쓰셔야 됩니다. 그러면 우리 자원봉사자 중 1명이 댁을 방문할 거예요. 개가 건강하고 사람에게 친화적인지 확인해야 해요."

또 건강이란 단어가 나왔다. 건강한 개란 무엇을 뜻하는 것일까?

"개 여기 있으니까 지금 보세요."

그 여자는 개가 앞으로 오도록 개 줄을 세게 당겼다. 개는 꼬리를 말아 넣고 고개를 숙였다. 몸집이 작고 털이 보송한 비글 같다.

"저희 자원봉사자가 개가 입양 가능하다고 판단했을 때, 저희가 그 개를 대기 명단에 올려 드려요."

"대기 명단이요? 대기에 얼마나 걸리는데요?"

"그때그때 달라요."

물론 클레어는 정확한 기간을 댈 수 없다. 지금의 서류 정리 체계를 보면 당연한 일이다.

"여기는 개 우리가 18개 있어요. 그리고 꽉 차 있습니다. 지금 대기 명단에 있는 개가 이미 10마리고요."

"나 이사 가요. 남편이 직장을 잃었어요. 수리비가 없어서 차도 못 고치고 있다고요."

"유감이네요. 저희도 돕고 싶습니다."

클레어는 개가 냄새를 맡도록 손을 내밀어 주었다. 개가 다가오는데 윈디가 재채기를 했다. 놀란 개는 펄쩍 뛰어 다시 여자 뒤로 숨었다.

그때 리바이가 개 바로 앞에, 그 더러운 바닥에 앉더니 말했다.

“녀석, 놀랐구나. 너 참 잘생겼네.”

“무슨 종이에요?”

윈디는 물었고 리바이는 사진을 찍으려고 카메라를 들었다. 개가 카메라 렌즈에 온통 코를 가져다 댔다. 여자는 답했다.

“낸들 아냐? 그냥 귀여운 개지, 뭐.”

리바이는 개에게 말했다.

“넌 분명 새 가족 금방 만날 거야.”

그러자 여자는 불만 가득한 목소리로 말했다.

“알았어요. 신청서 줘요, 쓸 테니까.”

“알겠습니다.”

클레어가 신청서를 내밀었다. 그 여자는 리바이에게 개 줄을 내밀며 말했다.

“너 이것 좀 쥐고 있을래?”

“네.”

여자는 입으로 펜 뚜껑을 열고는 신청서 빈칸을 채우기 시작했다. 그때 전화가 울렸고 그 전화를 받으러 클레어가 카운터 뒤로 갔을 때 갑자기, 마치 다 계획한 것처럼, 여자가 신청서를 내려놓고는 정문으로 뛰어나갔다. 빠르지는 않았지만 윈디나 내 힘으론 붙잡을 수 없었다.

“거기 서요!”

클레어가 소리쳤다. 여자는 멈추지 않았다. 개도 같이 달려 나가려 했지만 리바이가 줄을 놓지 않았다. 노아가 다시 들어와 물었다.

"저 여자 지금 자기 개 버리고 간 거예요?"

"응."

"경찰서에 신고할까요?"

윈디가 휴대전화를 꺼내며 물었다. 내가 보기에 이 일은 사실상 범죄에 속하지 않는다.

"아니. 늘 일어나는 일이야. 내가 개를 동물 관리국에 데려다줄 거야."

"정말요?"

리바이가 물었다. 그리고 윈디는 말했다.

"그런데 거기선 개를 죽일지도 모르잖아요."

"안락사시키는 거야. 최후의 수단이지. 루시, 신청서 좀 줄래?"

나는 클레어에게 신청서를 집어 주려고 바닥으로 몸을 숙였다. 어쩌면 사형 선고를 받은 것인지도 모르는 그 개를 나는 쳐다보지 않으려고 애썼다. 딱 2개의 손가락만 써서 나는 신청서가 꽂힌 클립보드를 뒤집었다. 빈칸이 거의 그대로고 그 여자가 쓴 건 개의 이름뿐이다. 큐티 파이.

나는 멈추어 눈을 의심하듯 그 서류를 빤히 보았다. 큐티 파이의 '파이'가 빵 종류를 뜻하는 p, i, e가 아니라 수학 기호 파이를 뜻하는 p, i로 적혀 있다. 그 여자가 철자를 잘 몰라 그렇게 썼는지 급해서 쓰다 말았는지 알 수 없다. 하지만 나는 이것이 계시처럼 느껴진다. 할머니는 모든 곳에서 계시를 발견한다. 때로 우주나 신이 우리에게 무언가를 말하려 한다면서. 예를 들어 1달러 1장을 주우면 복권을 사라는 신의 계시라고 한다. 내가 받은 신의 계시는 번개를 맞은 것 말고는 없다. 하지만 그건 꽤 큰일이었다.

"파이?"

나는 속삭여 보았고, 그 개가 고개를 돌려 나를 보았다. 그리고 바로 그 때, 개의 등에 있는 검은색 얼룩무늬 중 하나가 번개 모양이라는 것을 발견했다. 또 하나의 계시다!

"이 개 보내시면 안 돼요."

나도 모르게 말이 나왔다. 그러나 클레어는 말했다.

"그럴 수가 없어. 빈 공간이 없는걸."

그때 노아가 제안했다.

"임시로 이동용 우리에 넣어 둘 순 있어요."

"우리 규칙상 그렇게는……."

나는 간청했다.

"제발요. 그렇게 해 주시면 사무실에 있는 입양 서류 저희가 전부 컴퓨터에 입력할게요."

클레어의 표정이 부드러워지더니 이렇게 물었다.

"너희가 서류를 입력한다고?"

"우리가 서류를 입력한다고?"

윈디도 물었다. 나는 고개를 끄덕이고 답했다.

"전부 다요."

"글쎄다……."

"부탁드릴게요."

나는 바닥에 무릎이라도 꿇고 빌려고 했지만 그 전에 클레어가 말했다.

"알았다."

클레어가 우리 모두에게 자원봉사 지원서를 1장씩 건넸다. 개 입양 신청서보다 짧았다.

"펫헛에 온 걸 환영해."

20. 불안한 수학 시간

금요일 일과가 끝나기 전, 우리는 7학년 봉사 활동 2차 계획서를 스펜서 선생님에게 제출했다.

"그럼 펫헛에서 봉사하는 거니?"

"루시가 하겠다고 하는 바람에 자료를 입력하게 됐어요."

윈디는 어젯밤에도, 그리고 오늘 아침에 버스에서도 우리의 봉사 활동이 시시하다는 생각을 내게 전했다.

"거기 좋은 체계가 마련되어 있지 않아요. 정보가 대부분 아직 서류 상태로만 있어요."

나의 말에 선생님은 물었다.

"그러면 문제는 그 보호소의 구식 자료 정리 체계고, 해결책은 너희가 그걸 업데이트하는 거야?"

"네, 뭐. 루시 생각이에요."

윈디의 대답에 리바이가 덧붙였다.

"그럴 만한 이유가 있었어요."

내가 그 개를 구하려고 그렇게 한 것은 사실이다. 하지만 그 많은 숫자와 자료를 다룰 생각에 정말 신이 나는 것도 사실이다. 57장의 신청서만 보았는데도 이미 반복되는 경향을 발견할 수 있었다. 작은 개들은 큰 개들에 비해 거의 2배 빠르게 입양이 된다.

"넌 이 활동이 마음에 들지 않니, 윈디?"

선생님의 물음에 윈디는 어깨를 으쓱하고 대답했다.

"전 좀 더 대단한 걸 하고 싶어요."

"예를 들면?"

"'자유의 공원'에서 입양 박람회를 열 수 있어요. 개들을 거기로 데리고 나와서 사람들을 만나게 해 주는 거예요."

선생님은 말없이 들었다.

"아니면, 이런 것도 있어요. 보호소 개들을 운동시키려면 산책을 시켜 줄 사람들이 항상 필요하잖아요."

펫헛 뒤쪽에는 정해진 산책로가 있었다. 그 길에서 개가 똥을 싸면 비닐봉지에다 그 똥을 담아야 한다. 물리적으로 내가 할 수 없는 일이다. 선생님이 아무 말 하지 않아 윈디는 계속 말했다.

"그러니까 은퇴한 노인들과 홈스쿨링 하는 아이들이 동물들이랑 같이 운동하고 놀 수 있는 프로그램을 만들면 좋을 거예요. 아니면 학교에서 사료 모으기 활동을 조직할 수도 있어요. 학생들에게서 사료를 기부받고 대신 숙제를 안 해도 된다는 허가증을 발급하는 거예요."

이제 선생님이 말했다.

"네가 생각해낸 것들 모두 훌륭하다, 윈디. 그런데 조원 모두의 동의가 필요해. 조금 더 생각해 봐. 어떻게 그 보호소에 도움이 될 수 있을까? 그

경험을 통해서 어떻게 모두가 무언가를 얻을 수 있을까?"

윈디는 어느새 흥분해 있다.

"제 얘기가 바로 그거예요. 우린 삶을 바꿀 수 있다고요. 우리가 그 동물들과 그 동물들의 미래 주인들과 우리 지역 전체에 큰 변화를 일으킬 수 있다고요."

끄응 소리를 내는 리바이에게 선생님이 물었다.

"넌 어떤 생각이냐?"

"저는 개들이랑 시간 보내는 게 좋아요. 개들이 가족을 찾는 것도 보고 싶고요."

"그러면 다음 주 금요일까지 계획을 조금 더 마련해 올 수 있겠니?"

선생님이 리바이를, 그리고는 나를 보며 말했다.

"네, 확실히요."

대답은 윈디가 했다.

"좋아."

선생님이 일어섰고 마침 1교시 시작 종이 울렸다.

"점심때 이거 더 얘기하자."

윈디가 이렇게 말하고는 계획서를 가지고 자신의 책상으로 갔고 리바이는 비아냥거렸다.

"우아, 기대돼서 죽겠네."

"좀 친절하게 굴어."

나는 리바이에게 속삭였다.

나는 내 자리로 가서 앉고 일어서고 앉고 일어서고 앉은 후 책상을 닦았다. 이제는 내 그 행동을 아무도 신경 쓰지 않는다. 어색해지는 건 간혹 임시 선생님이 올 때뿐이다. 조례를 마치고 스펜서 선생님은 화요일에 본 수학 시험지를 우리에게 나누어 주었다.

"평균 점수는 82점, 가장 높은 점수는 95점, 가장 낮은 점수는 60점."

선생님은 우리가 시험을 볼 때마다 이 정보를 알려 준다. 지금까지의 학급 평균은 숙제를 제외하고 83.75점이다. 우리 반 아이들이 좀 더 노력해서 자기 점수를 올려 주었으면 좋겠다. 나는 평균적인 수준이면서 동시에 A도 받고 싶으니 말이다. 내년에 대학 갈 생각을 해야 하고, 대학에선 수능 점수뿐 아니라 학교 성적도 볼 것이다.

스펜서 선생님이 내 시험지를 주며 몸을 숙이고는 말했다.

"잘했구나. 92점 받았네, 이번에도."

나는 선생님을 올려다보았다. 선생님은 내가 계속 같은 수학 점수를 받는 우연이 이상하다는 듯 두 눈썹을 올리고 어깨를 으쓱했다. 아무래도 다음번에는 더 높은 점수를 받아야겠다. 그 다음에는 한 번 망치고. 또 그다음에는 두 번 정도 잘 보고. 눈에 띄는 패턴이 생기지 않도록 조심해야 한다.

리바이가 제 점수를 보더니 요란한 한숨을 쉬었다. 60점.

스펜서 선생님은 교실 앞으로 나아가며 말했다.

"자, 시험 문제 같이 볼까?"

선생님은 프로젝터로 첫 번째 세 문제를 띄웠다. 곧바로 나는 선생님이 2번 문제에서 한 실수가 보였다. 나도 2번 문제 답을 틀리게 썼지만 그건 일부러 그런 것이다. 혹시 선생님도 일부러?

선생님은 첫 번째 문제를 풀이했다. 나는 내 번개 목걸이를 초조하게 만지작거렸다.

"질문 있니?"

이제 선생님은 빨간 매직펜으로 선을 둘러 가면서 두 번째 문제를 설명했다.

나는 "제발! 그건 틀렸어요!"라고 말하고 싶지만 그럴 수 없다.

대신 나는 매디가 한마디 하길 바라며 매디를 빤히 보았다. 그런데 우리 반에서 나 다음으로 똑똑한 매디가 하필 지금은 수업에 집중을 하지 않는다.

"2번 문제에 질문 있는 사람? 대부분이 이 문제를 틀렸던데."

선생님은 교실을 둘러보았다. 선생님의 시선이 나에게 멈추었을 때 나는 창밖으로 눈을 돌렸다. 제발, 매디, 네가 말 좀 해!

"선생님."

매디 목소리가 이렇게 반가웠던 적이 없다. 내 뇌에서 텔레파시가 전해졌나? 이건 새로운 기술이다.

"그래, 매디."

"화장실에 좀 가도 될까요?"

"다녀오렴. 그럼 다음 문제로 넘어가서……."

21. 내 인생에서 가장 좋은 오후

일요일 아침에 나는 윈디에게 전화해 펫헛에 함께 가자고 했다. 제대로 계산하기 위해서는 그곳의 자료를 더 봐야 했다.

"못 가. 이번 주말은 아빠랑 아빠 새 여자친구랑 같이 보내야 해."

윈디는 전화기에다 대고 토하는 소리를 냈다.

다음으로 나는 리바이에게 전화했다. 남자애한테 전화해서 같이 놀거나 과제를 하거나 뭐 그러자고 해 본 적이 없지만 별생각 하지 않으려 애썼다.

"진짜? 윈디가 안 간다고?"

내가 이미 말했는데도 리바이는 이렇게 물었다.

"진짜야. 윈디는 이번 주말에 아빠네 집에서 보낸대."

"그럼 갈게. 그런데 나 차로 데리러 와 줘야 해."

"그건 걱정 마. 그런데 카메라는 안 돼, 알았지?"

정확한 숫자는 모르지만(그래서 미치겠지만) 리바이는 여태 내 사진을 적어도 17장은 찍었다. 윈디 사진은 11장.

"그건 나더러 오른팔을 놔두고 오라는 거나 마찬가지지."

차로 리바이를 데리러 가야 한다는 말에 할머니는 좀 지나치게 좋아한다. 나를 다른 셔츠로 갈아입히고, 머리카락에 예쁜 컬을 만들어 주겠다고도 한다. 나는 리바이에게 경고를 해야 했는지도 모른다. 그냥 약속 취소를 하거나.

"세상에 내 차에 하나뿐인 손녀랑 남자애를 같이 태울 날이 오다니."

운전을 하던 할머니가 운전대를 손바닥으로 치며 말했다.

"그래서 머리카락을 이렇게 늘어뜨렸구나. 아이고, 예뻐라."

할머니는 손가락 사이로 내 머리카락 한 가닥을 쓸었다.

"안 말라서 아직 안 묶은 거야."

나는 손목에 걸고 있던 고무줄을 가지고 머리를 묶었다.

차가 리바이네 집 앞에 다다랐다. 리바이가 사는 작고 깔끔한 흰색 집은 보라색 꽃들과 커다란 호박들로 꾸며져 있다.

"내가 경적 울릴까? 아니면 네가 가서 초인종 누를래?"

"경적 울리지 마."

내가 문에 다다르기 전에 리바이가 나오기를 바라며 나는 차에서 내렸다. 문 앞에서 발끝을 바닥에 세 번 치고 팔꿈치로 초인종을 눌렀다.

리바이가 블라인드 너머로 밖을 먼저 내다보고는 문을 열었다. 나는 리바이네 맹수 같은 경비견들이 덤빌 것을 대비해 뒤로 물러섰다. 하지만 리바이 뒤에 한 여자 어른이 서 있을 뿐이었다.

"안녕? 루시구나. 나는 지나라고 해. 만나서 반갑다."

지나 아주머니는 고개를 살짝 기울이고 미소를 지으며 말했다. 리바이처럼 피부가 갈색이고 머리카락은 검다. 하지만 정수리 부분이 곱슬곱슬한 리바이의 머리와 달리 지나 아주머니의 머리카락은 폴 삼촌이 하는 군인 머리 모양 만큼이나 짧다. 그리고 반바지와 민소매를 입고 운동화를 신었으며 땀을 흘리고 있다.

"저도요."

지나 아주머니가 리바이를 낳아 준 엄마인지, 또 다른 엄마는 어떤 모습일지 궁금해졌다. 그리고 리바이의 생물학적 아빠는 누구일까?

차 문이 닫히는 소리에 나는 고개를 돌려 보도를 걸어오는 할머니를 보았다. 할머니가 대문 앞에 이르러 인사했다.

"안녕하세요? 루시 할머니인 바브라고 합니다."

"안녕하세요? 저는 지나라고 해요. 리바이 엄마예요."

할머니가 다음으로는 리바이에게 손을 내밀었다.

"안녕, 리바이?"

"만나 봬서 반가워요, 할머니."

할머니는 나를 보면서 말했다.

"참 예의 바른 청년이네."

나는 할머니에게 경고의 눈빛을 보냈다.

"애들 차로 태워 주셔서 감사해요. 저는 11시하고 1시에 심장 강화 운동을 가르치거든요. 대신 나중에 집에 올 땐 제 차로 태워 올 수 있어요."

지나 아주머니의 말에 할머니는 말했다.

"걱정 마세요. 애들 태워 오는 것도 제가 기쁜 마음으로 할 테니까."

나는 민망함에 몸부림치며, 이제 할머니가 분명 내가 집에 틀어박혀 사람들을 안 만나느니 어쩌니 하는 이야기를 하겠구나 생각했다. 하지만 다행스럽게도 할머니는 아무 말 하지 않았다.

지나 아주머니가 리바이의 한쪽 볼에 뽀뽀를 하고 인사를 했다. 리바이는 뒷좌석에 탔다. 나는 조수석에 타서 평소처럼 세 번 만에 앉았다.

보통 나는 할머니의 빠른 운전을 좋아하지 않지만 오늘은 최대 속도로 가 주길 바랐다. 다행히 리바이에게 이상한 말을 하지 않고 펫헛에 도착했고 할머니는 차를 세우며 말했다.

"여기 피자헛이었던 거 기억나네. 내가 몇 시에 데리러 왔으면 좋겠냐?"

"여기 5시에 닫아요."

"우리 여기 종일 있을 거야?"

리바이가 물어 나는 답했다.

"난 그럴 거야."

노아가 오늘도 카운터에 있다. 어느 가족을 응대하고 있다가, 자원봉사 지원서를 내미는 리바이와 나를 반겼다.

"우린 사무실에 가 있을게요."

나는 노아에게 말했다. 리바이가 안으로 가는 문을 열고는 날 위해 계속 잡아 주었고 우리 속 개들이 날뛰고 짖었다. 하지만 큐티 파이는 보이지 않았다.

"난 뭐 할까?"

사무실에서 리바이가 묻자 나는 서류 더미를 톡톡 치며 말했다.

"내가 이거 입력하는 거 도와줘도 돼."

"아냐, 됐어."

그때 무언가가 책상 밑에서 내 다리를 스쳤다. 나는 의자와 같이 뒤로 물러나 철제 캐비닛에 쾅 하고 부딪혔다. 리바이가 물었다.

"무슨 일이야?"

"밑에 뭐가 있어!"

리바이가 서둘러 책상을 돌아와 바닥에 무릎을 꿇더니 이렇게 말했다.

"큐티 파이네!"

나는 긴장이 풀렸다. 조금은.

"이리 와, 이리 와."

리바이가 뽀뽀하는 소리를 내면서 큐티 파이를 꾄다. 큐티 파이는 몸을 덜덜 떨며 꼬리를 두 뒷다리 사이에 말아 넣고 있다.

"이제 너도 할 일이 생겼네. 얘 데리고 나가."

나는 큐티 파이 쪽으로 고개를 까딱하며 리바이에게 말했다. 리바이가 일부러 목소리를 깔아 큐티 파이에게 물었다.

"큐티 파이, 나랑 산책 할래? 아, 꼭 데이트 신청 하는 것 같네."

"그냥 파이라고 부르면 되겠다."

내가 제안했다. 나는 책상 밑에 다른 무엇이 살고 있지는 않은지를 한 번 더 확인했다. 내가 키보드를 물티슈로 닦는데 클레어가 들어왔다.

"너희 왔다고 하길래. 와 줘서 고맙다."

"저 파이 산책시켜도 돼요?"

리바이가 물었다. 파이는 리바이의 두 다리 사이에 숨었다.

"물론이지. 그렇지만 다른 개들한테서는 떨어뜨려 놓아야 해. 아직 백신

접종 기록이 없거든."

파이가 무슨 일인지 이해하려고 애쓰는 듯이 고개를 기울였다.

"가자. 괜찮아."

리바이가 나가고 나서 클레어는 내게 데이터를 컴퓨터에 입력하는 방법을 설명해 주었다. 나는 수많은 입양 신청서를 계속해서 클레어의 컴퓨터에 입력했다. 동시에 개들의 품종, 나이, 색, 몸무게, 성별, 그리고 입양까지의 기간을 따로 기록했다. 펫헛에선 동물을 안락사시키지 않기 때문에 모든 동물들이 결국엔 입양된다. 바너비라는 개는 이곳에서 103일이나 살다 입양되었다. 어떤 익명의 기부자가 175달러의 입양비를 지불하지 않았더라면 바너비는 아직 여기 있었을지도 모른다.

내가 일을 시작한 지 72분 후 리바이와 파이가 마침내 돌아왔다.

"어떻게 되어 가고 있어?"

리바이가 산책 줄을 풀자 파이는 곧장 책상 아래로 들어갔다.

"잘 되어 가고 있어."

나는 방해 받고 싶지 않다. 무언가가 드러나려는 참이다. 상관관계와 인과관계. 규칙이 보이려 한다. 나는 종이에 또 다른 비율을 적었다.

"그거 뭐야?"

"아무것도 아니야."

내가 종이를 뒤집었고, 그 바람에 입양 신청서 한 뭉치가 바닥으로 떨어졌다. 리바이가 내 종이를 낚아챘다.

"무슨 수학 같은데. 엄청 어렵고 토할 것 같은."

"야!"

나는 벌떡 일어섰다. 내 의자가 미끄러져 캐비닛에 부딪혔다.

"내놔."

"이거 뭐 계산하는 거야?"

"내놓으라고!"

"뭐 하는 건지 말해 줘."

리바이가 자기 머리 위로 그 종이를 들고는 나를 약올렸다. 나는 뛰었다. 닿지 않았다. 또 뛰었다. 닿지 않았다. 그리고 물론 나는 세 번째로도 뛰어야 한다. 안 그러면 견딜 수 없다. 그러나 역시 닿지 않았다.

"리바이!"

나는 목소리가 갈라지도록 외쳤다.

"그냥 장난치는 거……."

리바이 말이 끝나기도 전에 버럭 개 짖는 소리가 들렸다. 우리 둘 사이를 가르고 선 파이가 리바이에게 으르렁거렸다. 등의 털을 곤두세우고는.

"아이고야."

리바이가 이렇게 내뱉으며 뒷걸음질쳤다. 파이가 차분해지더니 내 옆으로 다가와 앉았다, 거의 내 발 위에. 그러고는 자기 몸무게를 다 실어 내 다리에 기댔다. 살짝 옆으로 피해 봐도 파이가 자세를 고쳐서 또 꼭 붙는다. 징그럽다.

"미안."

리바이가 속삭였다.

"파이 도대체 왜 이래?"

나는 물었다. 파이는 무슨 말을 듣고 그렇게 반응한 것인지도 모른다. 나는 리바이처럼 파이를 화나게 하는 실수를 하고 싶지 않다.

"개가 너 좋아해서 그런 것 같은데."

리바이가 말했다. 안 될 말이다. 설사 그 말이 사실이라 해도 파이의 일방적인 마음일 뿐, 나는 파이를 좋아하지 않는다.

"어쩌지?"

"쓰다듬어 줘."

"싫어."

나는 녀석을 내려다보았다. 파이는 나를 올려다보았다. 고개를 한쪽으로 기울인 채. 우리의 두 눈이 마치 만화에 나오는 것처럼 감상적으로 마주쳤다. 파이는 사려 깊고 슬퍼 보이는 아름다운 갈색 눈을 가졌다. 하지만 파이에게 그걸 말해 주진 않을 것이다.

"쓰다듬어 봐."

리바이가 말하자 파이의 꼬리가 박자 맞춰 바닥을 찰싹거렸다.

하나-둘-셋-넷.

하나-둘-셋-넷.

하나-둘-셋-넷.

"루시, 머리 문질러 봐. 귀 뒤를 긁어 주고."

"개는 더럽단 말이야."

"누가 핥으래? 그냥 쓰다듬는 거잖아."

리바이와 파이 모두 그 일이 반드시 일어나기를 바라는 것 같아 나는 오른손을 낮추고 손가락 끝으로 파이의 머리를 세 번 쓸었다. 그러자 파이가 눈을 감았다. 그리고 머리를 내 무릎에다 대고 밀었다. 나는 집에 가자마자 이 청바지를 세탁기에 넣을 것이다.

"착하네."

나는 말했다. 조금 더 쓰다듬다 보니 내 손이 그 개의 머리 위를 몇 번 더 움직였는지 세는 것을 잊었다.

"자, 네 종이. 네 경비견한테 또 공격당하기 싫어."

"공격 안 했어. 경고를 했지."

리바이가 책상 가장자리에 앉았다.

"네가 뭐하고 있는지 말해 줄 거야, 안 해 줄 거야?"

"통계 내는 거야."

나는 손 소독제를 손바닥에 짜고는 리바이 주위를 빙 둘러서 나아갔다. 내 새로운 조수가 나를 따라왔다.

"공식을 만들고 있어. 개가 얼마나 빨리 입양될지를 예상할 수 있는 패턴이 있거든. 예를 들면 작은 개들은 큰 개들에 비해 1.75배 빠르게 입양이 돼. 회색 개들은 까만 개들에 비해 2.2배 빠르게 새 가족을 만나고. 한편 여덟 살이 넘은 개들은 평균 25일 후에 입양이 되는데, 그건 펫헛 전체 동물들 평균의 2배가 넘는 시간이야. 그런데 이건 다 임시적인 결과일 뿐이야. 좀 더 많은 자료가 필요해."

내가 의자에 앉았다 일어났다 앉았다 일어났다 앉았을 때 파이가 고개를 기울이고 나를 보았다. 리바이가 물었다.

"어떻게 그걸 다 알아낸 거야?"

"나한테는 어렵지 않아."

나는 메모지를 책상에 내려놓았다. 거기엔 가장 최근에 입양된 개 107마리의 평균과 표준편차가 있다. 리바이가 진저리나는 표정으로 말했다.

"나는 수학 싫어. 수학은 날 막 깨물어. 날 싫어해. 나도 수학 싫어하고."

"내가 도와줄 수 있어. 나는 수를 좀 잘 다루거든."

"내 숙제 해 줄 거야?"

"아니."

리바이는 내 계산이 적힌 메모지를 다시 집어 들더니 네 번째 장까지 넘겨 보았다. 두 눈이 가늘어졌다. 고개를 조금 저었다.

"수를 얼마나 잘 다루는데?"

"아주 잘."

파이가 다시 책상 밑으로 들어갔다. 나는 리바이 대신 파이를 보았다.

"'아주 잘'이 얼마나인데? 내가 '진실을 말해 줘' 노래라도 불러야 해? 나 노래하는 거 싫어한단 말이야."

"알았어. 나는 무진장, 소름 끼칠 정도로, 천재적으로 수학을 잘해."

"수학만 잘하는 게 아니라 묘사도 잘하는 것 같은데."

나는 숨을 깊이 들이쉬고는 자신이 없어지기 전에 내 이야기를 하기로 했다. 나는 평범한 아이가 아니더라도 나의 숫자와 강박장애는 나에게 평범함이라는 것을, 누군가는 알아주었으면 했다.

"여덟 살 때 번개를 맞았어. 그때 내 뇌 일부를 다쳤고 숫자를 다루는 엄청난 능력이 생겼어."

"진짜야?"

리바이는 내 말을 믿지 못했다. 그래서 나는 파이의 값을 소수점 314번째 자리까지 읊어 보였다. 리바이는 어안이 벙벙해진 얼굴로 말했다.

"나는 어차피 그 숫자들이 맞는지 안 맞는지 몰라."

"내가 알아. 다 맞아."

그리고 나는 클레어 책상 위에 늘 놓여 있는 커다란 플라스틱 계산기를 리바이에게 건넸다. 그리고 내게 수학 문제를 내라고 했다. 리바이는 더하기, 빼기, 곱하기, 나누기 문제들을 마구 냈고 나는 답했다. 한 10분 넘게 그러길 반복하다가 나는 문득 리바이에게 내 비밀을 말한 것이 엄청난 실수가 아닌가 걱정되기 시작했다.

"이쯤 하면 됐잖아."

"너 수학 괴물이구나."

리바이가 앞니 사이 틈새를 드러내며 미소를 지었다. 이미 알고 있는 사실에 나는 어깨를 으쓱하고 말했다.

"아무한테도 말하지 마, 알았어?"

"말 안 한다고 맹세해. 새끼손가락이라도 걸고 약속해 줄까?"

말하지 않겠다는 약속과 나 놀리기를 동시에 하다니, 참 리바이답다.

"그리고 아까 말한 거 진심이야. 수학에 도움 필요하면 내가 가르쳐 줄 수 있어."

"아이고, 고맙습니다, '짱짱 수학 천재' 님."

"사실 나는 '번개 소녀' 라고 불리는 게 더 좋아."

나는 내 목걸이를 만지작거리며 덧붙였다.

"그리고 나랑 같이 있는 모습을 남들한테 보이기 싫으면 인터넷으로 물어 봐도 돼."

나는 리바이에게 수학마법사 사이트를 알려 주었다.

"내가 왜 너랑 같이 있는 모습을 보이기 싫어해?"

나는 또 어깨를 으쓱했다. 작은 사무실이 갑자기 너무 덥게 느껴진다.

"이거 입력하는 거 도와줄 거야?"

"내가 그럴 실력이 있는지 모르겠어, 번개 소녀."

"내 실력이 네 몫까지 하니까 괜찮아."

나는 바닥에 떨어진 입양 신청서 더미를 가리켰다. 우리는 남은 오후 동안 그 서류 속 입양 정보들을 컴퓨터에 입력하고 내게 필요한 표본 추출을 했다. 책상 밑에선 털이 보송한 개가 내 발을 베고 잤다. 리바이는 내내 불평을 했다. 어쩌면 내가 보내 본 가장 좋은 오후인 것도 같았다.

22. 반려동물 구하기 대작전

설명할 순 없는데 나는 리바이가 내 비밀을 지켜 줄 것이라고 믿는다. 윈디와는 달리 리바이는 다른 사람들과 이야기를 거의 하지 않는다. 윈디에게도 말해야 할 것이다. 윈디는 나와 가장 친한 친구고 자기 삶의 작은 부분 하나하나까지 다 내게 말해 준다. 어젯밤에만 해도 윈디는 롤러코스터를 타려고 줄을 서서 기다리다가 바지에 소변 본 일을 이야기해 주었다. 다섯 살 때 일어난 일도 아니고 작년 일이다. 문제는 윈디가 다른 사람들 이야기도 모두 한다는 것이다. 엄마 이야기에서부터(엄마가 콧수염을 제모해야 한단다) 유치원을 한 번 더 다닌 아이가 누구인지까지. 윈디의 머릿속에 들어간 정보는 통제되지 않는다. 그 안에는 금고가 없다. 자물쇠도 열쇠도 비밀번호도 없다.

한편 내가 여태 무언가를 숨겼다는 사실에 윈디가 속상해할까 봐 걱정되기도 한다. 다행히도 윈디와 나는 다른 이야깃거리가 많다. 뮤지컬 <위키드>나 윈디의 생일 파티, 지구 온난화 등등. 지난 주말 굶주린 북극곰에 관한 영상을 본 윈디는 다음 날 학교까지 걸어서 등교하기로 결심했다. 하지만 결국 1.2킬로미터, 그러니까 다음 버스 정류장까지밖에 걷지 못했다.

나는 펫헛에 두 번 더 가서 입양 정보를 컴퓨터에 입력하고 내게 필요한 자료 수집을 끝냈다. 월요일에는 리바이와 윈디도 함께 가서 내가 사무실에 있는 동안 개들과 놀았다. 수요일에는 나 혼자 가서 일을 마무리했다. 그 숫자들이 드러내는 결과가 참으로 흥미진진하다.

내가 펫헛에 가는 게 그 숫자들 때문만은 아니다. 파이를 보는 것도 반갑다. 여전히 파이에겐 자기만의 우리가 없다. 그래서 나는 파이의 집 역할을 하는 책상 밑을 좀 더 편하게 만들어 보았다. 파이가 깔고 잘 수 있도록 내 헌 운동복을 가져왔다. 초록색과 노란색이고(숫자 14와 102의 색과 비슷하다) 나한테 너무 작은 옷이다. 하지만 내가 컴퓨터로 작업할 때 파이는 내 무릎에서 자는 것을 더 좋아한다. 더럽고도 귀여운 일이다.

나는 우리의 7학년 봉사 활동이 아주 잘 진행되고 있다고 생각한다. 이곳의 입양 서류는 이제 모두 전산화되었고 최근 것까지 입력되었다. 우리는 앞으로도 계속 새로운 서류 내용을 컴퓨터에 입력하러, 그리고 파이를 보러 펫헛에 갈 수 있다. 하지만 윈디는 여전히 세상을 바꿀 무언가를 하고 싶어 한다. 목요일 밤에 우리는 단체 전화 통화를 해서 우리가 어떻게 세상을 바꿀 수 있는지 방법을 논의했다. 새로운 결정을 다 반영한 활동 계획을 금요일까지 제출해야 한다.

"자자, 얘들아. 우리 뭐 할까? 좋은 아이디어가 필요해, 당장."

항상 그렇듯이 윈디가 주도하여 물었다. 리바이가 답했다.

"그냥 빵 바자 열어서 기금 좀 모으고 끝내자."

나는 침대에 누우며 물었다.

"너 빵 구울 줄 알아?"

"아니."

윈디가 요구했다.

"좀 더 크게 생각해 봐."

"그럼 큰 빵 바자 하자."

윈디가 한숨 소리를 내고는 말했다.

"이게 성적에 안 들어가서 다행이지. 안 그랬으면 내가 너 우리 조에서 쫓아냈어."

히죽거릴 게 뻔한 리바이는 윈디 열 받게 만들기를 잘하고 좋아한다. 내가 말했다.

"반려동물을 위한 빵 바자를 하면 어떨까? 손수 개 간식을 만들고 캣닙을 키워서 말이야. 동물 좋아하는 사람들이 올 거야. 기금을 모을 수도 있고, 온 사람들이 입양하고 싶어질 수도 있을 거야."

그러자 윈디는 말했다.

"빵 바자 이야기는 좀 그만하지? 그리고 우리 기금 모으면 안 돼. 학교에서 첫날부터 말했잖아."

그때 리바이가 말했다.

"루시, 네가 하고 있는 거 좀 말해 줘. 네가 그…… 아이디어 적고 있는 거 봤어."

리바이는 '공식'이나 '수학' 같은 말을 하지 않았다. 내 비밀을 지키려고 그런 것 같다.

"재 무슨 얘기 하는 거야?"

윈디가 목소리가 갈라지며 물었다. 상처받은 건지 화난 건지 알 수 없다.

"내가 입양 정보를 컴퓨터에 입력하다가 좀 흥미로운 것들을 발견했어. 그것뿐이야."

나는 지난 주말에 리바이에게 이야기해 준 것을 윈디에게도 설명했다.

"특정 종류의 개가 입양에 시간이 더 오래 걸린다는 거야. 핏불들은 입양될 때까지 19일이 걸렸고, 테리어들은 8일이 걸렸어."

"어떻게 알아낸 거야?"

윈디가 물었다. 그러자 내 비밀이 들통나지 않게 하려는 것인지, 리바이가 대신 대답했다.

"그렇게 어려운 거 아니야. 평균은 나도 낼 수 있어."

"그래서? 그게 우리한테 어떻게 도움이 돼?"

윈디의 물음에 나는 대답했다.

"그게, 공평하지가 않은 것 같아."

그리고 리바이가 거들었다.

"우리가 개들이 입양되는 속도를 바꿀 수 있을지도 몰라. 우리 엄마가 마케팅 회사를 운영하시거든. 더 많은 일을 하고 싶거나 더 많이 주목 받고 싶은 고객을 도와주는 거야. 예를 들어 새로 문을 연 레스토랑이라면, 사람들의 후기를 모으고 쿠폰을 나눠 주게 한다거나. 다시 말해서, 우리가 인기 없는 개들을 홍보해 주면 좋지 않겠어?"

이건 리바이가 지금 막 생각해낸 아이디어가 아니라는 느낌이 든다.

"그래서 뭘 하자는 거야?"

윈디가 묻자 리바이는 대답했다.

"펫헛 홈페이지는 너무너무 구려."

"그래서 홈페이지 디자인을 새로 하자는 거야?"

윈디가 물었다. 싫은 표정이 안 봐도 훤하다.

"그 개들이 입양되게 하자는 거야."

리바이가 대답했다. 나는 컴퓨터를 켜고 펫헛 홈페이지로 갔다. 기본 정보인 입양 요금과 보호소 문이 열리는 시간이 간단하게 안내되어 있다. 사진 몇 장이 있고, 블로그는 업데이트 된 지가 한참이다. 나는 여기저기 좀 더 클릭해 보았다. 이 홈페이지엔 입양을 기다리는 동물들에 관한 내용이 전혀 없다.

"루시! 루시! 너 거기 있어?"

윈디가 외쳤다.

"응, 있어."

내가 대답하자 리바이가 물었다.

"루시, 보통 개가 입양될 때까지 얼마나 걸려?"

"모든 개들의 평균은 12일이야. 강아지 빼고."

이제 윈디가 말했다.

"그럼 목표는 그 숫자를 낮추는 거고, 그러려면 입양될 때까지 한참 걸리는 개들을 도와야겠네. 그 개들을 펫헛 홈페이지에 올려 보자. 소개하는 글을 쓴다거나."

"나는 글 안 쓸 거야. 사진 찍을게."

리바이가 말했다.

"좋은 생각이다. 그러면 나는 어떤 종류의 개들이 우리 도움이 가장 필요한지를 알아낼게."

역시 글은 쓰고 싶지 않은 내가 말했다.

"이거 멋지다, 얘들아. 우리는 수천 마리의 강아지들을 구할 거야."

"강아지는 아니야. 강아지들은 우리 도움 없이도 입양 잘 돼."

내 계산에 따르면 생후 6개월 미만의 개들은 3일 이내로 입양된다. 윈디는 대답했다.

"알았어. 그럼 우린 수천 마리의 개를 구하는 거야."

"또는 10마리."

윈디가 지나친 기대를 하지 않게, 나는 말했다.

23. 국어 수업 시간에 쫓겨나다

어떤 선생님들은 믿을 수가 없다. 나는 국어 선생님이 날 이해한다고 믿었다. 4주 동안 선생님은 수업 시간에 읽을 것을 내게 미리 주었다. 선생님은 내가 그 글들을 미리 읽는다고 생각하겠지만 사실 난 그 단어들의 수를 세어야 할 뿐이다. 다 세어 놓으면 수업 시간에 선생님이 시켜도 아무 문제 없이 읽을 수 있다.

오늘 선생님은 우리의 그 신뢰 관계를 깨뜨렸다. 국어 시간이 시작되자 선생님은 매디와 제니퍼에게 어떤 책을 모두에게 나누어 주라고 했다. 내가 단어를 하나도 세지 않은 책을 말이다.

"책 받은 사람은 97쪽을 펴세요."

모두에게 하는 말처럼 했지만 선생님의 눈은 나만 쳐다보고 있었다.

나는 단어를 얼른 세어야 하는데 책도 아직 못 받았다. 얼굴이 달아올랐다. 마침내 내 앞에 온 매디는 책 표지에다 한 번 기침을 한 다음에 그 책을 내 책상에 놓았다. 나는 티셔츠 소매로 잡고 책을 펼쳤다.

책장이 글자로 빽빽하다. 『오디세이아』를 짧게 줄여서 쓴 책이다.

"루시, 네가 먼저 읽어 볼까?"

나는 아직 한 단어도 세지 못했다.

"못 읽겠어요. 목이……."

"그냥 한번 읽어 봐."

"못 해요."

"못 해?"

"네."

선생님은 습관대로 안경을 벗고 안경다리 한 짝을 입술에 댔다.

나는 책을 덮고 두 팔로 배를 감쌌다. 정말 토할 것만 같다.

"제가 읽을게요."

윈디가 나섰다. 첫 주에 그랬던 것처럼.

"아니, 윈디. 선생님은 루시한테 읽으라고 했다."

선생님은 연단 앞에 섰다.

"첫 번째 쪽 읽어 봐라, 루시. 할 수 있어. 지금까지 정말 열심히 노력했잖아."

"못 해요."

"루시, 너 정말 이럴래?"

"그만하세요, 선생님. 루시 좀 보세요. 속이 울렁거리는 것 같은데요."

윈디였다.

"너희 둘 다 아슬아슬하다."

선생님은 이렇게 말하면서 두 손가락으로 1.5센티미터, 아니 1센티미터 정도의 거리를 표시했다. 하지만 무엇이 그렇다는 것인지는 모르겠다.

윈디가 고개를 절레절레 흔들었고 선생님은 내게 말했다.

"루시 캘러핸, 선생님이 마지막으로 부탁하는데……."

"부탁하시는 거 아니잖아요."

누군가가 끼어들어 말했다. 이번엔 윈디가 아니라, 리바이이다.

"부탁이 아니라, 명령하시는 거잖아요. 루시가 읽고 싶지 않다고 하잖아요. 그냥 좀 넘어가세요."

리바이는 몸을 푹 숙이고 있어 꼭 교과서에다 대고 말하는 것 같다.

"선생님은 지금 루시 괴롭히고 계세요."

선생님은 마침내 폭발했다.

"내 교실에서 나가!"

리바이가 첫 번째로 일어나 가방을 잡았다. 나도 집에서 단어를 세기 위해 그 책을 내 바인더 밑에 넣고 리바이의 뒤를 따랐다.

창백해진 윈디는 자리에서 꼼짝하지 못한 채 말했다.

"죄송해요."

"나가."

선생님은 안경을 꽉 쥐었다.

"나가자, 윈디. 친구를 위해서."

리바이가 이렇게 말하며 우리를 위해 문을 잡아 주었다. 나는 복도에 나서자마자 발끝으로 바닥을 세 번 두드렸다.

윈디는 우리 뒤를 곧바로 따라 나왔다. 윈디의 두 눈이 젖어 있다.

"너희들 그럴 필요는 없었는데."

나는 말했다. 그리고 윈디에게 포장지에 싸인 살균 물티슈를 건넸다.

"알아."

윈디가 대답했다. 코를 세게 훌쩍이고는 소매로 눈물을 닦았다. 나는 물었다.

"이제 우리 어떡해?"

"모르겠어. 난 학교에서 벌 받은 적 한 번도 없어."

윈디가 말했다. 그리고 눈물이 또 떨어졌다.

"아마 교장실에 가야 하는 것 같은데."

리바이가 말했다. 우리는 교장 선생님의 비서에게 플레밍 선생님의 국어 수업에서 소리 내어 읽기를 하지 않아서 쫓겨났다고 말했다. 비서는 우리에게 자리에 앉으라고 했다. 우리는 나머지 시간 동안 교장 선생님을 기다렸지만 교장 선생님은 다른 일로 바빠서 우리에게 올 수 없었다. 벨이 울리자 우리는 4교시 수업을 받으러 가야 했다.

나머지 하루는 사고 없이 이어졌지만 윈디는 마치 보안 요원들이 갑자기 쳐들어올까 봐 두렵기라도 한 듯 자꾸 문을 쳐다보았다. 집에 가는 버스에서도 자신의 완벽한 생활기록부가 이제 영영 훼손되었을까 봐 걱정했다.

"오늘 고마워."

윈디가 내릴 때 내가 말했다. 윈디는 고개를 끄덕였다. 나를 변호한 것을 후회하는 게 분명했다. 어쩌면 내가 보답할 방법이 있을 것이다. 하지만 트위즐러와 곰 젤리를 선물하는 것으론 충분하지 않을 것 같다.

집에 도착하니 할머니가 텔레비전을 켜 둔 채 소파에서 기다리고 있다.

"할머니, 별일 없어?"

"루시, 좋은 소식이 있다."

나는 가방을 내려놓고 의자에 앉았다 일어섰다 앉았다 일어섰다 앉았다.

"뭔데?"

"오늘 오전에 레스토랑에서 일하는데 한 가족이 손님으로 왔거든. 계산하는 데 시간이 좀 오래 걸렸어. 그런데 한 열일곱 살쯤 돼 보이는 그 집 아들이 입은 운동복 티에 NCASME라고 적혀 있고, 수학 기호랑 현미경이 그려져 있는 거야. 내가 그 글자가 무엇의 약자냐고 물었어."

할머니가 여기까지 하고는 잠시 멈추었다. 꼭 여기서부터는 내가 이야기를 해야 하는 것처럼.

"노스캐롤라이나 과학 수학 기술 고등학교의 약자래. 그 애가 다니는데, 특수 고등학교래. 모든 과목을 가르치기는 하는데 핵심이 수학이라는 거야. 그리고 공립 학교라서 무료야. 학생들은 기숙사에 살고, 학교 식당에서 밥이 나와. 다 무료야."

"좋네."

"그리고 그 남자애, 이름이 폴이래, 폴! 이건 계시다, 루시."

"그래? 삼촌이랑 이름 똑같은 모르는 남자애가 특수 고등학교에 다니는 게 막 계시 같진 않은데. 그 애 이름이 루시였다면 또 모를까."

할머니는 내 말을 무시하고 말했다.

"그리고 그 애, 폴이 그러는데, 자기 학교에 나이가 열네 살밖에 안 된 여자아이도 하나 있대. 멋지지?"

"걔 이름이 루시야?"

"아, 내가 어떻게 알아?"

할머니가 두 손을 들었다.

"그랬으면 좀 더 계시 같았을 텐데."

"실없는 소리 그만해. 그 학교는 완벽해. 너처럼 똑똑한 애들하고 같이 지낼 수 있어. 대학도 아니고 중학교도 아니지. 널 어떻게 하면 입학시킬 수 있나 내가 입학처에 전화해서 알아봤어."

"위치가 어딘데?"

"샬럿 근처."

"샬럿은 여기서 거의 2시간이나 걸려."

할머니가 고개를 갸웃했다. 그 모습에 파이가 생각났다.

"난 네가 더 좋아할 줄 알았는데. 네가 궁금한 게 있을까 봐 폴 이메일이랑 전화번호도 받아 왔어. 이 학교는 딱 널 위한 학교야, 루시."

"알았어."

"뭐가 문제인데?"

"문제없어."

그러자 할머니는 손뼉을 딱 치곤 일어서서 말했다.

"입학처에 또 전화해 봐야겠다."

이상하다. 나는 오늘 국어 시간에 처음으로 이스트 햄린 중학교가 우리 학교란 생각이 들었다. 물론 플레밍 선생님 때문은 아니다. 윈디와 리바이 때문이다. 여태까지 누가 나를 위해서 그렇게 나서 준 적은 없었다. 내가 누군가를 그런 식으로 도운 적도 없다. 학교의 처벌을 받을 수 있는데도 그 애들은 그렇게 했다.

∞

다음 날, 우리는 또 국어 수업을 듣기 위해 플레밍 선생님의 교실로 갔다. 선생님은 어제 일어난 우리의 반항을 전혀 입에 올리지 않았다. 우리도 선생님도 사과하지 않았다. 하지만 선생님이 그 일을 잊지 않았다는 것을 나는 알 수 있었다. 내게는 소리 내어 읽기를 단 한 글자도 시키지 않았기 때문이다. 어젯밤 그 망할 소설의 단어 수를 2시간이나 걸려서 다 세어 두었는데, 다 시간 낭비였다. 리바이가 속삭였다.

"우리 벌 안 받나 봐."

"그랬음 좋겠다."

윈디가 말했다.

나는 미소를 지었지만 아무 말 하지 않았다. 이럴 때 어떻게 해야 하는지 모르겠다. 고맙다고 말해야 하나? 내가 이 아이들에게 빚을 진 건가? 이 아이들은 나를 구해 주었다. 1가지가 아닌 여러 면에서.

24. 머피의 입양 법칙

지난주, 새 가족을 찾는 동물을 펫헛 블로그로 알릴 거라는 우리 계획을 읽은 스펜서 선생님은 엄지를 내밀면서 이렇게 말했다.

"너희가 뭔가 야무진 생각을 해낼 줄 알았다."

10월의 두 번째 수요일은 '교사 업무'의 날이라 우리는 2시간 일찍 수업을 마쳤고, 체리시가 태워 주는 차를 타고 펫헛으로 갔다.

"정말 좋은 생각이야."

우리의 계획을 들은 클레어가 이 말을 네 번째 했다. 우리가 동물용 털장갑을 만들어 준다고 했어도 아마 이만큼 좋아했을 것이다. 클레어는 늘 우리가 중요한 일을 하고 있다고 느껴지게 말해 준다.

"감사합니다. 저희는 지이이이인짜 기대돼요."

윈디가 말했다. 클레어는 물었다.

"홍보 글을 우리 홈페이지에다가 쓸 거야?"

"그래도 되면요."

"물론 되지, 되고말고. 이건 정말로 좋은 생각이야."

'좋은 생각'이라는 말 다섯 번째!

"그리고 너희가 어떤 개를 제일 먼저 소개하면 좋을지 내가 알아."

그러자 윈디가 말했다.

"아뇨, 그건 루시가 결정할 거예요. 루시한테 방법이 있어요."

클레어가 두 눈이 휘둥그래지며 물었다.

"정말?"

"안 될까요?"

"안 되긴, 무슨 소리. 나야 너희가 어떤 방식으로 하든 다 고맙지."

클레어는 개 우리가 있는 방으로 가자고 손짓했다.

리바이가 이번에도 내가 들어가도록 문을 잡아 주었는데, 아마도 습관이 된 것 같다. 나는 내 공식이 적힌 공책을 꺼냈다. 입양이 더딘 쪽은 큰 개들이라는 것을 알기에 1층 8개의 우리 속 개들에게 집중했다. 내 공식의 변수는 나이, 색, 품종, 크기다.

이곳의 개가 입양되기까지의 평균 기간은 12일이다. 그것을 기본으로 더하고 빼는 것이 내 공식이다.

품종에 따라서 예를 들면, 핏불의 경우 기본인 12일에다 7일을 더한다. 셰퍼드는 4일을 더하고 치와와는 2일을 더한다. 그 외의 개들은 표준 편차에 속하니까 0을 더한다.

몸무게에 따라서 보면 큰 개(25킬로그램 이상)는 2일을 더한다.

그리고 털이 까만 개는 5일을 더한다. 검정색 외에 내 계산에서 주요 변수가 되는 색은 없다.

나이의 경우 2가지 기준이 있다. 개가 네 살에서 여덟 살 사이라면 나는 3일을 더한다. 그리고 아홉 살이 넘은 동물은 무려 10일이나 더한다.

그리고 일수를 더하지 않고 빼는 단 1가지의 상황이 있다. 바로 두 살 미만의 개일 경우인데, 4일을 뺀다.

"네 공책에 그거 다 뭐야?"

윈디가 물었다. 나는 공책을 덮었다.

"그냥 생각 좀 적은 거. 파이는 어디 있지?"

윈디가 더는 질문하지 않기를 바라며 내가 묻자 클레어가 답했다.

"동물병원 갔어. 입양 준비 하기 전에 검사랑 접종 받아야 하거든."

그래야겠지. 내 계산에 따르면 파이는 어차피 우리가 소개 글을 올릴 대상이 아니다. 나는 두 번째 우리로 되돌아갔다.

"이 개로 해요."

나는 49킬로그램에 일곱 살, 털이 대부분 검고 두 눈의 색이 서로 다른 셰퍼드 잡종 개를 가리켰다. 눈 색은 변수로 넣지 않았지만 아마도 그 남다름을 무서워하는 사람들이 있을 것 같다.

12일 + 4일(셰퍼드 믹스) +2일(몸무게) + 3일(나이) + 5일(검정색) = 26일

"얘는 고작 이틀 전에 여기 왔는데."

클레어가 말했다. 나는 어깨를 으쓱하고 답했다.

"얘가 새 가족을 만나는 데 도움이 필요할 거란 느낌이 들어요."

사실 느낌이 아니다. 계산 결과다. 나의 수학 모형에 따르면 이 개는 입양되는 데 24일에서 28일이 걸릴 것이다. 여기에 있는 개들 중에 가장 긴 시간이다. 8번 우리에 있는 래브라도 잡종은 보호소에 가장 긴 기간인 18일째 머무르고 있지만 입양까지 걸리는 시간이 16일에서 20일 사이로 나온다. 그러니

까 이제 곧 입양된다는 뜻이다. 파이는 11일에서 15일 사이에 입양이 될 것이다. 클레어는 어깨를 으쓱하고 말했다.

"좋아. 그러면 이 녀석, 머피를 뒤에 있는 운동장으로 데리고 나가자. 나가 보면 너희도 머피를 좀 더 알 수 있을 거야."

"이 일 진짜 멋질 거예요."

윈디가 말했다. 우리를 열자 조용하고 움직임이 없던 머피가 잔뜩 신이 나고 요란해졌다. 클레어가 머피를 세게 안는 사이에 리바이가 머피 몸에 산책 줄을 착용시켰다.

머피가 펄쩍 뛰어올랐다. 두 앞발을 클레어의 어깨에 올렸다. 클레어가 한쪽 팔꿈치와 한쪽 무릎으로 머피를 살살 밀어 몸에서 떨어뜨리려 했다. 어쩌면 도와줄 개를 선택할 때 고려해야 할 것은 숫자만이 아닌지도 모르겠다. 클레어가 말했다.

"루시, 너 불안해 보여."

"괜찮아요."

나는 내 번개 목걸이를 만지작거리며 말했다.

머피가 줄을 팽팽하게 당기며 클레어를 이끌고 복도로 나아갔다. 운동장에 도착해 보니 물어뜯긴 테니스공 말고는 가지고 놀 것이 없는, 높은 철사 울타리로 둘러싸인 곳이다. 바닥은 콘크리트다. 운동장 가장자리에는 낡은 (다리에는 이빨 자국들이 있는) 나무 벤치도 있다. 윈디가 물었다.

"머피는 어디서 왔어요?"

"전 주인이 직접 보호소로 데려왔어. 나이 많은 여자 분이었지. 공동주택에서 사는데 갑자기 남편이 세상을 떠났고 혼자서는 이 개를 돌볼 수가 없다며 데려왔어. 딱한 일이었지."

"불쌍해라."

윈디가 개에게 코를 비비며 말했다.

"나는 갈 테니까. 내가 필요하면 크게 불러."

클레어가 운동장에 우리만 두고 떠났다. 내가 말했다.

"저기 나는 컴퓨터에 입력해야 하는 새 입양 서류가 있는지 보러 갈게."

나는 도망갈 준비를 하고 입구를 향해 돌아섰다. 개들은 더럽고 박테리아와 기생충에 뒤덮여 있다. 사람도 그렇긴 하다. 하지만 개들은 물기도 하고 상처내기도 하고, 상대가 겁먹으면 그걸 알아채기도 한다. 말 그대로 속마음을 읽는다. 머피 눈에 나는 아마 씹고 놀 만한 장난감이 부들부들 떨고 있는 것처럼 보일 것이다.

"가지 마. 얘는 너 공격 안 해. 내가 공격하게 두지 않아. 나 믿어도 돼."

리바이가 말했다. 겁났지만, 누가 붙잡아 주는 게 좋아서 나는 가지 않았다.

리바이가 산책 줄을 풀자 개는 운동장 곳곳을 펄쩍펄쩍 누볐다. 마치 눈에 안 보이는 친구들과 잡기 놀이라도 하는 것 같다.

"소개 글에 뭐라고 써넣어야 하는지 알았다. 뇌 손상."

윈디가 말하자 리바이가 반박했다.

"뇌 손상된 거 아니거든."

나는 '뇌 손상'이라는 표현에 상처받지 않으려고 애썼다.

"사진 찍으려 해도 가만히 있질 않아서 못 찍겠다."

윈디가 말했다. 머피를 자기에게 오게 하려고 계속 자신의 다리를 톡톡 쳤다.

"그냥 신난 거야. 잠깐 있으면 차분해질 거야."

리바이가 말했다. 그리고 자신의 가방을 울타리 기둥에 걸고 그 안에서 카메라와 나비넥타이와 중절모를 꺼냈다.

"우리 차려입기 놀이 하는 거야?"

윈디가 물었다. 그때 머피가 리바이 손에서 모자를 낚아채려 했고 나는 헉 하고 놀라 벤치 위로 뛰어 올라갔다.

"나 아무래도 가야겠어. 나 때문에 개가 초조해하는 것 같아."

"거기 올라간 김에 사진 배경 천을 잡아 주면 되겠다."

리바이가 내게 청록색(숫자 15의 색이다) 천을 건넸고, 우리 모두 머피가 차분해질 때까지 기다렸다. 마침내 윈디가 머피의 머리를 쓰다듬을 수 있게 되었다.

"착하지."

리바이는 이렇게 말해 가며 세 번의 시도 끝에 머피의 목에 나비넥타이를 맸다. 모자 쓰기는 머피가 전혀 좋아하지 않는 것 같다.

머피의 독사진을 위해 윈디가 물러났고 내가 배경 천을 들고 있는 사이에 리바이가 카메라를 들고 바닥에 무릎을 꿇었다. 윈디가 너덜너덜한 테니스 공을 집어 한 번 튕겼다. 머피는 그 공에 집중했고 윈디가 그 공을 리바이의 머리 옆에다 갖다 댔다. 나는 리바이가 위험에 처할까 봐 걱정되었다. 내가 개의 표현을 잘 읽는 사람은 아니지만 침을 흘리며 엄청나게 집중한 머피를 보니, 그 테니스공을 갖기 위해서라면 내 조원들의 목을 따는 일조차 마다하지 않을 것 같았다.

"사진 찍기 성공."

리바이가 말했다. 머피는 이제 상으로 리바이에게 관심과 배 마사지를, 윈디에게 테니스공을 받았다.

머피를 다시 데리러 온 클레어는 첫 블로그 글을 자신의 사무실에서 쓰면 된다고 했다. 우리는 머피를 묘사하는 글을 완성했고 리바이는 사진을 업로드하는 방법을 알아냈다. 클레어가 글을 읽어 보더니 완벽하다고 말했다. 그리고는 윈디와 리바이를 안았다. 나는 그 접촉을 피하려고 옆으로 빠졌다.

펫헛을 나서기 전, 나는 머피에게 엄지를 내밀어 보이며 말했다.

"내 계산이 너한테 도움이 됐으면 좋겠다."

25. 새 학교 입학시험을 보다

우리가 블로그에 소개 글을 올린 지 겨우 27시간 만에 머피는 입양이 결정되었다. 윈디는 마치 멸종 직전의 마지막 검은 코뿔소를 구하기라도 한 것처럼 좋아했다.

"진정해."

스펜서 선생님의 수업이 시작되기 전, 리바이가 윈디에게 말했다.

"겨우 1마리 입양을 도운 거고 머피 입양이 그렇게 빨리 된 건 우리 엄마가 블로그 글 링크를 SNS 여기저기에 올렸기 때문이야."

"우린 생명을 구했어."

윈디가 리바이의 책상에 앉아 다리를 앞뒤로 데롱거리며 말했다.

"거긴 원래 안락사 안 시키는 보호소거든."

리바이의 대답에 윈디는 어깨를 으쓱하고 말했다.

"그래도, 우리가 아니었으면 불쌍한 머피가 그런 데서 얼마나 오래 고생했을지 어떻게 알아?"

"고생하지 않았어."

그때 매디가 지나가며 말했다.

"우리가 고생하고 있어, 너희 3명 목소리 듣느라."

“그럼 듣지 마.”

리바이가 쏘아붙였다.

“그리고 나 그 인터넷 사이트 봤어.”

“블로그야.”

윈디의 설명에 매디는 아랑곳하지 않고 답했다.

“뭐든 간에. 철자 틀린 데가 한 100군데는 되더라. 그리고…….”

“고맙네. 읽어 보았다는 거잖아. 네가 우리 팬이라니 기쁘다.”

리바이 말에 매디가 과장해서 몸을 떨고는 대답했다.

“팬 아니야.”

마치 할 말이 더 있는 것처럼 서 있던 매디는 결국 어이없다는 표정만 짓고는 대니엘라에게로 갔다.

“어쨌거나, 우린 오늘 저녁에 펫헛으로 다시 가서 개를 또 1마리 골라야 해. 학교 끝나고 차로 데려다 달라고 언니한테 부탁할게.”

윈디가 전화기를 꺼내 언니에게 문자를 했다.

“난 못 가.”

내가 말했다. 윈디가 물었다.

“왜?”

“약속이 있어.”

가고 싶지 않은 약속이 있다. 할머니가 그 고등학교에 가서 면담하고 학교 구경을 하도록 약속을 잡아 놓았다. 수학과 과학을 사랑하는 특별히 똑똑한 학생들이 다닌다는 고등학교 말이다.

"무슨 약속? 병원 가? 치과? 교정? 너도 치아 교정해?"

윈디가 물었고 리바이는 말했다.

"네가 모든 걸 알아야 하는 건 아냐. 알려 주고 싶으면 루시가 직접 말해 주겠지."

윈디가 아랫입술을 내밀었다. 상처받은 척을 하고 있다. 또는 진짜로 조금은 상처받았는지도 모른다. 스펜서 선생님이 박수를 두 번 쳤다.

"종 칠 때까지 1분도 안 남았다. 다들 자리에 앉도록 해."

일어서면서 윈디가 물었다.

"리바이, 너는 갈 수 있지?"

"아마도. 그런데 거기 걔들을 위해서 가는 거야. 널 위해서가 아니라."

"상관없어."

윈디는 웃으며 어깨를 으쓱하고 가 버렸다. 윈디가 들리지 않을 정도로 멀어졌을 때 나는 리바이에게 몸을 숙이고 말했다.

"너, 어젯밤에 수학마법사 왔었어?"

리바이123이란 닉네임을 보고 내가 묻자 리바이가 고개를 끄덕였다.

"궁금한 것에 답 다 얻었어?"

"응, 번개 소녀. 다 얻었어."

리바이는 숙제를 꺼내 들어 보였다.

"알았어, 혹시 도움이 필요하면……."

내가 말을 다 하기도 전에 리바이가 대답했다.

"알았어."

∞

할머니와 폴 삼촌이 12시에 나를 데리러 왔다. 삼촌 휴가는 고작 이틀인데 그런 귀한 시간의 오후를 이런 일로 보내려 한다는 것이 나는 믿기지 않는다.

그 학교에 도착하기까지는 103분이 걸렸고, 차가 14번의 좌회전과 22번의 우회전을 했으며, 할머니는 나에게 긴장하지 말라고 5번 말했다.

"넌 할 수 있어, 우리 천재."

함께 차에서 내리며 삼촌이 말했다. 우리는 할머니를 따라 파란색(숫자 7의 색이다) 덧문이 있는 예쁜 흰색 집으로 들어갔다. 앞마당에 '입학처' 라고 적힌 표지판이 있다는 점만 빼면 그냥 집처럼 보인다.

"긴장하지 마."

할머니가 또 말했다. 폴 삼촌이 탁자 위에 완벽하게 정리된 과학 잡지를 가리키며 말했다.

"『스포츠 일러스트레이티드』 같은 잡지는 한 권도 없네. 농구랑 미식축구가 뭐 어때서? 너 복싱이 달콤한 과학이라고도 불리는 거 알아?"

"왜?"

"나도 몰라."

회색(숫자 99의 색이다) 바지와 학교 로고가 적힌 스웨터를 입은 한 여자가 우리를 자기 사무실로 이끌었다. 자신이 셰릴 맥클리어리라고 소개했는데, 셰릴이라고 불러야 하는지 맥클리어리 씨라고 불러야 하는지는 말해 주지 않았다.

"앉으세요."

여자가 말했다. 나는 앉았다. 그리고 일어나지 않았다. 할머니가 장하다는 듯이 내 무릎을 톡톡 쳤다. 그러나 오래 버틸 수 없었다.

3.141592…….

나는 일어섰다, 앉았다, 일어섰다, 앉았다. 그리하여 숫자들은 물러갔다. 이 강박 장애의 춤을 보고도 맥클리어리 씨는 (대부분의 어른들과 달리) 아무 말 하지 않았고 놀라서 나오는 반응도 잘 숨겼다. 어쩌면 나 같은 아이들을 이미 만난 적 있는지도 모른다.

"루시, 우리 학교에 방문해 줘서 고마워. 우리 학교를 네 배움터로 고려해 줘서 기쁘다."

"감사합니다."

"홈스쿨링 기록과 네 학력 시험 결과를 살펴봤어. 모두 굉장히 인상적이더라. 다만 이스트 햄린 중학교의 성적은 아직 못 받았어."

맥클리어리 씨는 책상에 있는 서류철을 톡톡 쳤다. 할머니가 말했다.

"중학교는 아직 적응이 필요하네요."

그리고 삼촌이 덧붙였다.

"누구나 그렇지 않나요?"

"확실히 그럴 수 있죠. 학생마다 날개를 펼 수 있는 환경이 다 다르지요. 사막에서 장미가 피기를 기대할 순 없지만, 그 장미를 햇빛과 물이 공급되는 온실에 두면 꽃이 피잖아요."

우리가 핵심을 이해했기를 바라는 눈으로 맥클리어리 씨는 우리를 빤히 보았다. 나는 살며시 고개를 끄덕였다.

“전 장미 참 좋아합니다.”

할머니가 불쑥 말했다. 맥클리어리 씨가 미소를 지으며 대답했다.

“저도요. 루시, 혹시 시험 시작하기 전에 화장실 다녀오거나 음료수라도 마실래?”

“무슨 시험이요?”

나는 내 번개 펜던트를 목걸이 줄 이쪽저쪽으로 움직였다.

“네가 여기에 다닐 만큼 똑똑한지 시험을 보는 거야.”

할머니가 윙크를 하며 말했다. 학교 구경에 이 시험이 포함되어 있다는 걸 할머니는 알고 있었지만 내게 귀띔도 하지 않은 것이다.

“너는 시험이라면 다 잘 보잖아. 걱정할 것 없어.”

삼촌이 말했다. 그리고 맥클리어리 씨가 설명했다.

“우리 학교의 표준 입학시험이야. 일반 학교를 나오지 않은 학생들이 보는 시험이지. 150개 문항이고 모두 객관식이야. 절반은 수학 문제고 나머지는 과학, 어휘, 사회 문제. 시간은 2시간이야. 그럼 화장실 갔다 올래?”

“아니요.”

할머니를 보니 눈을 감고 있고 입술은 움직이고 있다. 기도하고 있는 것이다. 내가 시험을 잘 보기를 정말로 바라는 모양이다.

맥클리어리 씨는 회의실로 나를 안내했다. 시험지, 연필 2개, 그리고 메모지가 책상 위에서 나를 기다리고 있었다. 나는 살균 물휴지를 하나 꺼내 탁자와 연필을 닦았다. 이번에도 맥클리어리 씨는 완전히 자연스러운 일이라는 듯 반응했다.

“더 필요한 거 있니?”

“아니요. 감사합니다.”

“시험 잘 봐.”

나는 시험을 싫어하지 않는다. 지루하긴 하지만 두렵진 않다. 어떤 아이들은 시험을 굉장히 두려워한다. 과학 시간에 내 옆자리에 앉는 남자아이 스티브도 그렇다. 시험을 볼 때면 스티브의 숨소리가 빨라지는 것이 들린다. 다리를 쉬지 않고 떨고 두 팔을 들어 올리면 땀 냄새가 난다.

나는 시험지를 펼쳤다. 그리고 내 시계를 보았다. 수학 문제의 답을 전부 적은 후 다시 시계를 보니 11분이 지나갔다. 나머지 과목의 시험을 다 보는 데는 1시간이 채 안 걸렸다. 그 시간 중 절반은 단어 수부터 세는 데 썼고. 내가 쓴 모든 답이 정답일 것이다. 몇 개를 일부러 틀릴까 고민해 보았는데, 그럴 필요 없을 것이다. 아마 이 학교에서는 만점을 받아도 보통 아이일 테니까. 내 능력을 숨기지 않아도 되는 것은 꼭 늘 신고 다녀야만 했던 땀에 젖은 운동화를 벗는 일과도 같다.

시험을 마치고 맥클리어리 씨는 학교를 구경시켜 주었다. 반짝이는 장비들이 구비된 과학실이나 교실에 놓인 3D 프린터들, 하프 연주를 배울 수 있는 음악실이나 학생회관에 있는 커피 전문점 등을 보고 감탄하지 않을 수가 없었다. 윈니가 커피 전문점을 봤으면 정말로 좋아했을 것이다.

“이미 아시겠지만 이곳은 일반적인 학교가 아니에요. 그리고 졸업률이 100퍼센트입니다. 모두가 대학에 가고 그중 적어도 92퍼센트가 부분 장학금을 받아요."

"진짜 멋진 학교다. 나는 다니기에 너무 나이가 많으려나? 아니면 머리가 안 되나?"

이렇게 말하는 삼촌의 배를 내 팔꿈치로 쳤다.

"이쪽이에요."

우리는 맥클리어리 씨의 사무실로 함께 돌아왔다. 오레오 쿠키, 프링글스, 오렌지가 들어 있는 바구니가 책상 위에 놓여 있고 그 옆엔 물 4병과 콜라 4캔이 있다.

"편히 드세요."

나는 오레오 쿠키를 집었다. 쿠키 봉지를 뜯는데 내 재킷 주머니에 있는 전화기가 울렸다.

"죄송해요. 무음으로 할게요."

"괜찮아. 나도 10대 딸이 둘인걸."

그리고 맥클리어리 씨는 잠시 자리를 비웠고 나는 전화기를 꺼냈다.

윈디: 우리 다음은 어떤 개로 해

윈디: ???

"급한 일인가요, 의사 선생님?"

할머니가 농담했고 나는 대답했다.

"누군가한테는 급한 일이야."

윈디: 루시! 도와줘!

나: 4번 우리

4번 우리에는 루퍼스라는 이름의 갈색 핏불이 있다. 나이가 다섯 살에서 여섯 살로 추정되고 몸무게는 27킬로그램 정도다. 내 계산에 따르면 루퍼스가 입양될 때까지 걸리는 시간은 22일에서 26일이다.

윈디: 루퍼스?

나: 응

나: 9살 이상의 털이 까맣고 몸무게가 27kg이 넘고,

나: 핏불이나 셰퍼드 혈통이 아닌 개가 새로 들어온 게 아니라면.

나는 답장을 기다렸다.

윈디: 안 들어왔어, 그런 개는.

나: 치와와는?

몸이 크지 않은 종류의 개 중에서 내가 입양까지의 시간을 길게 계산하는 개는 치와와뿐이다. 그래서 이 공식이 흥미롭다.

윈디: 루퍼스로 한다!

내가 거기 있어야 한다. 만약에 까만 치와와가 있다면 루퍼스를 선택하는 것은 공정하지 않은 일이다. 나는 리바이에게 전화를 걸까 고민하면서 아랫입술을 잘근거렸다. 삼촌이 물었다.

"너 괜찮아? 남자친구 문제야?"

"아니!"

맥클리어리 씨가 다시 사무실로 들어왔을 때 할머니가 내 팔을 쳤다. 나는 전화기를 무음으로 설정하고 집어넣었다.

"궁금한 거 있니?"

질문이 없기도 하고 내 입이 쿠키로 가득 차 있기도 했는데 할머니가 물었다.

"루시가 학교에 다닐 자격이 되나요?"

"시험 점수가 만점이 나왔어요. 유례없는 일은 아니지만 그래도 아주 대단합니다. 이제 루시는 인터넷으로 정식 입학 신청을 하면 됩니다."

"그렇군요."

할머니는 대답했다.

"최대한 빨리 신청을 하시는 게 좋을 거예요. 다가오는 2주 이내면 가장 좋고요. 이번 1월에 학생 2명을 더 받으려 하거든요. 정말 좋은 기회예요. 보통은 학기 중간에 학생을 받지 않거든요."

1월? 그때까지는 고작 81일이 남았다.

"운이 좋네, 루시."

삼촌이 미소를 지으며 말했다. 내가 마주 웃어 보이지 않자 삼촌은 입모양으로 '왜?' 하고 물었다. 나는 고개를 저었다.

나는 입에 남은 쿠키를 삼켰다. 목을 내려가는 쿠키가 마치 야구공 같았다. 나는 고작 얼마 전에 새 학교에 다니기 시작했다. 아주 끔찍하다가 이제야 그리 끔찍하지 않게 되었다. 그걸 또 반복할 수 있을까?

26. 마침내 고백!

나는 번개를 맞아 뇌가 달라진 후로는 핼러윈에 분장을 하고 밖에 나간 적이 없다. 원래 핼러윈을 좋아하지 않았다. 마지막으로 분장을 한 건 여덟 살 때로, 혼종 디즈니 공주로 분장했다. 머리카락은 인어공주의 붉은 머리카락, 미녀와 야수의 주인공 벨의 노란 드레스. 둘 다 좋아하면 그중에 하나만 고를 필요 있냐고 할머니가 그랬다.

하지만 윈디는 핼러윈을 사랑한다. 그리고 리바이와 나에게 함께 과자를 얻으러 동네를 돌아다니자고 졸랐다. 나는 가장 그럴듯한 이유를 대며 빠져나가려 했다. "분장용 옷이 없어." 그러자 윈디는 자신이 전에 입었던 핼러윈 의상 중 하나를 빌려주겠다고 했다. <레 미제라블>의 코제트, <해밀턴>의 일라이저, <맘마미아!>의 소피 분장이 있다면서. 그러나 할머니는 내가 실제로 좋아하는 분장을 생각해냈다.

"멋진데."

우리 거실에서 내가 그 옷을 입어 보였을 때 할머니는 말했다. 나는 할머니에게 거수경례를 했다. 나는 삼촌의 옛 군복을 입고(옷핀을 꽂아 내 몸에 맞게 크기를 조정했다), 삼촌의 인식표도 목에 걸고 모자도 썼다. 얼굴에도 군인들이 적의 눈에 띄지 않기 위해 바르는 위장 크림을 발랐다. 내가 해 본 첫 화장이다.

“고등학교 입학 신청서 다 썼어?”

할머니의 물음에 나는 답했다.

“응, 그런데 아마도 합격 안 될 거야. 아무것도 못 적어 넣은 칸이 진짜 많아. 난 리더십 경험이 없어. 팀 활동을 한 적도 없어. 그리고 내가 한 자원봉사 활동이라고는 인터넷으로 수학을 가르쳐 주는 것뿐이야.”

그것도 요즘은 일주일에 30시간에서 10시간으로 줄었다. (그리고 그 시간의 대부분이 리바이123과의 수학 문답과 채팅이다.)

“펫헛에서 보낸 그 많은 시간은 다 어쩌고?”

“그건 학교에서 시킨 거잖아. 과제로 하는 일.”

“그거 포함시켜도 상관없을 것 같은데. 거기 이틀에 한 번은 가잖아. 자, 이제 웃어 봐. 사진 찍어서 네 삼촌한테 보내야지.”

휴대폰으로 4장의 사진을 찍은 후, 할머니는 나를 윈디네 집에 데려다주었다. 이미 도착한 리바이가 현관 앞에서 기다리고 있었다. 목에는 카메라를 걸었고 머리에 쓴 중절모의 리본에는 ‘취재기자’라고 적혀 있다.

내가 다가가자 리바이는 내 사진을 찍었다.

“우리, 네가 내 사진 찍을 수 있는 횟수 제한하자”

찍지 말라고 하는 건 소용없을 것 같아 나는 이렇게 말했다.

“그건 숨 쉬지 말라는 거나 마찬가지인데.”

“아니거든. 그냥 내 사진 찍지 말라는 거거든.”

“미안.”

리바이가 중얼거리고는 카메라 뒷면에 있는 버튼들을 만지작거렸다. 나는 나쁜 애가 된 기분으로 말했다.

"괜찮아. 그냥 한 자리 수까지만 찍는 걸로 하자."

체리시가 우리를 거실에서 기다리라고 했다. 윈디는 아직 준비가 되지 않았다면서.

"짠 하고 나타나고 싶으신가 보네."

리바이가 소파에 앉으며 말했다. 나는 리바이 맞은편의 의자에 앉았다 일어섰다 앉았다 일어섰다 앉았다. 리바이 옆에 앉았어야 했나, 하는 생각이 들었다가 내가 왜 그런 생각을 하고 있나 싶었다.

커피 탁자에 윈디의 엄마가 채소 담긴 쟁반을 두고 갔다. 나는 막대 모양으로 썬 당근 하나를 베어 물었고 리바이가 말했다.

"오다가 펫헛에 들렀어. 제스가 벌써 입양 신청을 받았대. 바로 어제저녁에 소개 글을 올렸는데."

우리는 블로그에다 소개할 일곱 번째 개로 제스를 선택했다. 불독 잡종 개로 소용돌이 같은 무늬가 있는 갈색, 검은색, 회색의 털을 지녔고 나이는 열한 살로 추정된다. (우리의 도움이 없었더라면 입양까지 총 22일에서 26일이 걸렸으리라고 나는 추정한다. 소용돌이무늬의 털을 '대체로 검은색'이라고 규정하면 결과가 다른데, 그런다면 27일에서 31일 사이로 늘어난다.) 너무 못생겨서 귀여운 종류의 개다. 리바이가 보닛을 씌워 사진을 찍은 것도 도움이 되었다. 나조차도 제스를 쓰다듬어 보고 싶어졌을 정도로. 하지만 그랬다면 파이가 질투를 느꼈을지도 모른다.

이상하게도 파이는 아직 입양하겠다는 사람이 나타나지 않았다. 점점 펫헛의 마스코트가 되어 가고 있다. 사무실에서 자고, 우리가 방문할 때면 윈디와 리바이가 다른 개들과 친해지는 동안 나와 함께 있는다. 나는 파이에게 앉기와 눕기, 그리고 구르기를 가르쳤다. 아주 똑똑한 개다. 파이가 떠나는 것이 싫은 나는 클레어에게 왜 파이는 개 우리를 배정 받지 않느냐고 묻지 않았다. 내가 입양할 수도 없기 때문에 그건 이기적인 마음이다. 할머니는 개를 좋아하지 않고, 우리 셋집 임대 계약상 반려동물이 허용되지 않는다.

"금요일엔 여덟 번째 개를 고르자."

"이번엔 2마리를 하는 게 좋겠어."

"그래도 되지."

나는 채소를 좀 더 먹었다. 채소보다는 스니커스나 트윅스를 먹고 싶지만, 윈디 엄마는 핼러윈에도 동네 아이들에게 과자가 아니라 향기 나는 연필을 나누어 준다.

"리바이, 준비됐어? 카메라 잡아."

계단 꼭대기에서 윈디가 외쳤다. 그리고는 천천히 18개의 계단을 내려왔다. 위아래가 붙은 흰색 작업복에 흰색 모자를 썼다. 코와 입은 마스크로 가렸고 손에는 주황색(숫자 6과 같은 색이다) 장갑을 꼈다. 리바이가 물었다.

"도대체 뭘로 분장한 거야?"

"새우 나듬는 노동자. 쥐꼬리만 한 돈밖에 못 받고 끔찍한 작업 환경에서 하루에 18시간 동안 새우 껍질을 까야 해. 여기 봐."

윈디가 리바이와 나에게 노동자를 혹사하는 모든 회사의 목록이 적힌 엽서를 내밀었다.

"집집마다 다니면서 이걸 나눠 줄 거야. 그래도 과자도 얻고 싶어. 난 그저 억압당하는 사람들을 돕는 데 이 휴일을 활용하려는 것뿐이야."

"핼러윈 분장은 재미있어야 하는 거야."

리바이가 말했다.

윈디네 동네는 과자를 얻으러 다니기에 더할 나위 없다. 모든 집을 돌고 길 끝에 이르렀을 때 내 손에 든 월마트 봉지의 무게는 대략 0.5킬로그램 정도 나가는 것 같았다. 윈디가 말했다.

"나 이 과자 다 숨길 거야. 우리 엄마는 내가 과자 1,000개를 다 먹게 내버려 두지 않을 거야."

"29개야."

"그걸 다 세고 있었어?"

나는 어깨를 으쓱했다. 윈디가 멈추어 서서는 앞에 자기 이름이 수놓인 호박 모양 퀼트 가방 속을 들여다보았다.

"29개 맞네. 너는 몇 개야?"

"30개. 마지막 집에서 리바이랑 나한테는 하나씩 더 줬거든. 그 사람들은 네가 준 새우 노동자 엽서를 좋아하지 않았던 것 같아. 그런데 리바이는 27개뿐이야. 계속 초코볼 과자를 까먹어서."

"그러고 보니 좀 이상해. 넌 항상 뭔가의 수를 세고 있어. 이것도 네 강박장애의 일부야?"

나는 발끝으로 바닥을 세 번 쳤고 리바이가 말했다.

"애 좀 내버려 둬."

"나 따지는 거 아니야. 그냥 네가 숫자를 굉장히 좋아한단 생각이 들어."

"맞아."

나는 인정했다. 윈디는 조용해졌고, 그러자 내 발끝에서 목까지 오싹한 느낌이 흘렀다. 늘 듣기보단 말하기를 좋아하는 윈디가 지금은 내게서 이야기를 듣고 싶어 한다. 윈디는 내 친구다. 아니, 내 가장 친한 친구. 그리고 지금이 아니라면 언제 말하겠는가? 자신이 괴상한 별종임을 밝히기 좋은 때라는 게 따로 있을까? 나는 무거운 물건을 들려는 것처럼 숨을 한 번 훕 들이쉬었다.

"난 숫자를 사랑하고 수학을 사랑해. 내 뇌가 수에 관해서라면 고도로 발달했어. 음…… 사실, 난 천재야. 수학 천재."

윈디의 두 눈이 휘둥그레졌다.

"내가 여덟 살 때, 번개를 맞았어. 그때 그 번개의 전기가 내 이쪽 뇌 일부를 파괴했어."

나는 왼쪽 관자놀이를 손가락으로 톡톡 쳤다.

"그런데 다른 쪽은 벌떡 깨어났어. 후천적 서번트 증후군이라고 한대."

"우아, 난 전혀 몰랐네."

리바이가 장난스럽게 말했다. 윈디는 고개를 저으며 내게 말했다.

"성적은 내가 너보다 높은데? 수학에서도."

나는 어깨를 으쓱하고 말했다.

"남들이 아는 게 싫어서. 할머니하고 합의를 했거든. 중학교에서 1년은 버티기로. 그런데 나는 이미 애들 사이에서 '청소부 아줌마' 가 됐잖아. 거기서 더 주목받기는 싫어."

차가 지나가며 경적을 울렸다. 우리는 잔디밭으로 들어갔다.

"그래도 나는 잘……."

윈디가 가로등 불빛 속을 빤히 응시했다.

"그래도 뭐?"

"이해가 안 가서 그래. 내가 천재라면 난 세상에 알리고 싶을 텐데."

"루시는 네가 아니니까 그렇지."

리바이가 말했다.

"그야 나도 알지!"

윈디가 리바이에게 쏘아붙이고는 나를 보았다.

"얼마나 천재인데?"

내 뺨이 달아올랐다. 어떻게 대답해야 하나?

"루시, 반지름이 8야드인 원의 둘레는 몇 야드야?"

리바이가 물었고 나는 대답했다.

"50.265야드. 피트 단위로 바꾸면 150.796피트. 인치로는 1,809.557인치. 물론 소수점 셋째 자리까지 반올림한 값이야."

"면적은?"

리바이가 또 물었다.

"201.062제곱 야드."

"난 네가 수를 좀 많이 센다고 생각했는데, 그런 차원이 아니었네."

윈디가 말했다. 나는 윈디에게 물었다.

"내가 여태 말 안 해서 화났어?"

"그보단 내가 눈치를 못 채서 화났어. 그런 걸 왜 눈치 못 챘지? 보호소 개들의 평균이 어쩌고 하던 때에도 알 수 있었는데."

윈디는 자신의 이마를 문질렀다.

"왜 더 일찍 말 안 했어?"

윈디의 눈이 내 눈과 마주쳤고, 나는 미안했다. 아니 어쩌면 두려웠다.

"나도 모르겠어."

네가 모두에게 말해 버릴까 봐 걱정되었다는 이야기를 좋게 할 수 있는 방법이 없다. 리바이가 과자 한 상자를 또 뜯으면서 말했다.

"아, 그냥 좀 넘어 가. 2분 전에 말했잖아. 루시는 티컵 치와와처럼 겁이 많다고. 사람을 믿기까지 시간이 걸리는 성격이야."

날 도우려는 리바이의 의도는 안다. 하지만 초조한 개에 비교되는 기분이 좋은지는 모르겠다. 윈디가 리바이에게 물었다.

"넌 언제부터 알았어?"

"2분 전보다는 일찍 알았지. 그런데 나는 골든 리트리버 같잖아. 아주 믿을 만하지."

그러자 윈디는 리바이에게 물었다.

"나는 무슨 개 같은데?"

"잡종 개."

내가 재빨리 대답했다. 그러자 둘 다 나를 빤히 보았다.

“잡종 개가 제일 좋은 개잖아. 정답고 개성 있고. (그리고 용서도 잘 하고?) 그리고 파이도 잡종이잖아.”

“그러네.”

윈디가 대답하고 다시 걷기 시작했다. 리바이와 나도 따라 걸었다.

“괜찮을 거야.”

리바이가 말했다. 나는 그 말이 맞기를 바랐다.

27. 불완전 이수

다음 날 버스에서 만난 윈디는 평소의 윈디와 같았다. 가방이 과자로 가득 찼다는 것만 빼고.

"집에 두고 오면 엄마가 쓰레기통에 버려 버릴 것 같아서 가져왔어. 너 이거 개수 세어 보고 싶어?"

"아니!"

"농담한 거야."

나는 윈디가 모두에게 내가 수학 천재라고 말해 버릴지 모른다는 걱정으로 밤새 잠을 못 잤다.

하지만 내가 잠 못 든 또 하나의 이유는 윈디가 나에게 화가 났을까 봐 걱정되었기 때문이다.

"윈디, 내가 더 일찍 얘기하지 못해서 미안해."

"그게 뭐 대수라고."

윈디가 막대 사탕을 빨며 말했다.

"난 마음에 걸려. 너 그 얘기, 아무한테도 안 할 수……"

"내가 비밀을 지킬 수 없으리라 생각하지, 너?"

"아니."

진심이라기보다는 반사적인 대답이었다.

"입 꾹 다물게. 약속해."

"고마워."

나는 내 가방을 열어 지렁이 모양 젤리를 윈디에게 주었다. 윈디 엄마는 어젯밤 우리가 집에 도착하자마자 윈디에게 과자를 전부 내놓으라고 했단다.

마지막 수업 시간에 나는 '루실 캐니 캘러핸의 보호자 귀하'라고 적힌 봉투를 하나 받았다. 다른 아이들도 그런 봉투를 하나씩 받았다.

"성적표야?"

내가 윈디에게 속삭여 물었다. 윈디는 자기 봉투를 뜯으며 대답했다.

"맞아. 아자!"

사회 선생님인 실즈 선생님이 말했다.

"내일까지 서명 받아서 가져오세요. 제때 제출하는 사람에게 다음 퀴즈에서 추가 5점을 줄 거예요."

실즈 선생님은 추가 점수 주기를 좋아한다. 연필 깎아 오면 3점. 임시 선생님이 수업을 할 때 지각하지 않고 제자리에 있으면 5점. 흥미로운 신문 기사 가져오면 10점.

나는 그 봉투를 수업 시간 내내 쥐고 있었고 버스를 탈 때도 그랬다.

"그냥 열어 봐."

윈디가 말했다.

"뭐가 겁나서 안 열어 보는 거야? 네가 천재여야 하니까 그런 거야?"

"나 천재 맞아."

나는 속삭였다. 어쩌면 윈디는 그것이 사실이길 원치 않는지도 모른다.

나는 그렇게까지 대단해 보이진 않으면서도 우수한 성적을 받으려 노력했다. 시험을 볼 때마다 몇 문제씩 일부러 답을 틀리게 적었다. 모든 과목에서 A가 될 수 있는 가장 낮은 점수를 받으려고 숙제를 아홉 번에 한 번씩은 빼먹었다.

"야!"

나는 외쳤다. 윈디가 봉투를 가져갔다. 그리고 손가락 하나를 봉투 덮개 밑에 넣어 봉투를 열었다. 접혀 있는 종이를 내게 건네고 물었다.

"내가 먼저 봐 줄까?"

"아니!"

나는 그 한 장의 종이를 펼쳤다. 수학과 국어를 뺀 나머지 모든 과목이 A다. 국어 선생님은 내게 B를 주었고 수학은 성적 대신 수업을 완전히 이수하지 않았다는 기호, 'I'가 적혀 있다.

"나쁘지 않네."

내 어깨 너머로 윈디가 말했다. 나는 내 성적표를 다시 보았다. 모든 수업에 '교사의 의견'이 적혀 있다. 거기 적힌 말들이 다 거의 똑같다.

"루시는 성실하게 노력합니다."

"루시는 자신의 학습 기준이 높습니다."

"루시는 수업 시간에 좀 더 자기 생각을 말할 필요가 있습니다."

남다른 한마디를 남긴 사람은 스펜서 선생님뿐이다.

“학부모와의 면담을 요청합니다.”

나는 성적표를 접어서 다시 봉투에 넣었다. 윈디가 물었다.

“수학은 왜 ‘불완전 이수’를 받은 거야?”

“나도 모르겠어.”

리바이의 수학 성적은 어떤지 궁금하다. 수학마법사에 매일 접속했고, 최근 과제와 시험 점수가 좀 나아진 것도 몇 번 봤는데.

“우리 엄만 늘 ‘최선을 다해, 윈디. 내가 바라는 건 그것뿐이야’라고 말하지만 A 이하를 받으면 분명 난리를 부릴 거야. 다행히 다 A를 받았네. 그게 무슨 뜻인지 알아?”

“우등생 명단에 오른다는 뜻?”

“아니. 뭐, 그것도 맞긴 하지만 더 중요한 건, 우리 엄마가 약속했어, 내가 전과목 A를 받으면 아주 대단한 생일 파티를 열어 주겠다고. 내가 말한 적 있잖아.”

“그 물놀이장인가 하는 거기서…….”

“응, ‘로키 마운틴 산장’에서. 진짜 근사할 거야.”

“재미있을 것 같네.”

“너 수학 성적 그거 받았다고 할머니께서 외출 금지령 내리시는 거 아니지? 너도 꼭 와야 한단 말이야.”

“난 외출 금지 당한 적 한 번도 없어.”

“다행이다. 우리 반 여자애들 전부 초대할 거야, 내가 아니라 우리 엄마가. 엄마는 내가 친구 사귀려는 노력을 충분히 안 한다며 걱정하거든. 그래도 네가 안 오면 재미없을 거야.”

“여자애들 전부? 13명이나 되는데?”

“응. 방이 여러 개 붙은 넓은 숙소를 빌려야 해. 거긴 이층 침대들이 있고, 방마다 침대 이층보다 높은 위치에 텔레비전이 있어.”

“매디도 올 것 같아?”

나는 학교 밖에서 매디를 만난 적이 없고 앞으로도 그러기를 바란다.

“당연하지. 걘 내 생일 파티에 항상 왔어. 걔네 엄마랑 우리 엄마가 절친이거든.”

“그 얘기 들었어. 너랑 매디랑 전에 엄청나게 친했다는 얘기도.”

내 목소리가 마치 비꼬듯 짓궂게 나왔다. 윈디가 마치 내가 다른 나라 말이라도 한 것처럼 나를 쳐다보았다.

“리바이는?”

“남자애들은 안 와. 거기서 하룻밤 묵는 파티거든.”

윈디는 그 후로도 계속 생일파티 이야기를 하다가 버스에서 내릴 때 이렇게 말했다.

“내가 전화할게. 자세한 이야기는 전화로 하자.”

할머니가 내게 외출금지라는 벌을 내린다 해도 그리 나쁜 일이 아닐 것 같다. ‘친구’ 들과 함께하는 물놀이 공원에서의 하루를 피할 수 있을 테니까.

외출금지라는 행운은 없었다. 할머니는 내 성적표를 보더니 웃었다.

“이거 네가 처음 받은 B지?”

"응."

"우리 이거 냉장고에 붙여 놔야겠다."

할머니는 성적표를 마치 예술 작품을 감상하듯 바라보았다.

"그리고 I는 뭐야?"

"불완전 이수."

"너 아직 일부러 멍청한 척 하고 있는 거야?"

"멍청한 척 아니야. 평범한 척이지."

"음, 다른 사람인 척하는 건 멍청한 일인데."

할머니 말을 뒤로 하고 나는 발소리를 세게 내며 내 방으로 갔다. 다시 이리 오라는 할머니의 청을 무시했다. 컴퓨터를 켜고 내가 척하지 않아도 되는 세상에 접속했다. 나는 미적분학 대화방에 들어갔다.

번개소녀: 제 도움 필요하신 분?

사변빗변: 항상 필요하죠!

28. 인생은 원래 불공평하다는 말

우리는 금요일 방과 후 펫헛으로 갔다. 나는 개들을 살펴보고 그들의 정보를 내 식에 대입했다. 머릿속으로.

"이번 당첨자는 이 아이야."

나는 플린트라는 이름을 지닌 까만 래브라도를 가리켰다. (입양까지 걸리는 예상 시간은 20일에서 24일이다.)

"나는 파이 보러 갈게."

나는 말했다. 개의 사진을 찍고 개와 친해지는 시간은 이 활동에서 내가 그리 좋아하는 부분이 아니다.

"안녕, 파이."

하지만 늘 나를 맞이해 주던 나의 개도 오늘은 없다. 나는 책상으로 다가가 의자를 뺐다. 파이는 보이지 않는다.

"파이 어디 있어요?"

내 물음에 노아는 어깨를 으쓱하고 대답했다.

"클레어가 데려갔어. 아까 동물병원 가던데."

"또요?"

"난 잘 모르겠어."

나는 사무실에서 기다렸다. 입양 신청서 3장을 컴퓨터에 입력했다. 파이의 물그릇을 채웠다. 리바이와 윈디는 플린트의 사진을 다 찍고 와서는 공중으로 뛰어올라 원반을 잡아채고 있는 플린트의 사진과 함께 블로그에 새 글을 썼다. 나는 리바이에게 말했다.

"나는 네가 움직이는 걸 찍은 사진들이 좋더라."

둘이 블로그에 글 올리기를 마쳤을 때 나는 또 1마리의 개를 소개하자고 제안했다.

"2층 두 번째 우리에 치와와 잡종 개가 있어. 이름은 아마 마티일 거야."

리바이와 윈디가 마티를 데리고 나갔을 때 클레어가 마침내 파이를 데리고 돌아왔다.

"어, 루시 왔구나."

파이가 사무실을 가로질러 내 무릎에 뛰어올랐다. 내 얼굴을 핥았다. 지구상에서 내가 그 영광을 허락하는 단 1마리의 개가 파이다.

"걱정했어."

나는 파이에게 말했지만 클레어가 대답했다.

"루시, 우리 이야기 좀 하자."

클레어가 슬픈 표정을 하고는 책상 모서리 쪽 의자에 앉았다.

"참 하기 어려운 이야긴데 말이야……. 큐티 파이가 아파. 많이 아파. 암에 걸렸어."

"아니요, 아닐 거예요."

"병원에서 오는 길이야."

나는 파이의 두 귀 뒤를 문질렀다. 파이는 두 눈을 감고는 목을 뺐다.

"이런 소식 전해서 유감이다, 루시."

노크도 없이 사무실 문이 열리고 윈디와 리바이가 들어왔다.

"네 개 찾았나 보네. 괜히 불안해했지?"

리바이는 말했지만 나는 친구들을 쳐다볼 수 없어 턱을 파이 머리에 댔다.

"너 괜찮아?"

윈디가 물었다.

"방금 내가 루시한테 끔찍한 소식을 전했어. 큐티 파이가 암에 걸렸어. 뇌의 아랫부분에 종양이 있대. 파이가 고개를 자주 기울이는 걸 너희도 그동안 봤을 거야."

나는 보았다. 파이가 호기심이 많아서 그런다고 생각했었다.

"MRI를 찍어 봤어. MRI는 좀 더 정밀한 엑스레이 같은 거야. 그랬더니 탁구공만 한 종양이 있었어. 그게 일부 운동 기능에 영향을 미치고 있고 점점 나빠질 거라고 해. 균형 감각을 잃을 수도 있고 걷다가 어디 자주 부딪칠 수 있고, 방광을 조절하지 못할 수도 있어."

윈디가 한 손을 내 어깨에, 다른 손은 파이의 등에 얹고 말했다.

"가엾어라."

"너희가 오늘 잘 왔어. 작별 인사 할 기회를 주고 싶었거든."

클레어가 두 손을 맞잡고는 마치 기도하는 것처럼 가슴에 냈나.

"작별 인사라고요? 지금 당장 죽는 것도 아니잖아요."

윈디가 묻자 클레어가 고개를 젓고는 대답했다.

"그건 아니야. 오늘이나 내일 동물 관리국에서 와서 데려갈 거야."

"입양 서류를 컴퓨터에 입력하면 파이를 데리고 있어 준다고 했잖아요."

내가 말했다. 약속에 도장을 찍은 서류나 그날의 대화를 찍은 영상이라도 있었으면 좋았을 텐데. 나도 모르게 두 주먹을 꽉 쥐었다.

"우리는 병이 있는 개는 입양시킬 수 없어. 가족이 필요한 건강한 개가 너무 많아. 미안하다, 얘들아."

클레어는 얼굴을 찌푸렸다.

"저희가 봉사 활동을 하면 파이 데리고 있겠다고 하셨잖아요. 저희는 컴퓨터에 입양 서류 239장의 정보를 입력했어요. 그 정도면 개 1마리 목숨 정도는 되잖아요."

"그건 파이의 몸 상태를 알기 전이잖아. 미안하다."

클레어가 두 팔로 자신의 몸을 끌어안았다.

"안 돼요. 제가 입양할게요. 제가 데려갈게요. 파이 죽이면 안 돼요."

"진정해, 루시."

윈디가 내 팔을 꼭 잡았다.

"루시, 우리 잠깐 걸을까? 바깥공기 좀 쐬자."

클레어가 말했다. 파이가 머리를 비스듬히 기울이고 나를 보았다.

"알았어요."

나는 일어나서 파이를 품에 안았다. 클레어가 문을 열었다. 나는 클레어를 따라 건물 뒤, 자원봉사자들이 개들을 산책시키는 길을 걸었다.

"사무실에 더 못 있겠더라고. 나와야 머리를 좀 비울 수 있을 것 같았어."

클레어의 말에 나는 고개를 끄덕였다. 파이가 내 품 안에서 꿈틀거렸다. 빠져나가려는 것이 아니라 좀 더 편한 자세를 잡으려는 것이다.

"루시, 네가 큐티 파이를 입양할 수 없는 거 알아. 내가 너희 둘 사이를 봤잖아. 너희 가족이 개를 입양할 수 있는 입장이었다면 네가 진작에 파이를 집에 데려갔겠지."

"그래도……."

"파이 내가 안을게. 슬슬 무거워질 것 같은데."

클레어 말이 맞았다. 파이는 무겁고 꼼지락거린다.

"분명히 파이를 입양할 사람을 찾을 수 있을 거예요. 파이 이야기를 블로그에 올릴게요. 분명 하루 만에 전화가 30통쯤은 올 거예요."

"그건 우리 정책에 어긋나는 일이야. 루시, 미안하다."

"불공평해요! 파이를 입양하고 싶어 하는 사람이 있을 수 있잖아요."

"파이는 입양을 갈 수 있는 처지가 아니야. 죽음을 앞둔 개를 175달러라는 비용을 내고 입양해 가라고 할 수는 없는 거야."

"그럼 돈 안 받으면 되잖아요. 좋은 가정에 무료로 입양시키면 되잖아요."

클레어가 걸음을 멈추고 구름 낀 하늘을 올려다보았다.

"파이한테도 기회를 줘야 해요. 제발요."

내 눈에 눈물이 찼다. 눈물을 닦고 싶지만 그럴 수 없다. 눈과 코와 입을 만지면 세균이 쉽게 몸속에 들어간다. 나는 소매로 눈을 훔쳤다.

클레어 품에 안긴 파이가 나를 쳐다보았다. 개 1마리도 구할 수 없다면 천재가 다 무슨 소용인가?

클레어의 턱이 떨리고 눈가가 붉다.

"괜찮으세요?"

내 물음에 클레어가 고개를 끄덕이고 대답했다.

"어렸을 때, 어른들이 '인생은 원래 불공평한 거다' 라고 말하면 참 싫었거든. 이해는 되지만 포기하는 것 같잖아. 그런데 내가 딱 똑같은 말을 너한테 하려고 했네."

"죄송해요."

"뭐가?"

"이건 클레어 잘못이 아니잖아요. 동물을 돕고 싶어 하시잖아요. 저도 알아요."

클레어는 항상 개 냄새가 나고 거의 휴일도 없이 일하는 것 같다.

"너랑 리바이랑 윈디도 동물을 돕고 싶어 하지."

"아니에요. 저는 동물을 별로 신경 안 써요. 물론 저도 동물들한테 나쁜 일이 일어나거나 그러길 바라진 않지만, 그렇다고 동물을 사랑하거나 하는 건 아니에요. 저는 숫자에 더 관심이 많아요. 저는 루퍼스나 머피, 플린트, 제스, 그 어떤 개도 별로 좋아하지 않았어요."

나는 딸꾹질이 나왔다.

"그런데 파이는…… 파이는 달라요. 그것뿐이에요."

"루시, 난……."

"절 나쁜 사람이라고 생각하지 않으셨으면 좋겠어요."

코에서 물이 흐르고 눈은 따갑다. 나는 깊은 숨을 들이쉬었다.

"매해 동물 보호소에서 67만 마리의 개들이 안락사 당한다고 읽었어요. 그런데 저는 그중에서 1마리만 소중해요. 저는 파이를 구할 수만 있다면 다른 개는 다 포기할 것 같아요."

"난 네가 나쁜 사람이라고 생각 안 해."

클레어가 나를 안으려다가 멈추었다. 전에 내가 클레어의 포옹을 피한 적이 있어서일 것이다.

"큐티 파이를 우리 보호소에 조금 더 데리고 있어 볼게, 알았지?"

"정말요?"

"한번 시도해 보자. 파이를 블로그에서 소개해도 좋아. 하지만 정식 입양이 가능하진 않아."

"좋은 가정에 무료로 보내는 걸로 해요."

"파이의 건강 상태에 관해서 반드시 정직하게 쓰도록 해. 어려운 상황이니까. 죽을 병에 걸린 개인 줄 모른 채로 사랑에 빠지게 속여선 안 되니까. 정직하게 써야 해. 알았지?"

"알았어요. 그리고 감사합니다."

"내가 감사해, 루시. 나는 여기 있는 모든 개들을 사랑하지만 딱 1마리의 개를 사랑한다는 게 어떤 건지 잊어버리기도 하거든."

29. 큐티 파이를 소개합니다

펫헛의 개들을 소개합니다.

* • * • * • * • * • * • * • * • * • * • * • * • * • * • * • * • * • * • * • * •

11월 2일- 큐티 파이를 만나 보세요.

큐티 파이는 7세(로 추정되는) 비글 허스키 잡종 개로, 말기 뇌종양 판정을 받았습니다.

9월 18일에 펫헛 보호소에 버려졌습니다. 하루에 두 컵 반의 건사료를 먹습니다.

기대 수명은 1년 미만입니다. 큐티 파이는 아이들을 좋아합니다.

담배를 피우는 사람이 없는 집을 선호하며, 파이라고 불리는 것을 좋아합니다.

이것은 입양이 아니기 때문에 입양 비용은 없습니다.

좋은 가정이라면 입양비 없이 데려가실 수 있습니다.

!!!!입양비 없어요!!!!

* • * • * • * • * • * • * • * • * • * • * • * • * • * • * • * • * • * • * • * •

30. 윈디의 생일 초대장

선생님과의 면담을 화요일 아침 7시로 잡은 할머니는 나를 따라 213호 교실 앞에 다다랐다. 교실 안에서 선생님은 책상에 앉아서 무언가를 읽고 있다. 들어가기 전에 내가 할머니를 멈춰 세웠다.

"나 서번트인 거 말하지 마."

나는 속삭였다. 내가 좋아하는 선생님은 내가 서번트임을 안 후에도 나를 전과 똑같이 대할 거라 생각하고 싶지만, 혹시 아니면 어떻게 하나? 다른 선생님의 수학 수업을 들어야 한다고 하면 어떻게 하나? 나는 그런 위험을 감수할 수 없다.

할머니가 교실로 들어가자 선생님이 일어나서 악수로 맞이했다.

"만나 봬서 반갑습니다."

선생님은 우리를 교실 맨 앞줄로 안내했다. 나는 주로 맥스 크리스티가 앉는 그 책상을 깨끗이 닦고 세 번 앉았다.

"우선은 루시가 아주 훌륭한 학생이라는 것 먼저 말씀드리고 싶습니다. 숙제를 빠짐없이 하지는 않지만, 그리고 최선은 다하지 않는 것 같기도 하지만, 루시는 제 수업을 아주 흥미진진하게 듣습니다."

나는 몸을 조금 수그렸다.

"수업에 집중하고, 때로 용기 내어서 질문할 때면 아주 심도 있고 예리한 질문을 합니다. 루시의 질문에 제가 쩔쩔맨 일이 한 번이 아닙니다. 덕분에 제가 예전 대학 교재들을 다시 뒤져 봤어요."

"그런데 루시가 과제를 다 안 한다고요?"

할머니가 물었다. 선생님은 손을 뻗어 성적 기록부를 집었다.

"숙제를 네 번 빼먹었습니다. 했는데 집이나 버스에 두고 온 게 아닌가 해요."

나는 어깨를 으쓱했다.

"루시 점수는 어떻습니까? 수학을 낙제할 지경인가요?"

할머니의 물음에 선생님은 웃었다.

"아니요, 아니요. 모든 시험에서 92점에서 95점 사이를 받았습니다."

선생님은 내가 정답을 쓰는 것보다 오답을 쓰는 데 더 많은 시간을 쓴다는 것을 모른다. 심지어 풀이 과정도 적어야 하기 때문에 실수를 일부러 만들어야 한다. 보너스 점수가 나오는 문제는 하나도 안 푼다.

"점수가 좋네요."

할머니의 말에 선생님이 목을 가다듬고는 말했다.

"하지만 저는 루시가 진짜 실력을 보여 주지 않는다는 생각이 듭니다. 학교라는 새로운 환경에 적응하는 중이라는 거 알지만요. 중학교는 루시한테 엄청난 압박이 있는 환경이겠죠."

선생님이 내게 미소를 지어 보이자 나는 고개를 돌렸다.

"어쩌면 루시 너는 잘하는 걸 두려워하는지도 모르겠다."

"그럭저럭 잘하고 있잖아요."

할머니는 말했다.

"루시, 네 머릿속에서 일어나는 일을 아는 사람은 너뿐이야. 우리한테 뭐 해 줄 말 있냐?"

나는 고개를 저었고 할머니는 한숨을 쉬었다. 선생님이 나에게 말했다.

"루시, 내 수업에선 못할까 봐 걱정하지도, 잘할까 봐 걱정하지도 않았으면 좋겠다. 선생님 말 이해되니?"

선생님 말을 믿고 싶어 나는 고개를 끄덕였다. 할머니가 말했다.

"루시가 더 노력할 겁니다. 그런데 이젠 제가 선생님께 질문이 있어요."

"네, 질문하시죠."

"루시, 친구 사귀고 있나요? 애들하고 잘 어울립니까? 이런 건 성적표에 안 나와 있더라고요."

"할머니, 그만해."

"내년에 루시를 특수학교에 보내는 걸 고려하고 있거든요. 일종의 기숙학교예요. 그래서 저는 루시가 그 학교에 가서 잘 지낼 수 있을지를 알고 싶습니다. 솔직하게 말씀해 주세요."

"네……."

선생님은 잠시 대답하지 못하고 콧수염을 긁적이다가 말했다.

"루시를 보내면 섭섭하겠네요. 하지만 어딜 가건 루시는 분명히 잘하리라 생각합니다. 안 그러냐, 루시?"

"아마도요."

"루시가 친구를 사귀고 있나요?"

할머니가 다시 물었다.

"그건 루시가 대답을……."

"응, 나 친구 있어. 그만 좀 해, 할머니."

"루시가 친구들과 같이 하는 7학년 봉사 활동에서 아주 좋은 일들을 하고 있습니다. 서로 도와서 최선을 다하는 모습이 참 대단합니다."

어쩌면 선생님은 국어 시간 일을 전해 들은 게 아닐까? 어쩌면 플레밍 선생님은 교사 휴게실에서 스펜서 선생님을 구석으로 몰아서 다 말했는지도 모른다. 내가 소리 내어 읽기를 거부했을 때 윈디와 리바이가 한 행동들을. 그래서 우리가 교실에서 쫓겨난 것을. 선생님은 다 알고 있나?

"다행이네요."

할머니가 이렇게 말하며 일어섰다. 그리고 내게 말했다.

"네가 자랑스럽다, 루시. 그렇지만 한 번만 더 숙제 빼먹으면 일주일 동안 컴퓨터 사용 금지일 줄 알아. 텔레비전도 같이 금지야. 과자도."

"만나 봬서 반가웠습니다, 루시 할머님."

"우리 애 잘 부탁드립니다. 100퍼센트 보통 아이예요. 평범하고, 일반적이고, 재미없고, 평균적이고."

할머니는 날 보고 윙크를 했고 나는 그만하라고 눈빛으로 간청했다.

"정말이지 남다를 건 하나도 없는 아입니다."

선생님은 마치 할머니와 농담을 주고받는 것처럼 웃었고, 나는 정말로 그러는 것일까 봐 걱정되었다.

"이따 봐, 할머니."

할머니가 213호 교실에서 나가려는데 매디가 교실로 들어오려 했다. 두 사람은 거의 서로 부딪힐 뻔했다.

"이런, 미안하다."

할머니는 옆으로 한 발 비켜 매디를 먼저 들어오게 했다.

"죄송해요."

'제발 날 청소부 아줌마라고 부르지 마. 할머니 앞에서만은…….'

"좋은 하루 보내라, 루시."

할머니가 손을 흔들고는 나갔다. 나는 참고 있는지 몰랐던 긴 숨을 내쉬었다. 매디는 주변에 또 다른 누가 있을 때만 내게 말을 한다. 나를 모욕하면 재미있어 해 줄 사람이 있을 때만 말이다.

"너 여기 가니?"

윈디의 생일 초대장을 책상에 세게 내려놓으며 매디가 물었다.

"응."

"내 말 기분 나쁘게 듣지 않았으면 하는데, 네가 안 가야 윈디가 더 즐겁지 않겠어?"

이 말을 어떻게 기분 나쁘게 듣지 않을 수가 있나?

"음, 너도 가?"

"당연하지."

매디는 바보 같은 질문이라는 듯이 고개를 저었다.

"나는 윈디 생일 파티에 전부 갔어. 빠짐없이. 이번에도 지난번 걔네 엄마네 스파처럼 한심한 장소에서 하면 안 가려고 했지만 이번엔 꽤 괜찮은 곳이더라고."

초대장을 집어 든 매디는 한숨을 내쉬더니 이렇게 말했다.

"적어도 이번엔 화장실 청소 해 줄 사람은 있겠네."

31. 문제를 풀다

파이를 소개하는 글을 블로그에 올린 지 6일이 지났지만 아직도 파이는 새 가족을 만나지 못했다. 플린트는 주말에 입양이 되었고, 깽깽 우는 치와와 마티에게도 많은 문의 전화가 왔는데 말이다.

스펜서 선생님의 수업이 시작되기 전 나는 사물함 앞에서 리바이에게 물었다.

"우리 이제 어쩌지? 클레어가 파이를 언제까지나 펫헛에 데리고 있어 주진 않을 거야."

"모르겠어. 하지만 파이 사진을 또 올려 보자."

파이 사진은 이미 SNS 여기저기에 올렸다. 리바이 엄마들이 도와주었고 윈디 엄마와 언니도 도와주었다. 할머니도 돕고 싶어 했지만 계정 비밀번호를 기억하지 못했다.

"우리, 더 노력해야 해."

"우리, 교실에 가야 해."

내 뒤로 다가온 윈디였다. 윈디는 덧붙였다.

"내가 나중에 새 글 하나 더 올릴게. 좀 더 신나게. 꾸미는 말도 좀 더 써서."

우리는 자리에 앉았다. 나는 물론 세 번.

"내가 갑작스러운 시험을 좋아하지는 않지만 말이야, 때로는 그게 필요악일 수 있어."

이렇게 말하며 선생님은 책상으로 가서 시험지 더미를 집어 왔다. 교실이 여기 저기 앓는 소리로 가득했다. 나도 한숨을 쉬었다. 나는 시험보다는 7학년용 쉬운 언어로 된 선생님의 수학 설명이 좋기 때문이다.

"F 받겠지. 풀어 볼 것도 없어."

리바이가 작게 웅얼거렸다. 나는 속삭였다.

"너 적어도 C는 받을 거야."

"깜짝이야. 고맙다."

선생님은 말을 이었다.

"이런 식으로 생각해 봐라. 너희 능력이 아니라 이 선생님의 가르치는 능력이 어떤지 보는 시험이라고."

선생님이 뒷면을 위로 하여 시험지를 나누어 주었다. 데릭이 물었다.

"그럼 선생님께서 점수 받으시는 거예요?"

"미안하지만 점수는 다 너희가 받는다. 성적에 들어가지 않는다고 하면 최선을 다하지 않을 거잖아. 성적이 동기가 돼."

그러자 데릭이 말했다.

"저한테 동기가 되는 건 피자뿐이에요."

모두가 시험지를 받고 나서 선생님은 문제를 풀라고 말하고는 클래식 음악을 틀었다.

처음에 나는 이 시험이 둘레, 면적, 부피 구하기인 줄 알았다. 그런데 두 번째 장에는 복잡한 문장으로 된 문제가 있다. 나는 리바이의 시험지를 흘깃 보았다.

"남의 시험지는 보지 말고."

분명 나를 보며 선생님은 말했다.

문제는 내 눈앞의 그 문제가 어렵다는 것이다. 정말로 어렵다.

팔각형 P1 P2 P3 P4 P5 P6 P7 P8은 원 안에 내접해 있고, P1부터 P8까지의 꼭지점이 순서대로 원주에 있다. 다각형 P1 P3 P5 P7이 면적 5의 정사각형이고, 다각형 P2 P4 P6 P8이 면적 4의 직사각형이라고 할 때, 이 팔각형의 최대 면적을 구하라.

그 원의 지름이 $\sqrt{10}$이라는 건 바로 알겠는데 머릿속으로 할 수 있는 것은 거기까지다.

다른 아이들도 이 문제를 받았을 리는 없다. 이건 중학교 수학 문제가 아니다. 나는 머릿속으로만 아무것도 적지 않고 문제를 풀고 또 풀어 보았다. 선생님이 시험지를 걷어 갈 때까지.

책상 밑에서 발끝으로 바닥을 세 번 쳐도 그 문제 생각은 떠나질 않았다. 수업 종이 울렸을 때 나는 일부러 천천히 일어나 선생님에게 다가갔다. 나는 바닥을 보며 말했다.

"저한테는 다른 애들하고 다른 시험지를 주셨어요."

"모든 학생이 서로 다르지. 때로 나는 학생에게 맞춘 문제를 낸다."

선생님은 자신의 책상으로 가 시험지 더미를 집어 들었다.

"공평하지 않아요."

"공평한데. 너는 '똑같지' 않다는 말을 하고 싶은 것 같구나."

선생님은 내 시험지를 빼내어 두 번째 장으로 넘겼다.

"이건 수업 시간에 안 가르치셨잖아요."

선생님은 어깨를 으쓱하더니 벽에 있는 포스터 중 하나를 가리켰다.

"피타고라스의 정리는 학년 첫날부터 벽에 붙어 있었잖아. 면적 계산하는 법 알 테고. 팔각형이 무엇인지도 알 테고, 각도가……."

"수업 때 안 했잖아요!"

나는 다시 말했다. 하지만 선생님 말도 맞다. 그래서 나는 화가 난다. 내겐 이 문제를 풀 수 있는 모든 재료가 있다. 그런데 왜 풀지 못할까?

"시도도 안 했구나."

선생님이 내 시험지를 두드리면서 말했다.

"못 풀어요."

"그럴 수도 있지. 나도 아직 못 풀었어. 예전 퍼트넘 경시대회에 나온 문제지. 대표적인 대학생 수학 경시대회 말이야."

선생님은 내 반응을 기다리며 나를 빤히 보았다. 나는 움직이지 않았다. 눈도 깜빡이지 않았다. 아무 말 하지 않았다.

"내가 풀게 되면 너한테도 알려 주마."

무슨 선생님이 자신도 답을 모르는 문제를 학생한테 내지? 내 뺨이 뜨거워졌는데, 짜증이 나서인지 신이 나서인지 알 수가 없다.

스펜서 선생님은 시험지 두 번째 장을 뜯어서 내게 주었다.

"집에 가져가서 풀어 보고 싶을까 해서."

나는 그 시험지를 공책에 넣고 교실에서 나갔다. 그 문제는 스페인어 시간에도 내 뇌를 장악했다. 나는 머릿속 칠판에다 계산했다. 숫자를 써넣었다. 지우개로 머릿속 칠판을 지우고는 처음부터 다시 풀고 또 다시 풀었다.

더는 견딜 수가 없었다. 나는 손을 들어 올리고 허벨 선생님에게 화장실에 가도 되느냐고 물었다. 선생님은 "그래"라고 대답했고, 내가 공책과 연필을 가져가는데도 이유를 묻지 않았다.

나는 복도를 달려가며 살균 물티슈 하나를 꺼내 화장실 문을 밀어 열 때도, 변기 칸 문을 열 때도 썼다. 변기 앞에 서서 나는 답의 쉬운 절반을 적었다. 그리고 나머지 부분을 푸는 데는 9분이 걸렸다.

문제를 풀었다! 막상 연필을 종이에 대고 나니 '그렇게까지' 어렵지는 않았다. 선생님의 책상에 올려 둘까? 하지만 그럴 수 없다. 나는 내 풀이를 멍하니 보았다. 그 아름다움에 매료되어서 감상했다. 그러고는 그 종이를 작은 조각들로 찢어 변기에 버리고 물을 내렸다. 미술 걸작의 원작과는 달리 그 문제는 내가 다시 풀 수 있다. 그때도 똑같이 아름다울 것이다.

32. 윈디의 생일 파티

이번 주 토요일이 윈디의 생일인데 파이는 아직 새 가족을 찾지 못했다. 파이의 블로그에는 17개의 댓글이 달렸다. 서로 다르지만 모두 '아이고, 불쌍한 강아지' 라는 의미이다. 나는 윈디의 1박 2일 생일 파티 대신 펫헛에 다시 가고 싶다. 하지만 할머니가 그 파티를 알고 윈디가 얼마나 신났는지를 아는 이상, 나는 거기에 안 갈 방법이 없을 것이다.

윈디는 물놀이 공원에서 여는 생일 파티에 우리 반 여자아이들을 다 초대했고 모두 9명이 가기로 했다. 할머니는 나를 쇼핑센터에 데리고 가 새 수영복을 사 주었다. 수영복 철이 아니지만 세일 코너에서 예쁜 원피스 수영복을 보았다. 나한테 한 치수 컸지만 그냥 샀다. 물놀이용 신발은 세일 코너에 보이지 않아 있던 것을 신기로 했다.

"윈디 선물도 사야지."

할머니가 역시 세일 코너에 있는 홀치기염색 세트를 보며 말했다.

"직접 만들 거야."

"아, 좋은 생각이지."

그랬으면 좋겠다. 하지만 직접 만든 선물을 좋아하는 것은 할머니, 할아버지 들뿐인지도 모른다.

윈디네 차에 5명이 타고, 매디네 차에 4명이 탄 후 우리는 출발했다. 앞으로 32시간을 매디와 함께 보내야 하는 나는 차에서 리바이에게 문자를 보냈다.

나: 파이가 입양되면 연락해 줘.

리바이: 너무 희망 갖진 마.

나: 네가 파이 입양하지.

리바이: 안 돼.

나: 너희 어머니들께 여쭤보긴 했어?

리바이: 천 번.

나: 정확하지 않은 수 막 말하지 마.

리바이: 적어도 다섯 번은 물어봤어.

리바이: 한 번 더 물어볼게.

나: 고마워!

리바이: 매디를 물에 빠뜨리고 싶더라도 참고.

∞

우리는 1시 58분에 물놀이 공원에 도착했다. 그곳은 공항보다도 컸다. 윈디 엄마와 매디 엄마가 호텔 방 열쇠를 받았고 아이들은 전부 휴대전화로 셀카를 찍어서 인터넷에 올렸다. 윈디는 몇몇 사진에 내가 꼭 함께 찍히도록 챙겼다. 나는 발끝으로 바닥을 세 번 치면서 다른 아이들처럼 활짝 미소 지으려 애썼다.

"놀이 기구는 언제 타러 가요?"

매디가 묻자 윈디 엄마가 입장권 팔찌를 나누어 주며 말했다.

"짐부터 첫 번째 방에다 두고 수영복으로 갈아입자."

이건 내게만 해당되는 얘기다. 다른 아이들은 전부 옷 속에 수영복을 입고 왔다. 누군가 나에게도 말해 주었으면 좋았겠지만.

우리는 우리의 가방 17개와 함께 엘리베이터에 탔다. 엘리베이터조차도 염소 소독약 냄새가 나고 바닥이 젖어 있다. 윈디가 웃으며 내 손을 꼭 잡았다. 윈디가 어찌나 행복해 보이는지, 이 시간이 내내 싫기만 한 내 마음이 미안해진다.

스위트룸인 우리의 호텔 방은 거대하다. 내가 살고 있는 집보다도 크다. 누군가가 파티용 반짝이는 끈으로 장식을 해 놓고 풍선도 달아 놓았다. 세어 보니 30개다.

"멋지다."

탁자 위 간식 바구니를 빤히 보면서 대니엘라가 말했다.

"잠은 여기서 자."

윈디가 마치 오래된 오두막집처럼 보이는 방을 가리키며 말했다. 모두가 그리로 달려가 자신의 침대를 골랐다. 내가 마지막으로 도착해 보니 이미 매디가 윈디와 같은 이층 침대를 선택했다. 평소에는 윈디나 나와는 같은 공기조차 마시고 싶지 않은 것처럼 행동했으면서, 매디는 갑자기 윈디와 더 가까이 있지 못해 안달이 난 것 같다.

"너 간이침대에서 자도 괜찮아?"

윈디가 내게 물었다. 방 가운데 접이침대가 하나 있다.

"괜찮아."

나는 거짓말했다. 나도 멋진 이층 침대에서 자고 싶다. 마치 카누 같은 모양에 각 침대마다 위치 조절이 가능한 텔레비전이 설치되어 있다. 하지만 내 생일이 아니다. 이 모든 건 윈디를 위한 것이다.

나는 물놀이 공원으로 나서며 살균 물티슈를 챙기지 않았다. 물속의 염소 성분이 충분히 세균을 죽일 거라고, 스스로에게 말했다.

우리가 물놀이 공원 입구 직원에게 손목에 찬 팔찌를 보여 주고 안으로 들어갔을 때 매디가 윈디에게 속삭였다.

"쟤 귀엽다. 그리고 널 빤히 쳐다보던데."

"진짜?"

적어도 열아홉 살은 되어 보이는 남자를 보고 하는 말이었다. 그런데도 윈디는 키득키득 웃고 약간 춤을 추며 걸었다. 나는 앞이 너무 파여 보이지 않도록 수영복 어깨 끈을 잡아 당겼다. 목에선 내 번개 모양 목걸이가 흔들렸다. 벗어 두고 왔어야 했지만, 그것마저 없으면 더욱 발가벗은 기분이 들 것 같았다.

"얘들아!"

요란한 물소리 때문에 윈디 엄마가 소리 지르며 말했다.

"모이는 중간 지점을 정한 다음에 규칙을 살펴보자."

매디 엄마가 비어 있는 긴 의자가 몇 개 있는 곳을 가리켰다. 우리는 수건과 물놀이 가방을 거기에 내려놓았다. 슬리퍼를 벗어 던지는 아이들도 있었다. 나는 발에 잘 맞지 않는 물놀이용 신발을 그냥 신고 있었다.

“여기 진짜 멋지다.”

매디가 말했다. 기분이 좋고 날 노려보지 않을 때 매디는 딴사람 같다.

“매디. 좀 더 바른 자세로 설래? 그리고…….”

매디 엄마의 목소리다. 매디 엄마가 자신의 배를 톡톡 쳤고 매디의 미소가 사라졌다. 매디는 어깨를 젖히고 힘 주어 배를 넣었다. 매디 엄마는 고개를 끄덕이고는 윈디 엄마를 도우러 갔다. 매디는 여전히 움직이지 않는다. 조금 전까지 신나고 행복하던 기분이 자세를 고치며 다 빠져나가 버린 것만 같다. 내가 쳐다보는 것을 발견한 매디는 나를 무섭게 노려보며 말했다.

“뭘 봐?”

나는 대답하지 않고 머리카락을 다시 땋는 데 집중했다.

“자, 우리 이제 둘씩 짝을 짓자. 혼자서 돌아다니면 안 되는 거야. 알았지, 얘들아?”

윈디 엄마가 말하자마자 모두가 손을 잡기 시작했다. 둘씩 짝이 되는 일은 아주 중요한 일인 모양이다. 윈디는 양쪽으로 당겨졌다. 왼쪽에선 매디, 오른쪽에선 대니엘라가 당겼다.

“사람 수가 홀수예요.”

케이틀린이 지적했고 윈디 엄마는 말했다.

“그럼 한 팀은 3명으로 하자.”

“그럼 우리가 3명 할게요.”

매디가 이렇게 말하며 대니엘라의 다른 쪽 손을 잡았고, 그 셋은 갑자기

원 같은 모양을 이루었다. (하지만 진짜 반지름은 없다.)

“제니퍼, 너는 루시하고 짝을 하지 그래?”

윈디 엄마가 제안했다. 제니퍼가 요란한 소리로 한숨을 내쉬더니 내게 한 걸음 다가섰다. 나는 내 두 손을 등 뒤로 숨겼지만 어차피 제니퍼는 손을 잡으려 하지도 않았다.

그리고 윈디 엄마가 규칙을 말해 주었다. 물놀이 구역에서 벗어나지 말 것. 오락실과 아이스크림 가게는 출입금지. 그리고 30분에 한 번씩 이 위치에서 만나야 한다. 아무도 시계를 차고 오지 않았고 이곳에 눈에 띄는 큰 시계도 없는데 어떻게 30분에 한 번씩 모일 수 있다는 건지 잘 모르겠다. 나는 머릿속으로 초를 셀까 하는 생각이 들었다.

“항상 짝이랑 같이 다녀야 한다. 그럼 재미있게 놀아.”

“넌 뭐 하고 싶…….”

내가 다 묻기도 전에 제니퍼는 말했다.

“가자.”

제니퍼는 윈디네 조를 따라서 어느 4층 계단으로 갔다. 우리는 계단 20칸을 올라서서 줄을 섰다. 나는 아무것도, 특히 금속 계단 난간을 만지지 않으려 애썼다. 발끝으로 바닥을 세 번 쳤다.

더 많은 사람들이 우리 뒤로 몰려왔다. 계단은 숨 쉴 틈도 없이 비좁아졌다. 제니퍼와 윈디네 조는 작은 동그라미로 붙어 섰고 나는 그 애들의 바깥에 붙어 섰다. 매디가 말했다.

“이거 정말 제일 재미있어. 나 여름에 여기 왔을 때 천 번은 탔어.”

불가능하다. 설사 줄 선 사람이 아무도 없다고 해도 천 번을 타려면 약 50시간이 걸린다는 계산이 나온다.

"지난주에 열 살짜리가 이거 타다가 죽었대."

제니퍼의 말에 매디는 반박했다.

"1년도 더 지난 일이야. 지난주였으면 아직도 이 기구 출입 금지겠지."

배 속이 갑자기 울렁거린다. 나는 높은 것이나 빠른 것을 무서워하지 않는다. 그런데도 내가 토할 것 같은 이유는 계단 다음 칸에 있는, 누가 쓰고 버린 반창고 때문이다. 이 장소는 아주 불결하다.

"괜찮아?"

윈디가 물어, 나는 고개를 끄덕였다. 윈디의 생일을 망치지 않을 것이다.

"잘됐다. 다들 잘 놀았으면 좋겠어."

그리고 윈디는 내게 속삭였다.

"매디가 되게 잘해 주네. 엄마가 안 그럼 혼난다고 했거나 뭐 그랬나 봐."

그런데 넌 괜찮다고? 오늘 하루 억지로 네 친구인 척 하는 게 괜찮다고? 나는 묻고 싶지만 그냥 어깨만 으쓱했다.

"이제 타겠다."

대니엘라가 말했다. 아직 계단으로 두 층을 더 올라가야 하지만 이미 경고문이 적힌 안내판이 보일 정도로 가깝다.

임산부 탑승 금지. 심장 질환 환자 탑승 금지. 키 122cm 이상만 탑승 가능.

"한 튜브에 4명만 탈 수 있대. 우리 같이 탈 수 있겠다."

제니퍼가 말했다, 여전히 나를 등지고 선 채. 그러자 윈디가 말했다.

"그런데 우린 5명이잖아. 매디랑 대니엘라랑 나랑 같이 탈게. 너는 루시랑 같이 타. 너랑 짝이잖아."

"그런데 루시랑 나랑 같이 타면 저 사람들하고도 같이 타야 하잖아."

제니퍼가 우리 뒤에 줄 서 있는 아버지와 아들을 가리켰다.

"나는 낯선 사람들하고 같이 타기 싫어."

다음 계단을 오르면서 아이들은 계속 누가 누구와 탈 것인지를 논의했다. 4명이 틀린 답이라고 생각하는 사람은 윈디뿐이었다.

"내가 루시랑 탈게."

윈디가 말했다. 그러자 매디가 뾰로통한 표정을 지으며 말했다.

"네 생일이잖아. 너랑 같이 첫 번째로 타고 싶어. 우리 옛날에 회전목마도 같이 탔잖아. 이건 우리만의 전통 같은 건데."

윈디가 결정하기 힘든 듯 입술을 깨물었다.

매디가 내게 물었다.

"넌 상관없지, 루시? 우리가 맨 밑에서 너 기다릴게."

나는 어깨를 으쓱하는 것으로 답을 대신했다.

"정말 상관없어?"

윈디가 묻자 제니퍼가 재빨리 덧붙였다.

"바꿔 가면서 타자. 다음에는 다른 사람이 혼자 타는 거야."

나는 그 4명의 '친구들'이 클로버 잎 모양의 튜브에 타는 것을 보았다. 윈디는 보조 요원이 튜브를 어두운 터널 속으로 밀어 넣을 때 내게 손을 흔들어 인사했다. 웃음소리와 비명 소리는 그 아이들이 보이지 않게 된 후에도 오랫동안 들렸다.

"몇 명이요?"

보조 요원이 다음 빈 튜브를 잡고 물었다. 나는 손가락 하나를 들어 보였다. 요원은 내 뒤에 있는 남자에게도 같은 질문을 했다. 나는 움직이지 않았다. 그 아버지와 아들이 튜브에 올라탔고 그 다음으로는 수영복 대신 긴 반바지와 티셔츠를 입은 여자가 탔다.

"어서 타. 사람들 기다리잖아."

보조 요원이 말했다.

"준비가 안 됐어요."

벽에 있는 불이 초록색으로 바뀌자 보조 요원은 튜브를 터널 속으로 밀었다. 다음으로는 4명의 10대 남자들이었다. 그들은 주저없이 튜브에 탔다. 전등 불빛이 바뀌었고 놀이 기구는 출발했다.

또 한 번 4명의 무리가 와서 탔고, 다음으로는 2명씩 온 사람들 두 무리가 튜브를 타고 내려갔다. 엄마와 122센티미터가 겨우 넘어 보이는 딸 2명으로 이루어진 3인의 무리가 왔을 때, 보조 요원이 내게 기회를 주었다.

"이번에 타든지 아니면 계단으로 내려가. 여기 서 있는 건 규칙에 어긋나."

나는 계단으로 한 걸음 다가갔다. 그런데 젖어 있는 사람들 사이를 비집고 그들의 축축한 피부를 스치며 나아가고 싶지 않다.

"얘, 너무 걱정 안 해도 돼. 우리 아까도 한 번 탔어."

아주머니가 말했다. 그리고 머리를 땋은 여자아이는 말했다.

"그렇게 무섭지 않아."

나는 물속으로 발을 디뎠고 몸을 낮춰 튜브의 남은 한 자리에 앉았다. 그리고 일어섰다, 앉았다, 일어섰다.

“아, 거 참!”

보조 요원이 소리쳤다. 나는 앉았다. 세 번째 앉은 거라 더는 일어날 필요가 없었지만 재수없고 무례한 인간은 아마도 내가 제 고함을 듣고 앉았다고 생각할 것이다.

나는 플라스틱 손잡이를 잡고 싶지 않았다. 하지만 그 남자가 우리를 어두운 굴속으로 밀었을 때 나는 그 손잡이를 꽉 붙들고 눈을 감았다.

놀이 기구는 빠르고, 좀 재미있기도 했다. 코에 물이 들어갔다. 그리고 그렇게 큰 소리는 처음 질러 보았다. 나는 고리 모양을 이루며 이리 저리 꼬인 그 터널을 완벽하게 계산된 공식들이라고 상상했다. 나는 수학을 타고 있는 것이다. 놀이 기구가 끝에 다다랐을 때 나는 손의 세균이 씻기길 바라며 발목 높이의 물에 두 손을 담갔다. 아주머니가 물었다.

“그렇게 나쁘지 않지?”

“사실 좀 멋졌어요.”

나는 내 짝과 삼인조를 찾아 주위를 둘러보았지만 그 아이들은 가고 없었다.

33. 끔찍한 파티의 밤

나는 아이들을 찾아 물놀이 공원을 걷다 재스민과 그 짝을 만났다.

"제니퍼나 윈디 봤어?"

"아니."

나는 우리의 의자가 있는 곳으로 돌아가 그 아이들을 기다렸다.

"루시, 중간 확인 하러 온 거야?"

잡지에서 눈을 들어 윈디 엄마가 물었다.

"아마도요."

"네 짝은 어디 있니?"

"모르겠어요."

매디 엄마가 말했다.

"짝이랑 같이 있어야 해. 우리가 설명했잖니, 확실하게."

"죄송해요. 제 잘못이 아니에요. 서로 떨어져 있게 됐고, 그래서……."

"네 짝이 누군데?"

"제니퍼요."

윈디 엄마가 등받이에 기대었던 상체를 일으켜 세우고 말했다.

"제니퍼 엄마가 제니퍼는 수영을 그다지 잘하지 못한다고 했는데. 제니퍼가 무사했으면 좋겠다."

"걱정마세요. 제가 찾아 보죠. 여기로 올지도 모르니까 여기 있어요."

매디 엄마가 이렇게 말하며 일어서서 가운을 끌어올렸다.

"아마 윈디랑 대니엘라랑 매디랑 같이 있을 거예요."

내가 이렇게 말했지만 매디 엄마는 이미 가 버렸다.

"여기 와서 나는 불안해."

윈디 엄마가 말했다. 남은 건 나뿐이니 아마도 내게 하는 말이었을 것이다. 윈디 엄마는 끝에 있는 거대한 파도 풀장을 바라보았다.

그리고 영원처럼 느껴지던 기다림 끝에 매디 엄마가 제니퍼와 그 삼인조와 함께 돌아왔다.

"어디 갔었어? 아무리 봐도 네가 없잖아."

제니퍼는 마치 세 살짜리 동생을 대하듯 내게 물었고 윈디가 말했다.

"네가 타고 내려오질 않아서."

매디 어머니는 규칙을 다시 읊고는 우리에게 10분 동안 거기에 앉아서 반성하라고 했다. 중학생 우리에게 생각하는 의자 벌을 내린 것이다.

제니퍼가 나를 마치 눈빛만으로 불태울 것처럼 노려보는 게 느껴진다. 노려봐선 사람이 죽지 않는다고 말해 주고 싶지만 나는 내 물놀이용 신발만 내려다보았다.

우리는 8시 30분에야 저녁을 먹었다. 숙소에 욕실이 3개나 있지만 다 함께 준비를 하려면 시간이 오래 걸린다. (물을 뚝뚝 흘리고 염소 냄새를 풍기며 숙소로 돌아온 순간부터 보송보송한 옷으로 갈아입고 숙소에서 나올 때까지 97분이 걸렸다.) 제니퍼와 나를 제외하고 모두가 치마나 원피스로 차려입었다. 제니퍼도 가죽으로 보이는 보라색 바지에 한쪽 어깨가 내려간 셔츠를 멋지게 입었다.

나는 청록색과 분홍색(숫자 107과 42 같은 색이다) 줄무늬 셔츠에 청바지를 입었다. 줄무늬의 수가 소수인 17개라서 행운의 셔츠라 여긴다.

저녁을 먹고 우리는 숙소로 올라왔고, 그때부터 윈디가 생일 선물을 열어 보았다. 나는 내 선물을 후회했다. 홀치기염색 세트를 살 걸 그랬다.

윈디가 조심스럽게 내 선물을 열었다. 내가 만든 책의 제목을 읽으면서 윈디 얼굴에 미소가 퍼졌다. 『당신의 단짝 친구에 관해 당신이 알지 못하는 것 101가지』. 내가 처음 윈디네 집에서 하룻밤 잤을 때 같이 답을 써넣었던 책의 다음 편이다. 나는 이걸 30시간과 50장의 종이, 제본을 위한 1.8미터의 끈과 12개들이 매직펜과 100개의 스티커와 자 1개를 써서 만들었다. 내가 만든 책에선 이런 것들을 묻는다. 가장 좋아하는 소수가 뭐야? 행성을 발견한다면 이름을 뭐라고 지을 거야? 가운데 이름까지 포함한 네 이름 전체는 몇 글자로 이루어졌어?

윈디가 그 책을 들어 올려 보이자 매디가 말했다.

"귀엽네. 우리 같이 써넣어야겠다."

윈디는 선물을 하나 뜯을 때마다 빠짐없이 고맙다는 인사를 했지만 내 것이 가장 돈이 덜 든 선물임은 확실했다.

매디는 화려한 글씨체로 된 '윈디'라는 글자가 달린 목걸이를 선물했다.

정말 비싸다는 걸 우리 모두가 안 건, 매디가 말했기 때문이다.

"배송비만 30달러가 들었어. 뉴욕에서 주문했거든. '윈디'라는 이름이 들어간 액세서리는 따로 만들어 달라고 주문해야 했어."

"근사하다, 매디."

윈디가 매디를 안았다.

선물 열어 보기가 끝난 후, 나는 윈디 엄마가 이제 잘 시간이라고 말해 주길 바랐다. 갑작스럽게 계획이 바뀌어 내일 아침 일찍 이곳을 떠날 거라고 하면 얼마나 좋을까? 하지만 그런 말은 들리지 않았다.

"재미있게 놀아, 얘들아."

윈디 엄마는 보고 싶은 영화를 무엇이든 구입해서 보라고 윈디에게 말했다. 그리고 모두에게 경고했다.

"너무 시끄럽게만 하지 말고."

그리고 매디 엄마는 자신의 딸에게, 그러나 모두에게 들릴 만큼 큰소리로 이렇게 말했다.

"매디, 먹는 양 조절해. 다음 주말에 체조 경기 있어. 살찌면 안 돼."

"알아요, 엄마."

매디의 뺨이 붉어졌다. 나는 리바이가 여기에 있었더라면 이 순간 매디의 사진을 찍었으리란 상상을 했다. 리바이는 그 사진을 '화남'이나 '창피함', 또는 '실망' 폴더로 분류했을 것이다. 그럼 나는 리바이에게 그 사진을 매디 엄마에게 보내라고 했을 것이다. 매디 엄마는 그런 매디의 표정을 전혀 보지 못하는 것 같으니 말이다.

나는 윈디를 도와 숙소 한쪽 작은 부엌에서 간식을 준비했다. 사탕, 쿠키, 팝콘, 감자칩. 채소는 전혀 없다.

"재미있어?"

윈디의 물음에 나는 어깨를 으쓱했지만 이내 억지로 고개를 끄덕였다. 그러자 윈디가 기쁜 듯 말했다.

"지금까지 중 제일 좋은 생일이야! 그리고 모두 문제없이 잘 어울리잖아. 나 좀 걱정했거든."

"넌 그게 이상하지 않아?"

나는 소형 냉장고에서 탄산음료 한 꾸러미를 꺼내면서 물었다.

"무슨 뜻이야?"

"매디 말이야, 왜 너한테 잘해 줘? 전에는 절대……."

윈디가 내 말을 끝까지 듣지 않고 말했다.

"매디랑 나 예전에 절친이었어. 너 질투해?"

"아니, 아니."

내가 여태 질투를 해 본 사람은 답답이314가 유일하다. 나보다 문제를 빨리 풀었을 때.

"다행이다. 지금 내 절친은 너란 말이야, 루시. 매디랑 더 오래 알고 지낸 것뿐이야."

우리는 간식을 나누어 주었고 나는 제니퍼 옆에 비어 있는 바닥을 발견했다. 세 번 앉기는 바닥에서 하니 모두의 눈에 훨씬 잘 띄었다.

거실에서 영화 두 편을 보고 나서 나는 모두에게 피곤하다고 말했다.

"난 자러 갈게."

진짜 내 침대로 가는 것이었으면 얼마나 좋을까?

"잘 자."

윈디가 일어서서 나를 안아 주며 인사했다. 그리고 내게 귓속말했다.

"나 네 선물 정말 좋아."

간이침대로 온 나는 리바이에게 문자를 보냈다.

나: 나 물에 안 빠져 죽었어.

리바이: 재미있어?

나: 별로.

리바이: 거의 다 끝나가잖아.

나: 14시간이나 여기 더 있어야 해.

리바이: 50,400초네.

리바이: 방금 그거 암산한 거야.

계산기를 쓴 게 뻔하지만 나를 놀리려는 노력이 가상하다.

나: 잘 자.

리바이: 안녕, 수학 괴물.

나는 금세 잠들었다. 아마도 그랬을 것이다. 자신이 잠에 빠지는 순간을 정확하게 아는 사람이 있을까? 하지만 나중에 나머지 아이들이 각자의 침대로 왔을 때, 그 아이들 소리에 나는 잠에서 깼다.

아이들이 웃고 농담을 한다. 서로를 꼬집기도 하고 침대에서 침대로 뛰어다니기도 하고, 대니엘라는 다른 애들의 바지를 내리려고도 한다. 뭐, 내가 짐작하기에는 그렇다는 것이다. 눈을 계속 감고 있으니까.

"쉿, 조용히 해. 루시 자잖아."

윈디가 조용히 말하자 매디가 조용하지 않은 목소리로 말했다.

"그래, 다들 조용히 해. 재 깨우지 말란 말이야. 나는 오늘 밤 더는 재 상대하기 힘드니까."

매디가 어떤 행동을 한 것 같고, 모두가 웃었다.

"우리 재 물티슈 숨겨 버리자."

매디가 말했다. 그러자 윈디가 말렸다.

"못되게 굴지 마."

매디는 이제 정말로 목소리를 낮춰서 이렇게 말했다.

"농담이야. 그냥 이해가 안 돼서 그래. 루시 재랑 잠깐 같이 있는 건 괜찮거든. 그런데 넌 어떻게 재랑 계속 같이 있는지 나는 도통 모르겠어."

나는 숨을 참았다. 윈디가 무어라고 하기를 기다리면서.

"루시 좋은 애야."

윈디가 다소 설득력 없이 말하자 매디가 대답했다.

"뭐, 네가 그렇게 주장한다면야."

"너희가 몰라서 그래. 다정해. 그리고 재미있어. 매니큐어는 잘 못 바르지만 굉장히 똑똑해. 그리고 많은 개들의 입양을 돕고 있어."

그때 매디가 덧붙였다.

"그리고 평범하게 있는 법이 없지."

어느 침대에서 반복해서 끼익 소리가 났다. 매디는 계속 말했다.

"자기 머리카락 스스로 잡아 뽑던 남자애도 루시보다는 평범했어. 루시 잰 진짜……."

그때 윈디가 내뱉었다.

"함부로 말하지 마. 루시는 번개를 맞았단 말이야!"

번개를 또 맞진 않았지만 내 심장이 멈춘 것 같았다. 방 안이 여기저기 놀란 숨을 들이쉬는 소리로 가득했다. 움직이지 않고 아주 가만히 있으면 나는 투명인간이 될 수 있을까? 나는 그저 사라지고만 싶다.

"무슨 소리야?"

"아무것도 아니야."

"말해!"

매디가 명령하자 윈디는 말했다.

"쉬잇. 루시는 초등학교 때 번개를 맞았어. 그래서 수학 천재가 됐어."

누군가가 놀라 내뱉는다.

"세상에!"

말하지 마, 말하지 말라고! 나는 움직일 수가 없다. 충격이 너무 크다.

"루시는 아인슈타인보다 똑똑해. 우리 스펜서 선생님보다 더 똑똑해."

윈디는 말을 이었다.

"어떤 수학 문제도 풀 수 있어. 너희 아는 사람 중에 천재가 몇이나 있어? 루시는 대학에 가거나 정부 기관 같은 데서 일해야 할 정도로 천재야. 우리가 만나 본 그 어떤 사람보다 훨씬 똑똑해."

눈을 뜨면 울 것 같아서 눈을 뜰 수가 없다.

"그런데 자꾸 앉았다 일어서고 닦고 씻고 그런 건? 그것도 번개 맞은 것 때문이야?"

제니퍼의 물음에 윈디가 대답했다.

"아마도."

그러자 매디는 말했다.

"뭐, 그렇거나 말거나. 수학 잘하고 인간 피뢰침인 거, 그게 넌 멋지다는 거야? 뭐, 똑똑하기는 하다 치자. 그래도 진짜 이상한 애긴 마찬가지야. 걘 나중에 지하에서 고양이나 여러 마리 키우며 혼자 살게 될 거야. 윈디, 너 전에는 친구 사귀는 취향이 이렇지 않았잖아."

"아니…… 네가 학교에서 나하고는 말도 안 하잖아. 1년 내내 날 무시했잖아. 지금 나랑 놀고 싶어 하는 아이는 루시뿐이야."

나는 윈디가 우는 것인지 아닌지 구분하지 못하겠다.

"윈디, 너는 지금도 내 절친 중 1명이야. 우리가 알고 지낸 시간이 얼마인데. 우리 전부 널 정말 사랑해."

"맞아."

대니엘라가 맞장구쳤고 매디는 계속 말했다.

"중학교는 원래 다른 거야. 우리 엄마가 중학교란 균형이 중요한 곳이랬어. 공부할 시간, 가족이랑 보낼 시간, 운동할 시간, 그리고 친구들 '모두'와 보낼 시간을 잘 분배해야 한다고."

윈디는 작은 소리로 답했다.

"너 나랑 보낼 시간은 그다지 내지 않았잖아."

"이제 낼게. 약속해. 너 7학년 봉사 활동 우리 조에 들어와."

"이미 우리 조 있어."

"넌 거기 안 어울리잖아. 넌 별종이 아니잖아. 청소부 아줌마랑 카메라 들고 설치는 스토커랑 같이 어울릴 필요 없어."

리바이까지 들먹이기 시작하자 나는 더는 참을 수 없었다. 나는 일어나 앉았다. 방은 조용해졌고 모두의 눈이 나를 향했다.

"미안. 우리 때문에 깼어?"

칼날이 가득한 목소리로 매디가 물었다. 모두가 웃었다. 윈디를 빼고 모두가.

"루시, 너 괜찮아?"

윈디가 물었다. 그리고 다가와 내 간이침대 가장자리에 앉았다.

"상관하지 마."

나는 베개를 집어들고 숙소 거실로 나갔다.

"루시! 기다려!"

윈디가 외쳤다. 그러나 매디가 말했다.

"가게 내버려 둬. 재 때문에 네 생일 망치지 마."

34. 남들과 다른 나

다음 날, 모두가 또 놀이 기구를 타는 동안 나는 플라스틱 의자에 앉아서 책 속의 단어 수를 셌다. 윈디 엄마 차의 시계를 기준으로, 우리는 4시 22분에 그 물놀이 공원을 나섰다. 나는 차가 달리는 내내 창밖만 쳐다보았다. 다른 아이들은 '어느 쪽을 고를래?' 게임을 했다. 나는 잠든 척 할 필요도 없었다. 나는 여기서 이미 없는 존재 같았다.

"루시가 같이 가서 참 좋았어요. 아주 상냥하고 예의 발랐어요."

나를 내려 준 윈디 엄마가 할머니에게 말했다.

"좋은 소식이네요. 넌 어땠냐, 루시?"

"감사합니다. 재미있었어요."

할머니가 유도하지 않아도 감사하다고 할 생각이었다. 그 생일 파티의 모든 순간이 끔찍했어도 말이다. 나는 할머니를 따라 거실로 들어왔다.

"나 피곤해."

"그렇겠지. 재미있었어?"

"괜찮았어."

나는 내 방으로 가 펫헛 블로그를 확인했다. 파이의 글에는 좋아요가 3개 늘었고 댓글이 1개 늘었을 뿐이다.

나는 리바이에게 문자를 보냈다.

나: 아무 소식 없어?

리바이: 마티가 입양 신청을 받았어.

나: 다른 건?

리바이: 없어, 유감스럽게도.

월요일은 재향 군인의 날이라서 학교도 쉬고 펫헛도 문을 열지 않는다. 그래서 나는 더는 갈 곳이 없는 개들을 받아 주는 보호소들을 찾아보며 시간을 보냈다. 테네시주에 병들고 입양 갈 수 없는 동물들을 위한 '좋은 꿈 농장'이라는 목장이 있다. 거기에선 개들이 영원히 지낼 수 있다. 하지만 한 달에 90달러를 내야하고 지금은 가득 차서 전혀 다른 동물을 받을 수 없다.

화요일, 나는 여전히 윈디를 보고 싶지 않다.

"나 오늘 학교 안 갈래."

나는 부엌으로 들어서며 선언했다. 콘플레이크를 말아 먹던 할머니는 고개를 들고 물었다.

"너 아프냐?"

"아니, 그냥 안 가고 싶어."

"학교가 너 안 가고 싶다고 안 가도 되고 그런 데야? 그건 네가 마음대로 결정하는 거 아니야."

"계속 피곤해. 숙소에서 잠을 못 잤어."

"무슨 일 있었어?"

"아무 일 없었어! 그냥 피곤해. 그리고 이제 배도 안 고파."

나는 대접을 그냥 싱크대에 던졌다. 대접이 더러운 유리잔 위에 떨어졌고 유리잔은 깨졌다.

"루시!"

할머니가 외쳤다. 나는 내 방으로 달려가 문을 닫았다. 곧바로 눈물이 터졌다. 나는 앉았다 일어서기도 반복하지 않고 베개에 얼굴을 묻은 채 울음을 터뜨렸고 내 머릿속으로 숫자들이 밀려들어 왔다.

3.1415926535897932384626433832795028841…….

숫자들이 들어서자 머릿속에 윈디가 들어오지 못한다.

할머니도 들어오지 못하게 할 수 있었으면 좋겠다. 이게 다 할머니 때문이다. 나는 가고 싶지 않았다. 할머니가 내 방 문을 두드리고 들어온다.

97169399375105820974944592307…….

할머니가 내 침대에 앉는다.

81640628620899862803…….

할머니가 나를 끌어안는다.

4825342117067…….

나는 할머니를 밀어내려 한다.

982148086…….

할머니가 나를 더 꽉 끌어안는다.

513…….

숫자가 천천히 사라진다.

할머니와 나는 남은 오전을 소파에 앉아 여행 전문 채널을 보면서 보냈다. 우리는 작은 열대의 섬에 와 있다고 상상했다. 이 작은 섬엔 호텔도 없고 시중을 드는 집사가 있는 조그만 오두막들이 물속에 서 있다. 그러다 우리는 회전목마와 얼음 스케이트장이 있는 유람선을 타고 더없이 멋진 먼 바다를 항해하는 척도 했다.

우리는 점심으로 피자를 시켰다. 학교에 안 가는 날이 이렇다면 나는 이스트 햄린 중학교로 영영 돌아가지 않을지도 모른다.

윈디는 학교에 있는 시간 내내 나에게 문자를 보냈다. 수업 시간에는 휴대전화를 쓰면 안 되는데도 말이다.

윈디: 너 어디야?

윈디: 너 왜 학교 안 와?

윈디: 너 아파?

나는 다 무시했다. 7학년들은 11시 10분에서 11시 35분까지 점심을 먹는다. 그 시간과 그 직후에는 윈디가 내게 문자를 보내지 않았다. 아마도 매디와 함께 있느라고 문자를 보낼 시간이 없을 것이다. 나는 윈디와 놀아 주는 다른 아이가 아무도 없을 때만 윈디의 친구다.

윈디: 내일 학교 올 거야?

"윈디냐, 리바이냐?"

휴대전화가 또 떨리자 할머니가 물었다.

"윈디야."

"문자를 많이 하네. 엄지손가락이 빠른가 보다."

"빨라."

나는 휴대전화를 소파 쿠션 밑에다 넣었다. 또 진동 소리를 들은 할머니가 '너 이 일에 관해서 이 할머니하고 얘기하고 싶어?' 하는 눈빛을 보내는 건 싫으니까.

"할머니, 나 펫헛까지 좀 태워 줄 수 있어?"

할머니는 기지개를 켜며 말했다.

"기분이 나아진 모양이라 다행이네. 가서 내 가방 좀 가져와."

할머니는 나를 펫헛에 내려 주고는 자신은 음료수를 마시고 피플지를 읽고 있을 것이라고, 1시간 후에 데리러 오겠다고 했다.

카운터 뒤에 노아가 있었다. 나는 노아가 여기 사는 것이 아닐까 의심이 들었다. 읽고 있던 거대한 교과서에서 눈을 떼고 노아가 말했다.

"왔어? 네 친구 요 바깥 어디에 있어."

나는 잠시 윈디일까 봐 걱정했다. 하지만 39개의 문자 중 여기 온다는 말은 없었다.

나는 소매로 손을 덮고 문을 열었다. 개들이 짖고 으르렁댔지만 평소처럼 시끄러운 것 같지 않다. 어쩌면 내가 적응되어 가는 것 같다.

나는 사무실 문을 열고 들어갔고, 파이가 내게로 뛰어올랐다. 내 티셔츠에 거뭇한 발자국을 찍었다.

“너 매너가 좋지 않구나. 그렇지만 나도 너 반가워.”

책상 위에 있는 입양 신청서는 4장밖에 되지 않았다. 나는 빠르게 그 내용을 컴퓨터 시스템에 입력했다. 펫헛 종이 서류를 모두 전산화해서 뿌듯했다. 내가 작업하는 동안 파이는 내 무릎에 누워 있었다.

“산책 가고 싶어?”

작업이 끝난 후 나는 물었다. ‘산책’이라는 단어를 아는 파이는 내 무릎에서 뛰어내려 문앞에서 뱅글뱅글 돌았다. 나는 산책 줄을 채우고 파이를 밖으로 데리고 나갔다.

산책로에 리바이가 있다. 무슨 곰같이 생긴 개를 산책시키고 있다.

“너 여기서 뭐해? 아파서 결석한 줄 알았더니.”

리바이가 말했다. 파이와 그 곰 녀석은 킁킁거리며 서로의 냄새를 맡았다. 주로 엉덩이 쪽을.

“나 안 아팠…… 안 아파.”

“그 망할 놈의 파티 때문이야, 그러면?”

리바이가 한 손가락을 목구멍에 넣고 구토하는 시늉을 했다.

“매디 때문에?”

“매디 못된 거야 원래 알았는데, 이제 매디랑 윈디가 다시 친구가 되어서, 그냥…….”

“잠깐만, 뭐? 매디랑 윈디가 다시 친구라고? 말도 안 돼.”

리바이가 데리고 있는 개가 리바이를 이끌고 나아갔다.

"응, 확실해. 생일 파티 내내 둘도 없는 친구였어."

이제는 내가 토하는 시늉을 했다.

"그럼 그 우정은 반짝했다가 사라졌나 보네. 오늘 매디가 윈디한테 무슨 심한 소릴 해서, 윈디는 점심을 화장실에서 먹었어."

세상에, 화장실이라니. 박테리아가 가득한 학교 식당에서 먹는 것도 참기 힘든데 어떻게. 나는 윈디가 안쓰럽게 느껴지려 했다. 하지만 세균 범벅 간이 침대에 누워서 그 애들 얘기를 들어야 했던 때가 다시 기억났다.

"매디가 뭐라고 했는데? 그렇다고 내가 신경 쓰는 건 아니지만."

"윈디가 말 안 해 주더라. 내가 물어봤어. 짜증나기는 해도 친구니까."

"내 친구는 아니야, 이젠."

이렇게 말하니 아팠다. 대신 함께할 다른 친구가 많은 것도 아니다. 하지만 믿을 수 없는 아이와 어떻게 친구일 수가 있겠나?

"윈디가 너 번개 소녀인 거 거기 갔던 애들한테 다 얘기한 거야?"

리바이가 동정 어린 미소를 지었고, 나는 목이 뜨거워지는 걸 느꼈다.

"너도 무슨 말 들었어?"

"네가 아인슈타인보다 똑똑하다는 소리가 학교 애들 사이에서 들리더라고. 그리고 벌써 대학교를 졸업했다는 소리도. 그리고 손 안 대고 생각만으로 물건을 움직일 수 있다는 소리도."

"누가 그런 소릴 해?"

"그게 뭐 중요한가?"

"으으, 이런 일이 일어날 줄 알았지, 내가."

“무슨 일? 애들이 너 별나다고 숙덕숙덕하는 거? 5분이면 지나갈 일이야. 입에 오르는 주인공은 금방 또 바뀔 테니까.”

“그렇게 금방 지나가진 않을 것 같아. 운동화 상표가 우습거나 식당에서 스파게티 쟁반을 떨어뜨렸다거나 하는 일이라면 몰라도 이건 좀 세잖아. 나는 괴상해. 사람들이 무서워해.”

“너보단 파이가 더 무섭겠다.”

“넌 이해 못 해.”

“루시!”

“갈래!”

리바이는 뒤에서 외쳤다.

“맘대로 해라! 남들하고 달라서 고민인 사람이 네가 처음인 것 같아? 이스트 햄린 중학교에 다닌 애들 중에 자기가 괴상해서 고민인 애가 너 말곤 없었을 것 같아? 루시 캘러핸, 네가 그렇게 특별한 것 같아?”

35. 넌 거대한 0이야!

다음 날 아침, '실수로' 버스를 놓치는 바람에 할머니가 차로 학교까지 태워다 주었다. 나는 '실수로' 차에서 떨어져 버릴까도 생각해 보았지만 아무래도 아플 것 같았다. 학교에 도착했을 때 나는 거의 달려서 안으로 들어갔다. 윈디를 보고 싶지 않다. 윈디와 이야기하고 싶지 않다. 싫다, 우리가 친구인 척하는 것. 우리가 한 번이라도 친구였던 척하는 것.

나는 코트와 점심 도시락을 사물함 안에 던져 넣고는 213호 교실로 직행했다. 교실 문이 닫혀 있었다. 서두른 나머지 나는 살균 물티슈로 닦지도 않고 문을 열었다. 그래도 소매 끝으로 손을 감싸고 문을 잡았다. 자리에 앉은 후 나는 칠판에 적힌 지난 숙제를 하기 시작했다. 고개를 계속 숙이고 머리카락으로 얼굴을 가렸다. 번개가 나에게 투명인간이 되는 능력도 주었더라면 좋았을 것이다.

"루시!"

교실로 들어온 윈디가 소리쳤다.

"다시 왔구나."

윈디는 꼭 내가 몇 주쯤은 학교에 오지 않은 것처럼 말했다. 나는 고개를 들지 않고 계속 수학 문제만 보았다.

“내 문자에 답을 안 하더라. 내 생일 파티……, 너는 즐겁지 않았지?”

나는 어깨만 으쓱했다.

그때 다가온 리바이가 끄응 소리를 내면서 내 옆자리에 자신의 책을 쾅 내려놓았다.

“으으! 그 신물 나는 파티 이야기 더는 못 들어 주겠네, 진짜.”

“질투하지 마.”

“질투는 무슨. 사실 나는 아주 고맙다고. 그런 생일 파티에 가서 버티지 않아도 되었다는 게.”

윈디는 리바이를 무시하고 나에게 말했다.

“루시, 학교 끝나고 우리 집 갈래?”

“아니.”

스펜서 선생님이 숙제 풀이로 수업을 시작했다. 두 번째 문제 답을 말할 사람이 있냐고 선생님이 물었을 때, 매디가 손을 들었다.

“저는 답을 말하려는 게 아니라 루시 캘러핸이 이 수업을 들으면 안 된다는 말을 하고 싶어서요. 나머지 학생들에게 공정하지 못한 일이에요. 저 애는 이미 이 내용을 배웠어요. 이미 고등학교 수학을 다 배웠어요. 그런데 왜 여기 있어요?”

“적절하지 못한 말이다, 매디. 그런 의견은 받아들일 수 없으니 그만하도록.”

“저도 매디와 의견이 같아요. 부당해요.”

제니퍼가 이렇게 말하고 매디에게 미소를 지었다. 그러자 선생님은 아주 낮은 목소리로 천천히 말했다.

"여긴 7학년 교실이고, 너희 모두가 여기 있을 자격이 있어."

매디가 외쳤다.

"저 애 앞에서 문제 풀기가 불편해요."

"그 불편함은 스스로 극복하도록 해."

선생님은 말했다. 마커로 자신의 손바닥을 톡톡 두들겼다.

"저 애 때문에 상대평가 점수가 제대로 나오지 않잖아요."

"나는 성적을 상대평가로 매기지 않아."

매디는 멈추지 않았다.

"저 애는 제가 이 '기초적인' 수학 문제를 이해하지 못한다고 놀려요. 우리 모두를 놀린다고요."

전혀 아니다. 아무 말도 한 적이 없다. 그때 윈디가 말했다.

"루시 좀 내버려 둬. 루시 너희 안 놀리잖아."

선생님이 마침내 화를 냈다.

"지금 이게 뭐하는 거지? 지금부터 수업에 끼어들어 말하는 사람 있으면, 방과 후에 남아 면담해야 할 거다. 그럼 다시 수업으로."

선생님은 다시 숙제 풀이를 계속했고, 마침내 교실은 조용해졌다. 하지만 나는 수업 내용과 선생님의 말이 머리에 들어오지 않았다. 매디는 내가 가장 좋아하는 수업마저 망쳐 놓은 것이다. 나는 공책에 낙서를 했다. '괴상한 별종'이란 단어를 쓰고는 그 둘레를 빙빙 두르며 선을 그었다. 그 선이 공책 가장자리에 닿을 때까지 계속 그었다. 나는 엄청나게 똑똑해야 하는 아이인데 파이를 입양시킬 방법도 못 찾겠고, 윈디를 이해하지도 못하겠다. 늘

자기를 못되게 대하는 아이에게 내 비밀을 이야기한 이유는 뭘까? 윈디는 매디와 나 둘 중 매디를 선택했다.

나는 두 팔을 책상에 올리고 그 위에 머리를 대고 엎드렸다. 나는 쓸모가 없다. 그런데 그때 평소처럼 역겹다는 목소리로 내 얘기를 하는 매디의 목소리가 들렸다. 나는 고개를 들었다.

"그만해라, 매디. 선생님이 이미 경고했어. 방과 후에 남아라. 선생님하고 얘기 좀 하자."

하지만 매디는 말을 멈추지 않았다.

"루시는 꼭 이 수업이 자기 수준 아래라는 듯이 행동하잖아요. 정말 모욕적인 기분이에요. 루시는 이 수업에 있으면 안 돼요."

"입 닫아라."

이 말을 한 건 리바이였다.

"리바이, 안 돼."

선생님이 마치 법정에서 누군가의 혐의를 지적하듯 리바이를 가리키며 말했다.

"그만 좀 해, 제발."

이번에 이렇게 말한 건 윈디다. 그러나 그 말에 매디는 허리를 더 꼿꼿하게 펴면서 말했다.

"그만하긴 뭘 그만해? 걔는 자기가 우리보다 우월하다고 생각해. 나는 정말이지……."

"나더러 도대체 어쩌란 거야?"

내가 소리쳤다. 그리고 교실 전체가 그대로 멈추었다. 윈디와 리바이도, 선생님조차도.

"그래, 나 수학 잘해. 그런데 그게 왜?"

나는 선생님이 문제를 적어 설명하고 있는 칠판을 가리켰다.

"7번 문제의 x는 11. 8번 문제의 x는 −1. 9번 문제의 x는 5."

나는 모든 답을 말했다. 선생님은 놀라지 않은 표정으로 말했다.

"루시, 그럴 필요 없……."

"필요 있어요."

나는 의자를 뒤로 밀며 벌떡 일어섰다. 세 걸음 만에 나는 매디 앞에 섰다. 매디는 앉은 채 몸을 움츠렸다. 나는 평생 누군가를 겁준 적이 없었다. 조금 전까지만 해도.

"네 전화번호 뭐야?"

매디가 마치 파이처럼 고개를 기울였다. 하지만 매디가 하니 그 행동은 귀엽지 않다.

"전화번호 뭐냐고."

"555−993−9225."

"그 숫자 다 합하면 54야. 다 곱하면 5,467,500이고. 5,559,939,225의 제곱근은 74,565야."

나는 교실을 둘러보았다. 선생님도 놀란 표정이다. 아이들도 마찬가지다. 어쩌면 경악한 것 같다. 오직 리바이만이 미소를 짓고 있다.

"나 수학 잘해. 나는 수에 관해서라면 능력이 비상해. 그런데 그게 너하고 무슨 상관인지 모르겠어, 매디. 내가 도저히 답을 못 내겠는 문제는 바로 그거야."

나를 쏘아보는 매디에게 나는 계속 말했다.

"넌 일부러 나를 모욕하고 날 괴롭혀. 그런데 난 안 그래도 괴로워 미치겠어. 나한텐 아픈 개가 있고, 또 친구가…… 믿어도 되는 줄 알았던 친구가 나를 배신했어. 그 친구를 잃은 기분이 정말 싫어."

콧물이 흐르기 시작했다. 나는 꼭 물에 빠져 허우적거리는 사람처럼 한꺼번에 공기를 들이마시고 말했다.

"넌 나한테 아무런 상관없는 존재야."

매디가 나를 빤히 보았다. 매디의 눈이 눈물로 차 있다.

"나한테 아무 의미 없다고."

나는 다시 말했다. 그리고 리바이를 가리켰다.

"쟤는 나한테 의미가 있어."

그리고 윈디를 가리켰다.

"쟤도 나한테 의미 있어. 아니, 전에는 있었어. 그렇지만……."

윈디가 눈을 세게 깜박거렸지만 나는 다시 매디를 쳐다보았다.

"넌 나한테 아무 의미 없어. 넌 아무것도 아니야. 넌 거대한 0이야."

나는 마른 침을 꿀꺽 삼키고 큰 숨을 들이쉰 후 말했다.

"그러니까 내 인생 망치려고 그렇게 열심히 노력하는 거, 그만둬."

나는 거기 계속 있을 수가 없었다. 멀어지고 싶었다. 선생님에게서, 윈디에게서, 그리고 리바이에게서도. 그들은 나를 이해 못 하니까. 나는 문으로 달렸다. 내 등 뒤로 문이 닫혔을 때, 누가 내 이름을 불렀던 것 같기도 하다. 윈디였던 것 같다.

36. 아찔한 모험

심장이 터질 듯이 갈비뼈를 쿵쿵 두드린다. 귓속에서도 들리고 내 발에서도 박동한다. 나는 지금 싸움에서 이긴 기분으로 의기양양해야 한다. 적에게 맞섰으니까. 그런데 내 기분은 그렇지가 않다.

이제 나는 어떡하지?

나는 발끝으로 땅을 세 번 쳤다. 어쩌면 나는 노스캐롤라이나 과학 수학 기술 고등학교에 입학할 것이다. 이 학교에 온 것은 실수였다. 여기가 내가 있을 곳이 아니라는 것은 천재가 아니어도 계산할 수 있다.

"너 여기 있으면 안 돼! 교실에 있어야지."

문을 열고 정원으로 나온 사람은 우리 학교 교감 선생님이다.

"죄송해요. 몸이 좋지 않아서요. 바람을 쐬려고 나왔어요."

선생님은 연 문을 잡은 채 말했다.

"교감실에 가서 이야기하자."

나는 다음 17분 동안 질문에 대답을 했고, 앞으로 더 어려움이 있으면 지도 상담사와 상담을 하겠다고 약속을 했다.

"그럴게요."

그러고 나서야 할머니에게 전화해도 된다는 허락을 받았다. 나는 배가 너무 아프고 머리도 아프니까 나를 데리러 오라고 했다.

“너 괜찮냐?”

“괜찮아.”

나는 차창 밖을 보면서 수를 세었다.

“아픈 줄 알았는데.”

“아파.”

“무슨 문젠데?”

“문제없어. 그냥 아파. 집에 가야겠어.”

“알았다. 오늘은 집에 가자. 그런데 네가 왜 아프게 된 건지 같이 답을 찾아야 해. 곧바로. 왜냐하면 내일 할머니는 볼링 동호회 시합이 있거든. 나 볼링하는 중에는 네가 전화해도 안 받을 거다.”

할머니는 내 손을 잡으려 했지만 내가 손을 피했다.

“나 학교에 다시 안 간다니까.”

“동호회 회장이 마이크 렌우드야. 싱글이고 머리카락이 있는 남자야. 머리카락이 많진 않지만 어느 정도는 있다는 거야. 다른 말로 하면, 그 사람은 예순 넘은 신사 치고 10점 만점에 10점이란 소리야.”

나는 할머니가 우스갯소리를 하고 있단 걸 안다. 내가 듣기 싫다는 티를 내거나 징그럽다고 말하기를 기대하는 것이다. 하지만 나는 그럴 기분이 아니다. 나는 정말로 그 학교에 다시는 가지 않을 것이다.

집에 도착하자 할머니는 내 입에 온도계를 물렸다.

“아까 그 선생님이 네가 수학 시간에 목청을 높였다고 했잖냐. 그 이야기 좀 해 볼래?"

나는 고개를 저었다. 체온계가 측정을 마쳐 신호음이 세 번 울렸다.

"37도. 정상인데. 루시, 무슨 일이야?"

"아무 일도 없어."

"좋아. 너 게임 할래?"

"아니."

"텔레비전 볼래?"

"아니."

"약국 가야 하는데, 너 같이 갈래? 중간에 가게 들러서 밀크셰이크 사 먹을 수도 있고."

"싫어."

"마음대로 해. 좀 쉬어. 내일 학교 가는 거다."

스펜서 선생님 수업에 다시 앉아 있는 것을 생각하기만 해도 머리가 쿵쿵거렸다. 선생님은 내 행동을 어떻게 생각할까? 그리고 다시는 윈디와 같은 공간에 있고 싶지 않다. 다시는.

컴퓨터를 켜고 수학마법사에 접속했다. 한낮엔 사람이 별로 없다.

숫자냠냠이 복잡한 말로 어떤 간단한 삼각법 문제에 관해 고민하고 있다. 이 남자, 또는 이 여자는 멍청이다. 여기에 있을 자격이 없다.

번개소녀: 숫자냠냠님, 왜 이렇게 답답한 소리 하고 있죠?!!!!!!

숫자냠냠: 앗, 번개소녀님, 무슨 일이에요?

번개소녀: 아는 게 있기나 해요? 단순하기 짝이 없는 걸

번개소녀: 복잡하게 만들고 있잖아요. 멍청이 아냐?

숫자냥냥: 이봐, 왜 이래?

나는 내 손가락이 움직일 수 있는 가장 빠른 속도로 그 남자, 또는 그 여자의 실수들과 부정확한 추측들을 입력했다. 그리고 이 문제에 관해서만이 아니라 그 남자, 또는 그 여자가 지난주에 이곳에서 논한 모든 주제에 관해서 마찬가지로 지적했다.

내 두 눈은 키보드만을 향해 있다. 컴퓨터가 신호음으로 항의해 고개를 들어 보니 화면에 경고가 떠 있다.

'숫자냥냥님이 대화에서 번개소녀님을 차단했습니다.'

나는 남은 하루 내내 다른 회원들에게 그들의 잘못을 지적했다. 세 번 더 차단을 당했다.

내 휴대전화가 주머니 속에서 울렸다. 폴 삼촌이다. 할머니가 나와 대화를 하라고 시킨 것이 분명하다. 난 받을 생각이 없다.

왜 할머니만 나가나? 내가 나가고 싶다. 이 집도 싫고 이스트 햄린 중학교도 싫다.

못 할 이유도 없으니 나는 쿵쿵대는 발걸음으로 대문 밖으로 나갔다. 손에는 열쇠나 살균 물티슈도 없고 오직 내 휴대전화뿐이다. 아무 생각 하지

않고 나는 계단을 밟아 내려갔고, 주차장을 가로지르고 길 끝에 있는 버스 정류장을 지나쳤다. 차들이 시끄럽게 빵빵거린다. 나도 그 차들이 싫긴 마찬가지다.

이 구역은 보행자들이 다니는 곳이 아니다. 나는 음료수 병과 다른 쓰레기들을 밟으며 무릎 높이의 잡초들을 가로질러 펫헛으로 향했다.

전당포를 제외하고 비어 있는 작은 상점가 앞을 지나쳤다. 건물 밖에서 한 남자가 담배를 피우고 있다. 남자는 담배를 쥐지 않은 손을 흔들었다. 나는 달아나고 싶었다. 하지만 그 대신 파이의 숫자들로 마음을 진정시켰다.

3.14159…….

효과가 있다. 나는 더 빨리 걸었다. 쓰레기와 부서진 보도블럭이 발에 채였다.

그런데 내 앞에 고양이의 사체가 있다. 바닥에 말라붙은 갈색 얼룩만 없으면 마치 그냥 자고 있는 것처럼 보인다. 그 피의 색깔은 숫자 55의 색깔이다.

그 가엾은 고양이를 넘어서 갈 수가 없다. 나는 고속도로 가장자리에서 그대로 굳었다.

3.1415926535…….

세상이 사라지고 있는데 커다란 트럭이 내 옆을 휙 지나가는 바람에 나는 뒤로 넘어졌다. 나는 휴대전화를 꺼냈다. 리바이에게 전화를 걸었다.

"무서워."

리바이가 전화를 받자마자 나는 말했다.

"루시? 무슨 일이야? 너 어디야?"

나는 발끝으로 바닥을 세 번 두드렸다.

"펫헛에 가는 중이야."

"지금 어딘데?"

"68번 도로. 펫헛까지 걸어가고 있어."

나는 겁먹은 목소리를 내지 않으려고 노력했다. 그래도 목소리가 떨렸다.

"뭐? 왜 그런 짓을 해? 너희 할머니는 어디 계신데?"

"나도 몰라."

"윈디한테 전화해서 체리시가 너 데리러 가 줄 수 있는지 물어볼게."

"안 돼. 윈디한테는 안 돼."

"루시."

리바이가 무언가를 말하는데 나는 듣지 않았다. 남색 차 1대가 내 옆에 멈추어 섰다. 배 속이 조인다. 내가 아는 차도 아니고 운전하는 사람도 보이지 않는다.

"누가 차를 세웠어."

"누군데?"

"몰라."

"남의 차 타지 마."

리바이가 경고했다.

"나도 알아!"

나는 길가에서 물러나 어느 공터를 둘러싼 철사 울타리로 다가갔다.

"너 괜찮니? 차 태워 줄까?"

창문 너머로 한 여자가 외쳤다. 나는 돌아보고 말했다.

"아니요."

선글라스를 쓰고 미소를 띤 여자다. 어디로 봐도 나쁜 사람 같지 않지만, 그래도 떠나 주었으면, 그냥 좀 갔으면 좋겠다. 리바이가 외쳤다.

"루시, 무슨 일이야?"

여자는 창문을 올리고 차를 출발시켰다. 나는 다른 운전자들이 나를 보지 못하게 길게 자란 풀 속에 쪼그리고 앉았다.

"루시!"

"나 괜찮아."

몸에 이상한 기운이 솟구쳐 나는 날고 싶었다.

"전화 끊지 마."

"알았어."

리바이는 대답했다. 나는 그 고양이 주변을 아주 멀찌감치 돌아서 갔다. 고양이에게서 멀어질수록 숨 쉬기가 쉬워졌다.

"정확히 어디에 있는 거야?"

"'트루 내추럴 터프' 라는 건물 앞에."

"알았어. 지금 인터넷 지도 불러오고 있어. 너 펫헛에서 3킬로미터 넘게 떨어져 있어, 루시. 이 지도에 따르면 걸어서 펫헛까지 가는 데 42분은 걸릴 거야."

"할 수 있어."

어쩌면 펫헛까지 남은 길은 여기까지 온 길보다 쉬울 것이다.

"전화 끊지 마."

"안 끊어."

"야, 내가 너 기분 나아지게 하는 법 알아."

"뭔데?"

"수학 문제. 잠깐만 기다려 봐."

휴대전화 너머로 딸깍거리는 소리가 들린다.

"하나 찾았다. 준비됐어? 제인은 잔돈을 세고 있어. 5센트짜리 동전보다 25센트짜리 동전이 2개 더 많고, 25센트짜리 동전보다 10센트짜리 동전이 5개 더 적어. 총액은 1.86달러야. 제인이 가진 동전의 수는?"

"17개."

"세상에. 나도 답 확인 못했는데 대답하네."

리바이는 웃었다. 그리고 덧붙였다.

"당연히 정답이고."

"나도 알아."

"문제 하나 더 내 줄까?"

"응."

내가 걷는 동안 리바이는 계속 수학 문제를 내 주었다. 펫헛의 정문에 도착할 때까지 나는 27개의 문제를 풀었다. 리바이가 말했다.

"집에 갈 땐 혼자 걸어가지 마."

"안 그럴게."

“나중에 문자하고.”

“알았어. 그리고 고마워, 아까…….”

“알아. 별거 아냐.”

수학이 또 한 번 나를 구했다. 아니, 어쩌면 수학이 아니라 리바이가.

37. 때론 완벽한 숫자, 1

안내데스크에서 노아가 내게 손을 흔들었다. 귀와 어깨 사이에 전화기가 끼워져 있다. 계획하고 온 것은 아니지만 나는 내가 여기 온 이유를 정확하게 안다. 파이를 보고 싶어서다.

나는 사무실 문을 열었다. 파이가 없을까 봐 걱정할 틈도 없었다. 나의 개가 곧바로 나에게 달려왔기 때문이다. 신난 파이는 꼬리뿐 아니라 몸 전체가 흔들린다.

"안녕, 파이?"

내가 제 앞에 무릎을 꿇자 파이가 뛰어올라 두 앞발을 내 어깨에 얹었다. 파이의 혀가 내 뺨을 핥았다, 더럽게도.

"너 왜 이렇게 기분 좋아? 내가 끔찍한 하루를 보낸 거 몰라?"

꼭 아는 것 같다. 제 코를 내 턱 밑에 자꾸 들이민다.

"산책하자."

나는 산책 줄을 잡았다. 파이가 펄쩍거리고 원을 그리며 뛰더니 산책 줄의 손잡이 부분을 제 스스로 입에 물었다.

"너 혼자 산책 가려고? 그렇겐 안 될 텐데."

시무실 밖으로 나가다가 우린 하마터면 노아와 정면으로 부딪힐 뻔했다.

"죄송해요."

"괜찮아."

노아가 파이 앞에 무릎을 꿇고는 파이의 머리를 쓰다듬었다.

"네가 작별 인사 하러 들러 줘서 잘됐어. 클레어가 오늘 하루 종일 너희한테 전화를 해야 하나 하지 말아야 하나 고민했거든."

"무슨 말이에요? 누가 파이 데려가요? 입양 갈 곳 찾았어요?"

노아의 표정이 변했다. 그래서 나는 알 수 있었다, 파이가 입양되는 것이 아니란 걸. 파이에게 주어진 시간이 다 된 것이다.

"내일 아침에 동물 관리국에서 파이를 데려갈 거야."

"안 돼요."

"유감이야."

노아가 손을 뻗어 내 팔을 토닥이려 했지만 내가 물러났다.

"파이는 좋은 개야. 너희는 노력했어."

노아는 다시 안내데스크로 갔다. 파이는 줄을 당겼다. 우리는 자기 사형 선고에 관한 이야기를 나누었는데, 아직 꼬리를 흔들고 있다.

멀리서 클레어와 노아가 대화하는 소리가 들린다. 기회다. 나는 지금 파이를 데리고 도망쳐야 한다. 여기까지도 걸어서 왔으니까 다시 걸어서 집에 갈 수 있다. 내가 파이를 구할 수 있다. 하지만 한 걸음 내딛는 것조차 아주 큰일처럼 느껴진다. 나는 뒤돌아서 사무실 안으로 다시 들어갔다. 안에 갇혀서 파이는 불만이다. 문을 긁는다.

"그만해. 밖에는 너한테 좋은 거 아무것도 없어. 너한테도 나한테도."

하지만 파이는 계속 나가고 싶어 서성거리고 땅 파는 시늉을 한다.

"제발. 그만해."

휴대전화가 진동했지만 나는 받지 않고 책상 위에 쾅 내려놓았다. 나를 빤히 쳐다보며 파이가 고개를 한쪽으로 기울인다. 이것은 귀여운 행동도, 호기심 어린 행동도 아니다. 암 때문일 뿐이다.

갑자기 너무 피곤했다. 나는 무릎을 꿇고 책상 밑으로 기어 들어갔다. 한쪽 구석에 내 초록색과 노란색 티셔츠가 뭉쳐져 있다. 나는 두 무릎을 가슴으로 끌어당기고 티셔츠를 베고 누웠다. 파이가 꿈틀거리면서 내 품으로 들어왔다. 제 머리를 내 어깨에 올려놓았다. 파이가 조용하고 움직임이 없는 건 처음인 것 같다. 그런데 어째서인지, 파이가 나를 위해 그렇게 하고 있다는 것을 느낄 수 있다. 파이는 내 기분이 나아지기를, 슬프지 않기를 바라는 것이다. 지금 파이는 자기만 생각하고 여기서 달아날 궁리를 해야 하는데, 내 곁에 붙어 눕는 게 아니라.

나는 한 팔로 파이를 감쌌다. 우리 둘 다 눈을 감았다. 파이 값의 숫자들이 내 머릿속을 헤엄쳐 다녔다. 처음엔 그 숫자들이 아주 선명했다. 하지만 서서히 흐려졌다. 내 세상엔 개 1마리의 깊은 숨소리를 빼곤 아무 소리도 없다.

누군가 내 어깨를 두드려 잠에서 깼다. 나는 놀라서 몸을 확 일으켰다가 책상 밑에 머리를 찧었다. 파이의 꼬리가 탕탕탕 내 발을 쳤다.

"낮잠 잘 잤어?"

할머니가 물었다.

"아니."

할머니가 한 손을 내밀고 내가 책상 밖으로 나가는 것을 도와주었다. 무릎과 팔꿈치와 허리가 아프다. 벽에 있는 시계를 흘깃 보니 고작 5시 10분이다. 30분도 채 자지 않았다. 할머니 뒤에서 클레어가 애써 미소를 지었다.

"이 녀석이 파이구나."

할머니가 말했다. 파이가 할머니 운동화 냄새를 맡고 핥는다. 아마도 할머니가 일하는 레스토랑의 냄새가 날 것이다. 할머니는 파이를 만지려 하지 않는다. 할머니는 원래 동물을 좋아하지 않는다. 67년간 평생 반려 동물을 키워 본 적이 없다.

"응, 얘가 파이야. 우리가 키우면 안 돼?"

떼쓰는 어린아이의 말처럼 들린다는 것을 알면서도 나는 물었다.

"루시."

안 된다는 뜻이다.

"얘를 죽일 거래."

클레어가 한숨을 쉬고 눈을 감았다. 나는 클레어가 아니라고 해 주길 기다렸지만 클레어는 아무 말이 없다. 아마도 '다시는 애들을 자원봉사자로 받지 않을 거야. 너무 골치 아파' 하고 생각하고 있을 것이다.

"집에 가자, 루시. 힘든 하루였잖아."

할머니가 이렇게 말하며 내 팔꿈치를 살살 잡았다. 나는 할머니 손길이 아프기라도 한 것처럼 내 팔을 뺐다. 그리고 소리쳤다.

"파이 두고 못 가!"

"제가 개를 밖으로 데리고 나갈까요?"

클레어가 할머니에게 물었다. 내가 쏘아붙였다.

"개가 아니고 파이예요!"

"알아, 루시. 나도 파이를 사랑해. 믿지 않겠지만, 정말이야."

클레어는 차분하고 부드러운 말투로 말했다.

나는 차라리 클레어에게 화가 났으면 좋겠다. 그런데 그게 안 된다.

"나한텐 얘밖에 없어요."

말과 함께 눈물이 나왔고, 나는 곧바로 창피한 기분이 들었다.

"나는 뭐 있으나마나 하냐?"

할머니가 농담을 시도했다. 하지만 그 말에 나는 더 큰 울음이 터졌다. 나는 한때 할머니와 삼촌과 수학만으로도 충분했었다. 79일 전으로 돌아가고 싶다. 마음에 파이와 리바이가 들어오기 전으로. 그리고 윈디를 만나기 전으로.

할머니가 클레어에게 물었다.

"파이를 내일 동물 관리국에서 데리고 간다고요?"

"네, 안타깝지만요."

"오늘 밤 우리 집에 데리고 있어도 될까요? 내일 아침 일찍 동물 관리국에 데려다줄게요. 루시에게 작별 인사를 할 시간을 좀 주고 싶어요."

"그게 좋으시다면 그렇게 하세요."

"솔직히 저도 좋은 생각인지 잘 모르겠네요. 좋은 생각이 아닐지도 모르죠. 어쩌면 반창고를 지금 확 떼는 게 나을지도 모르는데……"

"아냐. 집에 데려가자. 좋은 생각이야."

내가 말했다. 파이의 진짜 집을 찾아 줄 시간을 버는 셈이다. 아니, 어쩌면 할머니가 마음을 바꿀지도 모른다. 파이와 사랑에 빠져서 키우고 싶어할지도 모른다.

"딱 하룻밤뿐이야."

할머니가 마치 내 마음을 읽은 것처럼 이렇게 말했다.

하룻밤. 때로 1이라는 수는 완벽하다.

38. 풀지 못한 문제, 도와주세요!

펫헛에서 나는 파이를 품에 안고 나왔다. 차까지 내 걸음의 수가 정확히 29가 되도록 맞추었다. 소수가 주는 행운을 받고 싶어서다. 나는 뒷좌석으로 올라탔다. 파이가 이쪽 창문에서 저쪽 창문으로 폴짝폴짝거린다. 행복해 보인다. 파이는 이해하지 못하는 것이다. 모든 개가 그렇듯 그저 순간을 사는 것이다.

할머니가 차에 올랐다. 시동을 걸었고 엔진이 으르렁거렸다.

"펫헛까지 어떻게 갔어?"

"걸었어."

"넌 가끔 보면 똑똑한 애치고 말도 안 되는 선택을 한단 말이야."

"미안해."

"이젠 뭐 때문에 이러는지 나한테 말할 때가 된 것 같은데. 내가 해결 방법을 알지 못할 수도 있지. 특히 수학이랑 관련된 거라면. 그래도 문제를 털어놓고 나면 기분이 나아질 거다. 날 믿어 봐."

"내가 생각한 답이 틀려서 그래. 근데 수학 문제는 아냐."

파이가 볼일을 보아야 해서 우리는 어느 막다른 길에 차를 세웠다. 그리고 나는 할머니에게 윈디의 생일 파티와 수학 시간에 있었던 일을 이야기했다. 할머니는 조용히 들었다. 농담조차 하지 않았다.

“이스트 햄린 중학교에 다시 가고 싶지 않아. 절대로.”

“네 마음 알겠다.”

“과학 수학 기술학교에 들어갈 수도 있잖아.”

“그래, 아마. 그런데 가도 1월 이후에 갈 수 있어.”

지금 나는 이기적이다. 파이를, 오직 파이만을 생각해야 한다. 한심한 윈디 따위를 생각하는 게 아니라.

“윈디가 왜 애들한테 다 말해 버렸는지 이해가 안 돼.”

“뭐 실수를 한 거지.”

“윈디 변호하지 마.”

할머니가 윈디 편을 드는 것을 듣고 싶지 않다.

윈디는 모르고 그런 게 아니야.

윈디는 못 믿을 애야.

윈디는 내 친구였던 적이 없어.

윈디는 형편없는 애야.

주차장에 도착하자 할머니는 차에 실어 둔 오래된 담요를 던졌다.

“그 녀석 몰래 데리고 들어가야 해. 녀석이 짖지 않아야 할 텐데.”

“안 짖을 거야. 나 믿어.”

나는 말했다. 그리고 할머니의 규칙을 따라 달라고 파이에게 눈으로 간청했다. 나는 꿈틀꿈틀거리는 그 담요를 안고 아파트로 다가갔다. 아무 일 없는 것처럼 행동하는 데 너무 신경을 쓰느라 윈디가 있는 것을 눈치채지도 못했다. 고작 1~2미터 앞에 있을 때까지 말이다.

"안녕?"

계단에 앉아서 윈디가 인사했다. 두 눈이 부어 있고 티셔츠에 달린 모자를 마치 얼굴을 숨기려는 사람처럼 쓰고 있다. 나는 아무 말 하지 않고 윈디 옆을 그냥 지나쳐 갔다.

"윈디, 너도 들어가자."

내 생각은 묻지도 않고 할머니가 말했다.

나는 발끝으로 바닥을 세 번 친 다음에 파이를 담요에서 풀어 주었고, 파이는 담요에서 거실 바닥으로 뛰어내렸다. 거실 바닥에 코를 대고 자기가 머물 새로운 임시 거처의 냄새를 맡았다.

"네가 입양하는 거야?"

윈디는 스스로 손 소독제를 짜서 발랐다.

"아니다. 오늘 밤만 여기 있는 거야."

할머니가 대답했다.

"내일은 어디 가는데요?"

그때 내가 쏘아붙였다.

"그건 내 문제야! 네가 여기 왜 왔어?"

누가 오라고 한 것도 아닌데. 난 오라고 한 적이 없다.

할머니는 내게 날카로운 눈빛을 보내긴 했지만 말없이 거실에서 나갔다.

"나한테 화난 거 풀렸으면 좋겠어."

윈디는 말했다. 왼쪽 손목에 찬 팔찌를 만지작거렸다.

"좋아. 나 너한테 화 안 났어."

나는 거짓말했다. 윈디도 거짓말인 걸 안다.

"화났잖아. 그리고 내가 잘못했어."

뒷부분을 윈디는 아주 빠르게 말했다.

"알았어."

"내가 수학 시간에 그랬잖아, 내가 한때는 너한테 의미 있는 존재였다고."

"어."

"내가 그걸 망쳤네. 그리고 나도 모르겠어, 내가 왜 그랬는지."

윈디가 눈을 꽉 감고 숨을 크게 들이쉬었다.

"너를 상처를 줄 의도나 네 비밀을 퍼뜨리려는 의도는 없었다는 거 믿어줘. 생각 없이 그랬어. 어쩌면 그때 단 걸 많이 먹어서 그랬는지도 몰라. 몸에 설탕이 너무 들어가서."

말도 안 되는 변명에 내 목에 화끈 열이 올랐다.

"정말 정말 미안해. 어떤 방법으로든 그거 내가 갚을게."

"그런 방법 없어."

이럴 땐 이제 됐다고, 괜찮다고 말해야 할 것이다. 하지만 아무것도 괜찮게 느껴지지 않는다. 나는 다시는 중학교로 돌아가고 싶지 않고, 그 원인이 바로 윈디다.

"방법이 있을 거야."

"없어. 네가 뭘 해도 이 상황은 나아지지 않아."

나는 거실을 벗어나 부엌으로 들어갔다. 파이에게 줄 물을 그릇에 담고 손을 씻었다.

“나한테 소리라도 지르면 안 돼? 소리 지르고 고함치고, 아님 뭘 던지기라도 해. 대신 던지려면 부드러운 걸로. 그러면 화해할 수 있잖아. 응?”

“그러고 싶지 않아.”

“아냐, 넌 그러고 싶을걸.”

윈디는 내 앞에 다가서더니 내 두 어깨를 잡고 말했다.

“어서 해.”

“싫어.”

나는 윈디의 두 손을 쳐냈다.

“그러면 나 용서하는 거야?”

“알았어. 용서해.”

“그럼 우리 다시 친구야?”

“아니.”

“그래도 네가…….”

“네가 약속했잖아! 내가 제일 친한 친구라며! 아무한테도 말 안 한다며! 그래 놓고 못 참고 떠들어 댔잖아.”

윈디가 흠칫 물러섰다. 파이가 우리 둘 사이에 와서 섰다.

“너는 나를 비웃어서 다른 애들 마음을 사려고 했잖아. 내가 웃음거리인 것처럼 ‘저 괴상한 애를 좀 봐’ 라고 한 거잖아.”

“널 비웃으려는 거 아니었어. 너 정말 그렇게 생각했어?”

“내가 다 들었어! 네가 무슨 말 했는지 다 알아.”

꽉 쥔 내 주먹의 손톱이 손바닥을 파고들었다.

"네가 왜 그렇게 말했는지 상관없어. 어쨌든 너는 약속을 깼어. 모르겠어?"

나는 쿵쿵거리는 발걸음으로 부엌을 가로질렀다.

"루시, 내가 왜 그렇게 말했는지는 상관있어."

작은 소리로 윈디가 말했다.

"됐어."

나는 트위즐러 한 봉지를 꺼냈다. 파이나 윈디에게는 주지 않았다. 둘 다 슬픈 강아지 눈으로 나를 쳐다보고 있었지만.

"넌 내 가장 친한 친구야. 그래서 나는 걔들이 널 좋아하길 바라서 그랬어. 걔들은 너를 잘 모르고, 너의 그 이상한 습관들만 보잖아. 자꾸 앉았다 일어서는 거라든지 닦고 씻고 하는 거라든지. 나는 너의 재능이 정말 멋지다고 생각해. 내가 천재였다면 아마 모두에게 알렸을 거야."

"그러니까 우리 약속을 깬 이유가……."

"나도 알아, 내가 약속 깬 거. 미안하다고. 정말 미안해."

아주 지쳐 버린 듯 어깨가 쳐진 윈디는 부엌 의자에 앉았다.

"나는 걔들이 내 친구도 되고 '네 친구도' 되길 바랐어."

잠시 나는 윈디를 믿을 뻔했다. 그러나 그 간이침대에 누운 채 나를 비웃는 소리를 들었던 순간이 기억났다.

"우리, 왜 친구인 거야?"

"뭐?"

"이해가 안 돼서 그래. 너는 첫날 버스에서부터 나한테 잘해 줬잖아. 왜 그랬어? 내가 천재인 것도 몇 주 동안이나 너한테 말을 안 했는데."

65일 동안이었다, 정확히 말하면.

"도대체 왜 나랑 친구 하고 싶었던 거야?"

윈디는 어깨를 으쓱하고 답했다.

"나도 몰라. 네가 좋은 아이 같아서?"

윈디는 질문하듯 말했고, 내가 믿지 않자 반발했다.

"좋은 아이 같아서라는 이유가 뭐 어때서? 너는 내가 뮤지컬 좋아하는 거나 사회를 바꾸고 싶다고 하는 거 한 번도 뭐라고 하지 않았잖아. 너는 사람을 네 뜻대로 바꾸려고 하지 않아. 그냥 이해하려고만 하는 것 같아."

어차피 남을 이해하는 건 불가능하다. 대수학 문제에서 알 수 없는 변수가 하나면 등식을 풀 수 있다. 하지만 사람은 변수가 너무 많다. 기본적으로 풀 수 없는 문제다.

"너는 다른 애들이랑 달라, 루시."

윈디가 말했다. 나는 중얼거리듯 대답했다.

"그래, 나 괴상한 천재야."

"그런 뜻이 아니야. 다른 애들은 내가 어떤 옷 입는지, 어떤 유튜브 채널 보는지 같은 걸 따져. 그런데 네가 나한테 바라는 건 하나뿐이야. 손 소독제를 많이 바르는 거. 어쩌면 나 과다 사용으로 발진이 생길지도 몰라."

나는 거의 웃음이 날 뻔했지만 트위즐러를 꽉 씹으며 참았다.

"그냥 루시 너는 나를 나 자체로 받아들여 주는 것 같아. 으으, 나 꼭 지도 상담사처럼 말하고 있다."

"맞아."

"그럼 지도 상담사 된 김에 내가 하나 물을게, 루시. 정말로 우리가 다시 친구가 될 방법은 없어? 전혀?"

나는 식탁 의자에 앉았다(물론 세 번). 그리고 트위즐러 하나를 윈디에게 내밀었다.

나는 윈디가 첫 번째 트위즐러를 먹지 않았는데도 트위즐러 하나를 더 내밀었고, 파이가 한 발을 내 허벅지에 올렸다. 개들은 과자를 먹으면 안 되는 것을 알지만, 파이에게 이건 마지막일지도 모르니까 줬다.

"내일 파이를 동물 관리국에 데려가야 해. 내일이면 파이는……."

"안 돼. 그렇게 되게 할 순 없어. 우리가 막자."

"어떻게?"

"내가 좋은 친구는 많지 않지만 저장된 전화번호는 많아."

윈디는 전화를 하기 시작했다. 처음으로 전화를 건 상대는 리바이였다. 30분 후, 리바이가 우리 집 문을 두드렸다.

할머니는 문을 열어 주곤 말했다.

"오늘 무슨 파티라도 하는 것 같네. 팝콘 좀 만들어 주마."

리바이는 파이 배를 문지르고 민망한 입맞춤 소리를 내며 인사를 했다.

"저기……."

내 목소리에 리바이가 나를 올려다보았다.

"아까 도와줘서 고마워."

무슨 말을 좀 더 하고 싶다. 누구도 나를 위해서 그렇게 해 주지 않았을 것이라는 말이라거나.

"뭐, 별일도 아닌데."

"그리고 어쩌면 네 말이 맞는 것 같아."

리바이가 이마에 주름이 진 얼굴로 물었다.

"무슨 말?"

"어제 한 말. 학교에서 자기가 괴상하다고 느끼는 게 나뿐이 아니라고 했던 말."

"아, 그거."

리바이가 일어섰다. 나는 번개 목걸이를 만지작거리며 말했다.

"정말 이 일이 5분 만에 잊힐 일일까?"

"아마도. 그래도 이제 넌 아마 청소부 아줌마 대신 번개 소녀라고 불릴 거야. 사실 번개 소녀가 더 낫지. 안 그래?"

"확실히 그렇지."

자신이 충분히 주목받지 못하는 것이 불만스러운 파이가 내게로 뛰어올랐다. 파이가 옳다. 지금은 내 걱정을 할 때가 아니다.

"블로그 글 올려 줄 수 있어?"

"나 글쓰기 싫어하는데."

리바이가 잠시 뜸을 들였다 말을 이었다.

"그래도 쓸게."

윈디는 자신의 아이폰에 저장된 모든 전화번호로 전화를 걸었다. 할머니도 합류해서 볼링 동호회 사람들과 직장 동료들에게 전화를 걸었다. 나는 폴 삼촌에게 시도했다.

"삼촌한테 딱 맞는 개가 있어."

삼촌이 전화를 받자마자 나는 말했다.

"뭐?"

"삼촌이 입양할 개가 있다고. 귀엽고 똑똑하고……."

"루시, 나는 개 못 키워."

"혹시 주변에 개 키우고 싶어 하는 사람 알아?"

"내 친구들은 다 군부대에서 살잖아. 동물을 키우기 적당치 않아."

리바이가 펫헛 홈페이지 블로그에 다시 글을 올렸다. '이 개는 사형 선고를 받았어요.' 나는 기적을 바라며 컴퓨터를 바라보았다.

1분 1분 흘러갈 때마다 어떤 끈이 내 속을 점점 바짝 조이는 것 같다. 아무도 파이를 입양하려 하지 않는다. 밤 10시가 넘어 할머니는 리바이와 윈디를 집까지 태워 주었다. 둘 다 떠나기 전 파이에게 마지막 인사를 했지만 나는 차마 볼 수 없었다. 부엌에 할 일이 있는 척했다. 리바이가 현관에 서서 내게 말했다.

"파이 사진이랑 정보 다시 인터넷에 올려 달라고 우리 엄마한테 부탁할게. 파이 데려갈 곳 찾을 거야."

"고마워."

할머니가 둘을 데려다주는 동안 파이와 나는 내 방으로 갔다. 파이는 내가 앉았다가 일어섰다가 앉았다가 일어섰다가 앉을 때까지 기다렸다가 내 무릎으로 뛰어 올라왔다. 나는 얼마 안 남은 시간 동안에도 해결책을 찾을 수 있다는 희망을 갖고 여러 웹사이트를 클릭했다.

나는 파이에게 말했다.

"어쩌면 나 너를 놓아줘야 하나 봐. 야생에서도 넌 살아남을 수 있을 거야. 쓰레기통에서 먹이를 찾아 먹고 거리를 돌아다니면서."

하지만 그때 고속도로에서 본 죽은 고양이가 생각났다.

항상 그렇듯이 나는 결국 수학마법사에 접속했다. 나는 숫자냥냥에게 간단한 사과를 보냈지만 그 남자, 또는 그 여자는 여전히 나를 차단한 상태다. 나는 수학 숙제에 도움을 주고받는 게시판으로 들어갔다. 산수부터 미적분까지 여러 종류의 질문에 답을 했다. 파이가 내 오른팔에 머리를 얹어 마우스를 움직이기가 힘들었다.

갑자기 화면에 채팅창이 떴다.

답답이314: 늦게까지 문제 푸시네요.

번개소녀: 힘든 날이라서요.

답답이314: 아이고, 이런 .

번개소녀: 모든 문제가 풀 수 있는 문제는 아닌가 봐요.

답답이314: 그렇죠.

답답이314: 때로 시간이 좀 지나야 풀리는 문제도 있죠.

번개소녀: 난 시간이 없어요.

답답이314: 같이 힘을 모아야 할 때도 있고

답답이314: 제가 도와줄 수 있는 일이면 말씀하세요.

답답이314: 번개소녀님은 여기서 도움을 청하는 법이 없잖아요.

번개소녀: 고마워요.

답답이314: 네, 좋은 밤 되세요.

나는 4년 넘게 이 사이트에 거의 매일 왔다. 하지만 한 번도 도움을 청한 적은 없다. 천재들은 평범한 사람들에게 도움을 청하지 않는다. 나는 파이의 등을 문지르며 속삭였다.

"미안해. 내가 할 수 있는 일이 없어."

이 사이트에선 중고 가구를 팔거나 배관공을 찾는 글 따위를 올릴 수가 없다. 내가 파이에 관한 글을 올린다면 평생 이용 금지를 당할 것이다. 작년에 어떤 사람이 강에 버려지는 석탄재에 관한 청원서에 서명을 해 달라고 부탁한 적이 있었다. 그 사람은 1시간 안에 내쫓겼다. 내 수학 친구들은 나를 도울 수 없다.

파이가 기지개를 켜더니 머리를 내 무릎에 얹었다. 편안해 보이지는 않는다. 내 무릎과 의자에 어색하게 팔다리를 뻗고 누워 있다.

"알았어! 도움 청해 볼게."

나는 논리 문제 게시판을 클릭하고는 크고 굵은 글씨로 글을 썼다.

*・

도와주세요! 풀지 못한 문제가 있어요!

57일 전에 저는 파이라는 이름의 개를 만났습니다. (맞아요, 그 3.14159의 파이.) 저는 개나 강아지를 좋아하지 않지만 털이 보송한 비글 잡종인 이 녀석은 달라요. 특별해요! 특별한 이유가 꼭 멋진 이름만은 아니에요. 이 녀석은 당신이 똑똑한지 아닌지, 인기가 많은지 없는지 신경 쓰지 않아요. 적정 거리를 모르고 자꾸 다가와서 붙어요. 아마 대부분의 개가 이럴 것도 같네요.

내일이면 파이는 햄린 카운티의 동물 관리국으로 보내져요. 암에 걸려서 입양이 불가능한 동물로 분류돼요. 여기까지만 읽고도 아마 파이의 운명이 짐작될 거예요.

수학적으로 말하면 이 개를 입양하는 것은 말이 안 되는 일이에요. 남은 기대 수명이 1년도 되지 않아요. (정확한 수는 측정이 안 돼요.) 병원비도 많이 들 거예요. (현재로서는 그 비용 계산이 불가능하지만 아마도 몇백 달러는 나올 거예요.) 하지만 당신이 파이를 좋아하고 쓰다듬고 안아 주고, 당신의 무릎에 눕게 해 준다면 파이도 당신을 사랑할 거예요. (그 가치 역시 숫자로 측정할 수가 없어요.)

이 풀 수 없는 문제를 풀 수 있게 제발 도와주세요. 파이를 입양할 수 있다면 햄린 카운티 동물 관리국에 내일 아침 8시에 전화를 걸어 주세요.

입양할 수 없다면 다른 사람들에게 널리 알려 주세요. 제발 부탁드립니다. 제발, 제발, 제발 도와주세요.

파이가 함께 지낼 가족을 찾도록 도와주시면 제가 당신의 남은 평생 수학 숙제를 해 드릴게요.

*•

나는 동물 관리국 전화번호도 써넣고 피보나치 나선이었던 내 프로필 사진을 파이와 함께 찍은 내 셀카로 바꾸었다. 곧바로 답글이 달렸다.

JJillM: 이런 글 여기 올리면 안 돼요.

ㄴ번개소녀: 죄송해요. 긴급 상황이라서.

ㄴJJillM: 규칙이에요. 개인적인 문제는 여기 올리면 안 돼요.

ㄴ숫자냠냠: 그냥 좀 놔둬요.

2+2: 햄린 카운티가 어디지?

ㄴ번개소녀: 노스캐롤라이나요

ㄴ2+2: 에잇. 나는 캐나다 살아요.

ㄴ수학초고수: :(

그 후 몇 시간 동안 내가 이 웹사이트를 규칙에 맞지 않게 이용하고 있다고 항의하는 사람들이 있었다. 내게 돈을 보내 주겠다는 사람들도 좀 있었다. 새벽 2시 30분, 나는 옷을 그대로 입은 채 침대로 파고들었다. 파이가 나를 따라왔다.

"베개에 눕지 마."

나는 경고했다. 우리는 같이 몸을 말고 누웠고 움직이지 않았다. 아침에 할머니가 나를 건드려 깨울 때까지.

39. 정답을 찾다

할머니는 내 침대에 앉아서 내 등을 문질렀다. 잠시 나는 내가 자는 공간을 개와 함께 썼다는 사실을 잊어버렸지만 내 뺨에 닿는 촉촉한 코 때문에 기억났다.

"일어날 시간이야."

"파이 키우기로 마음 변했어, 할머니?"

"미안하다."

할머니는 일어서서 문으로 다가갔다.

"준비해. 15분 후에 출발해야 해."

할머니가 문을 닫자마자 나는 수학마법사와 펫헛 블로그를 확인했다. 클릭을 한 번 할 때마다 내 희망은 사라져갔다. 머리가 아파서 고개를 똑바로 들고 있기 어렵고 가슴도 너무 조인다.

나는 화장실로 갔다. 파이가 따라왔다. 나는 옷을 갈아입었다. 파이가 내 발치에 서 있었다. 나는 냉동 와플을 먹었다. 파이도 하나 먹었다.

"서둘러. 파이가 볼일 봐야 할지도 모르잖아."

할머니는 내게 점심 도시락을 건넸다. 학교 준비물을 모두 챙긴 나는 파이를 안아 내 코트 속에 감추었다.

할머니는 파이가 어제도 화장실로 썼던 막다른 길에 차를 댔다.

"볼일 천천히 봐. 얼마든지 너 원하는 만큼 천천히 해."

나는 파이가 작은 일, 그리고 큰 일을 보는 동안 기다렸다.

"그거 주워 담아야 해."

할머니가 차에서 소리쳤다. 그리고 비닐 봉투를 내밀었다.

"못 해."

"해야 해. 법이야."

할머니는 창문을 올려 닫았다. 나는 "내 개 아니잖아!"라고 소리칠까 하는 생각도 들었지만 잔인한 일 같았다.

숨을 참고, 나는 그 따뜻한 똥 더미를 집었다. 비닐봉지를 묶고 내 몸에서 멀리 떨어뜨려 들었다. 차에 기대어 물었다.

"이거 어떻게 해야 해?"

할머니는 웃음을 터뜨릴 것 같은 표정이다.

"지금은 차 트렁크에 던져 놔. 그런데 거기 둔 거 잊지는 말자. 안 그러면 다음에 장 봐 온 거 트렁크에 실을 때 후회할 테니까."

"내가 이걸 잊긴 어떻게 잊어?"

차 트렁크가 덜컥 열렸고 나는 그 폭탄을 안에 떨어뜨렸다. 차에 탄 후 나는 손 소독제를 여러 번 손에 짰다.

"내가 보고도 믿질 못하겠네. 세상에 네가 그런 일을 하다니."

"계시인가 보지."

나는 백미러로 할머니와 눈을 마주치면서 말했다.

"우리가 파이 키워야 한다는 계시."

"미안하다. 우린 키울 수 없어."

파이가 내 옆자리에 누워서 머리를 내 다리에 얹었다. 내가 이런 일을 허락할 수 있는 개는 이 세상에 또 없다. 눈물이 내 허락도 없이 내 눈에 가득 차올랐다. 나는 눈물을 닦을 위생적인 것을 가지고 있지도 않다. 나는 엄청난 교통 체증 때문에 차가 나아갈 수 없기를 바랐다. 하지만 우리에게 그런 운은 없었다.

동물 관리국 건물이 오른쪽 앞에 보인다. 나는 내가 보지 않기만 하면 이 일이 일어나는 것을 막을 수 있기라도 한 것처럼 아래를 보았다. 차가 두 번 원을 그린 후 멈추었다. 할머니가 엔진을 껐다.

파이가 내 무릎 위에서 꿈틀거린다. 파이가 떨고 있다.

"난 준비가 안 됐어. 아직 문 안 열었잖아. 조금 기다리면 안 돼?"

그리고 나는 머릿속으로 흘러 들어오는 생각들을 그대로 내뱉었다.

"나 이거 못 하겠어. 제발. 어디 다른 보호소가 있을 거야. 제발 이러지 말자. 저기 가면 애를 죽일 거잖아."

"루시, 우리가 할 수 있는 일은 없어. 나도 안타까워."

나는 머리를 파이의 털에 묻었다. 할머니는 내가 울게 두었다. 할머니의 손이 내 어깨로 왔다. 파이의 숫자들이 내 머릿속으로 밀려 들어오길 바랐지만 내게 느껴지는 것은 곧 떠날 개의 떨림뿐이었다.

"루시."

목소리의 주인공은 할머니가 아니다. 나는 고개를 들어 윈디를 보았다.

윈디의 눈이 빨갛고 뺨은 불긋불긋하다. 뒤에는 리바이가 서 있다.

"무슨 일이야?"

"이 일을 너 혼자 하게 두면 안 되겠단 생각이 들었어."

윈디가 파이를 내 무릎에서 들어 올렸다.

"고마워."

리바이가 파이의 턱 밑을 쓰다듬었다. 파이가 눈을 감고 목을 뺐다. 파이는 우리 곁에서 안전함을 느낀다. 그런데 우리는 곧 파이를 배신하려 한다.

아이들과 함께 온 윈디 엄마가 말했다.

"5분 정도 작별 인사를 할 시간을 줄게. 그리고 같이 학교로 가자."

"응."

윈디가 언쟁 없이 대답했다. 건물 앞에 칠이 벗겨진 벤치가 있다. 나는 세 번 반복해 거기에 앉았다. 몸을 꿈틀거려 윈디 품에서 빠져나온 파이가 나에게로 달려와서 내 무릎으로 뛰어올랐다. 윈디는 말했다.

"다른 때였으면 난 얘가 나보다 널 좋아한다고 질투했을 거야. 하지만 지금은 으쓱해. 왜냐하면 파이도 나처럼 너를 제일 친한 친구로 선택했잖아. 파이가 사람 보는 눈이 있는 거지."

리바이가 어이없다는 듯한 소릴 내더니 파이와 나에게 카메라 초점을 맞추었다. 하지만 파이를 기억하는 데 사진은 필요하지 않을 것이다.

"네가 그리울 거야, 큐티 파이."

윈디가 파이에게 손 키스를 보냈다.

리바이는 파이의 턱을 한 번 더 긁어 주고 말했다.

"안녕, 친구야. 너는 이렇게 될 이유가 없는……."

리바이에게서 더는 목소리가 나오지 않았다.

파이의 꼬리가 내 다리를 탁탁 쳤다. 하나—둘, 셋—넷, 다섯—여섯. 파이의 커다랗고 아무 생각 없는 눈이 나를 보았다. 나는 눈을 돌려 리바이를 보았다가 윈디를 보았다.

"작별 인사 하는 방법을 모르겠어."

내가 우는 동안에 파이가 작은 소리로 칭얼거린다.

또 1대의 차가 주차장에 와서 선다. 타이어에 깔리는 자갈 소리가 요란하다. 마치 순간순간이 가장 빠른 속도로 달려 지나가는 것 같다.

"스펜서 선생님 아니야?"

고개를 드니 승용차에서 내리는 우리의 수학 선생님이 보인다.

"선생님, 여기서 뭐 하세요? 학교에 계셔야 하는 거 아니에요?"

윈디가 물었다.

"어떤 개를 보러 왔어."

직전까지 내 가슴은 마치 돌에 맞은 듯 아팠다. 그런데 이제는 희망이 넘치고 있다. 나는 물었다.

"무슨 말씀이세요?"

선생님은 미소를 짓더니 두 손을 호주머니에 넣고 말했다.

"어젯밤에 내가 좋아하는 웹사이트를 보다가 입양이 필요한 개가 있다는 마음을 울리는 글을 읽었다."

"파이 이야기는 블로그에 13일 동안이나 올라가 있었는데요."

"펫헛 홈페이지를 말하는 게 아니야."

선생님은 이제 나를 보았다.

"그럼 수학마법사 사이트요?"

"맞아. 내 닉네임은……."

"답답이314예요?"

"아니다. 웃지 마라. '수학초고수'야. 그렇게 자주 접속하진 않아."

그 닉네임을 안다. 항상 내 거여야 한다고 생각했다. 그 닉네임을 포기해 주면 안 되냐고 닉네임 주인에게 물어볼까 생각했던 적도 있다.

"무슨 일이야?"

윈디가 나를 보았다가 선생님을 보았다가 다시 나를 보았다.

나는 윈디의 질문에 대답하지 않았다. 더 지체할 수 없는 질문이 있기 때문이다.

"정말로 파이를 입양하실 거예요?"

"그러고 싶다. 그래도 되니?"

"네!"

나는 소리쳤고 파이가 움찔했다.

내 머리가 가벼워졌고, 나는 새파란 하늘을(숫자 4의 색깔이다) 올려다보았다. 답을 찾아서 이만큼 행복했던 문제는 또 없었다.

40. 숫자 이상의 존재

나는 이스트 햄린 중학교 울타리에 앉아서 할머니를 기다리고 있다. 겨울 방학 전의 마지막 등교일이고, 우리는 공항으로 가서 폴 삼촌을 맞이할 것이다. 할머니는 삼촌이 크리스마스 때도 부대에 있을까 봐 걱정했고, 휴가라 해도 우리 대신 여자친구와 있겠다고 할까 봐 더 걱정했다.

"나랑 같이 기다려 주지 않아도 돼."

나는 윈디와 리바이에게 말했다.

"우리가 원해서야."

윈디는 정말로 원한다, 내가 가져온 작은 젤리들을.

"상관없어."

리바이는 말했다. 모자 달린 티셔츠 차림으로 벌벌 떨며 잎이 떨어진 나뭇가지들을 사진에 담고 있다. 리바이는 요즘 아트붐 사이트에 있는 자신의 사진첩에 자연을 찍은 사진을 계속 올리고 있다. 하지만 모르고 지나가기 쉬운 아름다움에 초점을 맞추길 더 좋아한다. 예를 들면 썩어가는 호박들이라거나 폭풍우가 오기 전의 하늘이라거나.

"오늘 밤에 못 가는 거 확실해?"

윈디가 물었다. 윈디는 펫헛에 또 가고 싶어 한다. 우리와 이번 주에 매일 갔는데도 말이다. 방학은 동물 입양이 많아 바쁜 시기다. 나는 새로 쌓인 정보들을 내 공식에 대입했다. 개들은 12월에 다른 달에 비해 11퍼센트 더 빠르게 입양이 된다.

"오늘은 안 돼. 10월부터 삼촌 한 번도 못 봤단 말이야."

시리도록 차가운 벽돌에 오래 앉아 있어서 엉덩이 감각이 없어질 것 같았다. 하지만 매디가 자신의 엄마와 함께 내 앞을 지나쳐 갈 때 공기는 더 차가워진 것 같았다.

"안녕."

윈디가 인사를 건넸지만 매디는 못 들었다. 못 들은 척했거나.

몇 주 전에 나는 매디에게 수학 시간에 내가 폭발했던 것을 사과했다. 매디가 아무런 대답을 하지 않았던 것을 보면, 그리고 다른 수학 수업으로 옮긴 것을 보면 내 사과를 받아들이지 않은 것 같다. 여전히 5개의 다른 수업을 같이 듣지만 우린 서로 말을 하지 않는다.

2주 전 매디 조의 7학년 봉사 활동이 지역 뉴스에 났을 때 나는 매디에게 축하한다는 인사를 할 뻔했다. 하지만 용기가 나지 않아 물러섰다. 매디와 재스민, 대니엘라는 충분히 그런 주목을 받을 만했다. 난민에게 배낭 보내기 프로젝트는 대단히 성공적이었다.

매디에게 '너는 나에게 아무런 의미도 없다' 고, '0' 이라고 말한 일은 참 형편없는 행동이었다. 매디가 그 일은 이미 잊어버렸다고, 아니면 신경 쓰지 않는다고 생각하고 싶다. 하지만 매디의 눈이 젖어 있는 걸 볼 때마다 혹시 내 탓이 있는 것은 아닐까 하는 생각이 든다. 매디는 나와 내 나쁜 말들이 아니어도 이미 많은 스트레스를 받고 있다. 우리 모두가 저마다의 어려움이 있다.

그래도 나아진 것 하나는 매디의 친구들이 이젠 내게 그리 끔찍하게 굴지 않는다는 것이다. 나는 스페인어 시간에 라틴 아메리카 도시 탐구 과제를 하면서 제니퍼와 짝이 되었다. 같이 키토에 관해 배우는 일은 즐거웠다.

그리고 나는 여전히 7학년 수학 수업을 듣고 모두, 그러니까 교장 선생님부터 반 아이들까지 모두 내가 서번트인 것을 알지만, 괜찮다. 스펜서 선생님은 내게 추가 문제와 과제를 내 준다. 여전히 나는 수학 수업이 가장 좋고, 국어 수업이 가장 덜 좋다. 하지만 시를 배웠던 시간은 좋았다. 음절의 수를 세어야 하는 수업이었다! 그리고 나는 자원해서 교실 앞에서 시를 읽었다. 플레밍 선생님은 무척 놀랐다.

할머니가 차를 세우고 손을 흔들었다. 나는 윈디에게 작별의 포옹과 함께 남은 젤리를 모두 선사했다. 리바이에게도 인사했다.

"내일 보자."

"그래."

차 문을 열자마자 보인 것은 조수석에 있는 편지 봉투다. 겉에 노스캐롤라이나 과학 수학 기술 고등학교라고 적혀 있다. 나는 그것을 집어 들고 앉았다 일어섰다 앉았다 일어섰다 앉았다. 그 학교에 지원한 것을 나는 지난 몇 주 동안 생각하지도 않았다. 수학 시간에 일어난 사건 이후로 학교에 다시 가는 걸 걱정하는 것만으로도 버거웠다. 너무나 길게 느껴지는 시간 동안 교실과 복도에서 들리는 수군거림은 모두 내 얘기였다. 벗어나고 싶었다. 그런데 추수감사절이 지난 후 마침내 나에 관한 이야기들이 줄어들기 시작하더니 사라졌다. 어떤 애들이 학교 컴퓨터 시스템을 해킹한 사건이 도움이 되었다. 성적을 조작하거나 시험 답을 알기 위한 해킹은 아니었다. 천연두가 발발해서 이스트 햄린 중학교가 휴교한다는 둥 하는 가짜 공지를 교장 선생님 메일로 보낸 것이었다. 일주일 내내 모두가 이야기한 큰 미스터리였다. 후천적 서번트는 해커들과 상대가 되지 않았다.

하지만 이제 이 봉투를 손에 든 나는 안에 어떤 답이 들어있길 바라는지조차 모르겠다. 할머니가 무언가를 아는 것 같은 미소를 지었지만 봉투는 뜯어져 있지 않다. 나는 손에 쥔 봉투를 자꾸 돌렸다.

"안 열어 볼 거야?"

"열어야지."

할머니는 나를 빤히 봤고, 나는 계속 봉투를 만지작거렸다. 우리 뒤에 있는 어떤 차가 빵빵거리자 할머니는 차를 출발시켰다.

"루시, 왜 당장 안 열어 보는 거야?"

"나도 모르겠어."

"합격했다고 해서 꼭 그 학교에 가야 하는 건 아니야. 지금 다니는 중학교 계속 다녀도 돼. 그거 알잖아."

"할머니는 내가 그 학교에 가길 바라는 거 아니었어?"

"적당한 때가 되면."

"적당한 때가 언제인지 어떻게 알아?"

"나도 몰라. 계산하기가 쉽지 않은 일이지. 그래도 이건 알아. 언제든 네가 그 고등학교에 가서건 스탠포드 대학에 가서건 집을 떠나면, 내 마음에는 루시 모양 구멍이 생길 거라는 거."

나는 창문 밖을 쳐다보았다. 할머니는 라디오를 켰고 크리스마스 음악이 차에 울렸다. 할머니 말이 옳다. 계산하기 쉽지 않은 것들이 있다.

"이제 무슨 생각 하냐? 왜 그리 얼빠진 표정이야?"

"그냥 암산 좀 하고 있어."

"암산이야 만날 하면서."

할머니가 슬쩍 웃으며 말했다. 하지만 이번 계산은 좀 다르다.

이스트 햄린 중학교에 입학한 후 나는 55칸짜리 계단을 232번 올라갔고, 950개의 사물함 수를 모두 세었다. 키가 1.9센티미터 컸고, 몸무게는 2.72킬로그램 늘었다. 1명의 훌륭한 수학 선생님과 77회의 수업을 했다. 국어 시간에는 책 2권을 (또는 91,255단어를) 읽었다. 23마리의 개를 구했고, 1마리와 사랑에 빠졌다. 그리고 친구도 2명 생겼다. 이런 걸 다 합산할 순 있지만 그 값은 지금까지의 일을 이야기하기에 터무니없이 부족한 정보다. 왜냐하면, 이제 알았는데, 나는 숫자 이상의 존재이기 때문이다.